Heibonsha Library

［新版］吉本隆明1968

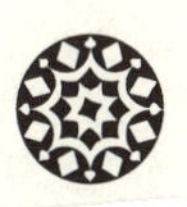

平凡社ライブラリー

Heibonsha Library

[新版]吉本隆明1968

鹿島 茂

平凡社

本著作は二〇〇九年五月に平凡社新書の一冊として刊行されたものです。

目次

はじめに

以前、T出版社に勤めていたK君が、勤務先が平凡社に変わったということで、挨拶がてら私の事務所を訪れました。以下は、その時に吉本隆明を巡ってK君と交した会話です。

「吉本隆明って、そんなに偉いんですか?」

「偉いよ、ものすごく偉い」

「そうなんですか。でも、ぼくなんか『言語にとって美とはなにか』とか『共同幻想論』を読んでも、その偉さがよくわからなかったし、鹿島さんなんかの世代の人が吉本、吉本って、尊敬をこめた口調で言うのがなぜなのか、いまひとつ理解できないですけどね」

「うーん、それは確かにそういう面はあるかもしれないな。ぼくも、今の若い世代の吉本隆明論に目を通すと、なんかこう、吉本の一番大事な核みたいなところが捉えられていないという印象を持つからね」

「それはどういうことなんです?」

「吉本隆明の偉さというのは、ある一つの世代、具体的にいうと一九六〇年から一九七〇年までの十年間に青春を送った世代でないと実感できないということだよ」

「それって、宗教家の周りに漂う、曰く言い難い雰囲気みたいなもんなんですか？」

「いや、そういうわけじゃないんだ。だって、ぼくらは著作を通してしか吉本隆明を知らなかったんだからね。なかには実際の吉本に親しんだ人もいただろうけど、ほとんどの人はあくまで著作を介して吉本隆明に心酔したんだ。ただ、それは不思議なことに彼の代表作を通してではないんだね」

「ということは、『言語美』や『共同幻想論』などの主著以前の吉本隆明ということですか？」

「まあ、そうだね。具体的にいうと、『吉本隆明全著作集』が刊行される以前の論文集、たとえば『擬制の終焉』『抒情の論理』『芸術的抵抗と挫折』『模写と鏡』『自立の思想的拠点』、それに『固有時との対話』などの詩集なんかが、いわゆる吉本世代の心の支えになったわけだよ」

「なるほど、吉本隆明の本質は、主著よりもむしろ、そうした初期のポレミックな論文集にあるということですね」

「その通りだね。というのも、ポレミックな書き物には、吉本が何を断罪し、何を守ろうとしたかがはっきりしたかたちで現れているからね」

「でも、それって今の吉本隆明論にはあまり書かれていないことですね」

「だから、ぼくは、自分なりの吉本隆明アンソロジーを編纂しようかと考えているんだ。ぼくが、あるいはぼくらの周囲にいた吉本隆明ファンが、それこそ我がことのように読んだ論文やエッセイばかりを集めてね」

「それはおもしろそうですね。でも、ぼくとしては、アンソロジーよりも、そうした吉本隆明の論文やエッセイを鹿島さんたちの団塊世代がどう読んで、どう受け止めたかのほうを知りたいですね」

「団塊世代の吉本体験を書けということだね」

「そうなんです。それは、どうやら暗黙の了解ということになっているらしいんですが、ぼくらの世代から見ると、なんのことかさっぱりわからないんですよ」

「あるいはそうかもしれない。世代の常識とか共通認識というのは、下の世代から見ると、一番わかりにくいところかもしれないからね」

「じゃあ、そこのところを鹿島さんが書いてくれませんか？ ご自身の一九六八年体験とないまぜて」

「うーん、そりゃ、かなりしんどい仕事になりそうだな」


こんなことをＫ君と語りあったのが数年前のことでした。

その後、忙しさにかまけて、執筆のスタートをズルズルと遅らせてきましたが、Ｋ君の我慢もそろそろ限界に近づいたようで、ここのところ、にわかに催促がきつくなってきました。どうやら思い切って心を決め、団塊世代の吉本隆明体験を書き留めておかなければならないときが来たようです。

かくして、本棚の一番奥に押し込まれていた吉本隆明の初期の単行本や著作集をひっぱり出して、あらためて読み返してみることになりましたが、あれから四十年近くの年月が経過しているにもかかわらず、初めて吉本隆明を読んだときの新鮮な感動が蘇ってきたのです。「ああ、おれは、この歳になっても、吉本主義者であったか」とつくづく思い知った次第です。

以下は、このようにして、吉本隆明を再読するという体験を介して、戦後のターニング・ポイントである一九六八年の「情況」に吉本隆明をもう一度置き直すことで見えてきた「四十年後の吉本隆明体験の総括」です。

それは、あくまで、私たちの世代にとっての吉本隆明の追体験なのですが、うまくすると、団塊ジュニアの世代あるいは、それよりも若い世代に、お父さんやお母さんが感じ取った「吉本隆明の偉さ」を伝える手助けとなるかもしれません。

第1章

「反・反スタ思想家」としての吉本隆明

スターリニズムという妖怪

一九八〇年代の後半から少しずつものを書き始めるようになったときのことです。同世代の物書きたちと知り合って一杯飲んだりすると、必ずといっていいほど、吉本隆明はもう古い、時代に完全に乗り越えられたと主張する人がいました。

その主張の根拠は大きく分けて二つありました。

一つは、それぞれがフロイトなりマックス・ウェーバーなり、いわゆる知の巨人たちの研究者となって専門家の厳しい目で吉本隆明を読み返すと、吉本隆明の思想や論理はあまりに脆弱（ぜいじゃく）で、隙だらけであり、世界水準にはとうてい達していないというものです。

私にとって、こうした人たちはあまり問題にならないように思われました。というのも、彼らは所詮、フロイトがアードラーら離教派を批判して言った「巨人の肩の上に乗った子供」に過ぎず、巨人の肩から降りてしまったら、とたんに、自分たちの矮小（わいしょう）さを自覚せざるをえなくなるはずだからです。彼らが「ドーダ、すごいだろ」と自慢できるのはフロイトなりウェーバーなりの「お手本」が偉いからであり、彼らが吉本隆明を乗り越えたわけではないのです。吉本隆明がさんざんに罵倒（ばとう）した「思想の密輸入業者」の新しいヴァージョンでしかありません。

もう一つは、八〇年代後半のバブル状況を背景にしたポスト・モダン論者の言い分で、冷戦体制が崩壊してしまった今日、いまだにスターリニズムを諸悪の根源と言いつづける吉本隆明の思想は時代遅れだというものです。

私は、むしろ、この方が問題だと感じました。というのも、吉本隆明が戦後たった一人で闘いつづけたスターリニズムは、たしかに冷戦の終焉（しゅうえん）で、中国、北朝鮮、キューバを除けば、政治体制的には過去のものとはなりましたが、人々の心の中に巣くう妖怪としてはいまだに健在であり、隙あらばいつでも飛び出そうと待ち構えているからです。人間が集団でなにごとかをなそうとするとき、スターリニズムの陥穽（かんせい）に落ちる恐れはいささかも減じてはいないのです。

これはたとえてみれば、マラリアはもう過去の伝染病だから恐るるに足らずと見くびっている伝染病学者のようなものです。地球温暖化によっていまやマラリアが格段にパワーアップして人類を襲う日が近くなっていることを彼らが知らないのと同じように、ポスト・モダン論者は、スターリニズムの潜在的な恐ろしさに無自覚なのです。

私は、こうしたポスト・モダン論者の反吉本論に接するたびに、「いや、そんなことはない。吉本隆明の言っていることはいまでも十分有効だ。吉本はいまでも偉い。全然、古びていない」とひそかに反駁（はんばく）していましたが、そのとき、頭に浮かんだのは、じつは『共同幻想論』でも『心的現象論序説』でもありませんでした。私が「吉本隆明は偉い」と考える論拠としたのは、全著作集（『文学論Ⅰ』）の中に初めて収められた一篇の短い文学エッセイ「『党生活者』」でした。

というのも、小林多喜二の代表作の一つ「党生活者」を取り上げて、そのスターリニズム的思考のダメさ加減を断罪したこのエッセイは、吉本隆明という思想家のエッセンスを凝縮しているばかりか、吉本隆明いうところのスターリニズムの普遍性をいかんなく暴露していると思ったからです。この一篇を読めば、吉本隆明の理解するスターリニズムというものがだれの心にも遍在する妖怪であり、われわれの精神をどの程度呪縛しているかがわかるはずなのです。

「党生活者」をめぐる論争

というわけで、吉本隆明の「偉さ」を証明する第一歩として、『党生活者』を例に取ることにしたいと思います。

『党生活者』は、「全著作集」の解題によれば、昭和三十六年五月一日の『国文学　解釈と鑑賞』(第二十六巻、五月特集「民族遺産の肯定と否定」)が初出で、「低劣な人間認識を暴露した党生活記録」という標題がついていたそうです。

冒頭で、吉本隆明は、小林多喜二の最大の敵対者だった林房雄の『文学的回想』を枕に振って一定の理解を示したあと、戦後すぐに行われた共産党文学者と共産党シンパの批評家の「党生活者」論争へと議論を運びますが、その前に「党生活者」の、じつに見事で、いかにも吉本らしい要約がありますので、これを引用して、作品の紹介に代えることにしましょう。

作中の「私」は、官憲の眼をくらます必要上、知合いの「笠原」というタイピストと同棲する。ところが、「私」のほうは党生活で夜になって家を出てゆく。「笠原」のほうは、昼間勤めに出て「私」を喰べさせるが、勤めからかえっても「私」と団らんすることもない。

「笠原」は、世間なみの女らしい不満をもらす。一緒になっても散歩にもでてくれない、というような。「私」のほうは「笠原」に寄生していながら、この女は如何にも感情の浅い、粘力のない女で、とうてい自分と同じ仕事をやっていけない人間だ、というような虫のいいことを内心でかんがえる。

「笠原」は、シンパであるのを察知され、勤めを首になり二人の生活は窮してくる。「私」は最後の手段として「笠原」にカフェーの女給になったらどうかとすすめる。「笠原」は暗いイヤな顔をしてきいているが、しまいに「女郎にでもなります!」とヒステリックにこたえる。この女はすべて「私」の犠牲であるという風にしか、かんがえられず、そのためヒステリックになるのだ。犠牲というなら「私」は殆んど全部の生涯を犠牲にしている。しかも、それでさえ幾百万の労働者や貧農の日々の生活で行われている犠牲にくらべたら、ものの数ではない。これが、いつも「私」の論理の根底を支配している倫理である。

この吉本の要約を読んだだけでも、「党生活者」というのがかなりひどい作品だということはよくわかりますが、しかし、驚いたことに、吉本がこれを書いた後でさえも、「党生活者」を「プロレタリア文学運動期の究極的な部分を示す」「記念碑的な作品」(筑摩書房版『現代文学大系37 葉山嘉樹・小林多喜二・徳永直集』の小田切秀雄の「解説」)と高く評価する向きがあったのです。いっぽう、「党生活者」の「私」の示す党派的なエゴイズムが非人間的だと非難する人たちもいました。平野謙や荒正人などの『近代文学』に依る批評家たちです。彼らは、「笠原」という女性の扱い方が、「伊藤」という党派の女性と比べて、ひどい人間蔑視に基づいていると正論を吐きました。

目的のために手段をえらばぬ人間蔑視が「伊藤」という女性との見よがしな対比のもとに、運動の名において平然と肯定されている。そこには作者のひとかけらの苦悶さえ泛んでいない。（平野謙『新潮』昭和二十一年十月号）

平野謙は、「笠原」は「私」の妻ではなく、たんに性欲の処理と家事を押し付けられたハウスキーパーにすぎないとしました。

これに対して、中野重治や宮本顕治などの日本共産党の党員文学者は、いや、「笠原」は「私」の妻であり、「私」はひそかに苦悶を感じながら「笠原」を扱っているのであり、その苦悶は人間解放の運動の苦戦とからめて評価すべきであると擁護しました。

これが文学史上で名高い「ハウスキーパー論争」です。

吉本隆明は、これら二つの主張をいずれもトンチンカンなところに論点をおいたナンセンスな議論であると一刀両断してから、こう断定します。

ここにえがかれた「私」と「笠原」とのあいだの葛藤のようなものは、小市民であると労働者であるとにかかわりなく、日常生活のあいだにしばしば起り、たれもが黙って解決している程度のものだ。とくに深刻でもなければ、特殊でもないのである。もし、平野謙や荒正人のようにこれをおおげさに人間蔑視と呼ぶならば、小市民や労働者は、失業したり、長期出張で家をあけたり、放蕩したりする都度、人間蔑視のドラマを演じなければならないことになる。また、中野重治や宮本顕治のように「私」を美化するのは馬鹿気ている。ここにあるのは、この程度の夫婦（男女）間の葛藤を処理し、生活の方途をみつけることができない「私」の人間的未熟さ、夫としてのくだらなさ、耐乏性のない単純さでしかありえない。それは、この「私」が党生活者であっても、小市民や労働者であっても、そのことによって株が上ったり下ったり、赦されたり赦されなかったりするというたぐいの問題ではない。すくなくとも、「私」と「笠原」のあいだに関するかぎり、この「私」という人物は、世間にありふれた家庭の夫以下のつまらぬ未熟な男にしかすぎない。もちろん我が国の政治文学者たちが、夫や妻として小市民や労働者以下であることは、自ら暴露した自伝的な小説作品をよめばあきらかであって、あえて、「党生活者」の「私」だけをこき下ろす必要もないほどである。

どうですか。いかにも切れ味が鋭い、と同時に、すべての人を納得させる単純にして普遍的な論法が用いられているのではないでしょうか？

その後、フランスの課題作文（ディセルタシオン）の書き方を学んだ私からすると、ここで吉本隆明が用いている論法は、Aの意見とBの意見を衝突させておいてから、そのどちらも前提において間違っているから同じ穴のムジナだとして背中合わせにして送り出してしまうディアレクティック（弁証法）そのもので、マルクスやレーニンからこの論争術を学んだ吉本が自在にそれを使いこなしていることがわかります。

しかし、問題は、そうしたディアレクティックにおいて、「どちらも前提において間違っている」という一刀両断に使う刀が、マルクスやレーニンに学んだ唯物史観などではなく、むしろ、たくましい「民衆の本音」であることとです。

つまり、吉本は、「党生活者」に描かれたような話を、もし落語に登場する長屋のクマ公やハチ公が聞かされたらどう答えるかという前提で議論を進めているのです。クマ公やハチ公はきっと、「おらあ、党ってもんがどういうもんだか知らねえが、この『私』というのは、とにかくひでえ能無し野郎だ」と言ったに違いありません。女性にタカるだけで、少しの幸せも与えることができないのに、ご大層な理屈をこね回している間抜け野郎と馬鹿にしたことでしょう。

吉本隆明が「偉かった」のは、第一に、自分の中に、こうした健全なる社会常識を備えたクマ公、ハチ公をいつまでも「飼って」おいて、その常識に照らして、世のインテリたちの不毛な論争をぶった切ったことです。吉本隆明はこれを「大衆の原像」という言葉で表現していますが、吉本はきっと、なにか頭に浮かんだことを言葉にしたり、行動したりしようとするとき、背中からクマ公やハチ公の罵声が飛んでこないか、半畳が入らないかと、自分ツッコミを入れていたに相違ありません。

この批評意識は、物書きの多くがサブカル出身でインテリがほとんどいない現在の言論状況では常識的なものになっていますが、まだまだインテリがありがたがられていた昭和三十年代には、きわめて珍しい精神の持ち様だったのです。

しかし、じつは、吉本隆明の本当の「偉さ」は、こうした「大衆の原像」を批評意識に収めていたことだけにあるのではないのです。もう一つ、いわば、彼にとっての倫理のバックボーンのようなものがあるのです。

「党生活者」における「技術主義」「利用主義」

吉本隆明は、「党生活者」が素材という点でもの珍しく感じられるのは、主人公が「私たちのやうな仕事をしてゐるもの」と「世の人並のこと」という二つのレベルを対比していることにあると述べてから、こんなふうに視点を移動します。

> おそらく、作者のなかには、「私たちのやうな仕事をしてゐるもの」と「世の人並のこと」とのあいだには千里の径庭があったのである。作者は、けっして「世の人並のこと」として「私たちのやうな仕事をしてゐる」という発想をもちえなかった。「私」は、したがって必然的に「世の人並のこと」を技術の問題としてしか理解することができない。

では、具体的に「党生活者」のどんな箇所に対してそう感じたのでしょうか？　吉本は次のような一節を引用しています。

今獄中で闘争してゐる同志Hは料理屋、喫茶店、床屋、お湯屋などに写真を廻されるやうな、私達とは比べものにならない追及のさ中を活動するために、或る時は下宿の人を帝劇に連れて行ってやったりしてゐる。それと同時に私達は又「世の人並に」意味のない世間話をしたり、お愛そを云ふことが出来なければならない。が、さういふことになると私はこの上もなく下手なので随分弱った。この頃では幾分慣れては来てゐるが……。

反体制運動をしようとして大衆の中に飛び込んだインテリなら、まずたいていはこんな感想を漏らすにちがいありません。なにしろ、彼らは本当の意味での「生活」ということをしたことがないのですから、世間一般の中に溶け込むには「意味のない世間話」をしたり、「お愛そ」を一から「学ばなければ」なりません。この意味では、「私」の反応はいかにも世慣れぬインテリ活動家のそれだといえます。

しかし、吉本は、こうしたところこそが「私」の、ひいては「党生活者」のもっともダメな点だとして、こんなふうに激しく非難します。

平野謙や荒正人が、「私」の人間蔑視をつきたいならば、こういう点をつくべきであった。この「私」なる人物は、人間の本質とは何物なのか、人間を解放するとは何なのかを全く理解しないでくの棒にしかすぎない。「世の人並」の商人のもみ手のお世辞のなかにさえ三分の真実はあるかもしれぬ。しかし、この「私」は、お愛そや世間話を「出来なければならない」技術としてかんがえ、また、人間によってではなく、お愛そや世間話によって、「世の人並の」ひとの疑念をまぎらわせるつもりで、もそもそ（ママ）三文の役にもたたないお世辞笑いのひとつも身につけようと努めるのである。「人と円満に交際する方法」といったたぐいのわい本の著者とすこしもちがわない人間認識しかもちあわせてないのである。

私は、この箇所を一九六九年四月に、『吉本隆明著作集4』が出たばかりの頃に読んで、「オッオー！」となりました。というのも、この年の一月に東大安田講堂が「落城」して、全共闘運動が急速に終焉に向かおうとしていたとき、その運動のダイナミズムが失われたのは、機動隊や民青などの力に敗れたからというよりも、気づかぬうちに運動の中に根をはっていた「技術主義」「利用主義」にも原因があるのではとひそかに疑い始めていたからです。

すなわち、一九六八年の十一月に、「図書館前の激突」といわれた民青部隊との衝突が敗北に終わったことで（後でわかったことですが、民青はあの「キツネ目の男」宮崎学氏に率いられて武闘路線に走っていたのです）、全共闘の力不足を痛感した幹部たちが三派全学連の力を借りる方向へと舵取りを行いましたが、この「技術主義」が必然的に「利用主義」となって、自分たちの首をしめる結果になったのです。

それはさておき、吉本隆明が、こうした箇所に最も敏感に反応したという事実は注目に値します。なぜなら、吉本隆明は、この「技術主義」「利用主義」に典型的に現れる人間認識の歪みこそが、反体制左翼運動がスターリニズムへと変容する直接原因だと見なしているからです。少し長いですが、次の箇所は、吉本隆明の特質が最もよく出ているところなので、全文を引用します。

このような「私」の人間認識は、必然的に政治を技術としてしか理解できない利用主義にまで転落する。「笠原」との対比において作者が肯定的にえがいている「伊藤」という女性は、主として人間を利用するのが巧い人間という点で作者に肯定的にえがきだされているのだ。

「未組織をつかむ彼女のコツ（傍点は筆者）には、私は随分舌を巻いた。少しでも暇があると浅草のレビュウへ行ったり、日本物の映画を見たり、プロレタリア小説などを読んでゐた。そして彼女はそれを直ちに巧みに未組織をつかむときに話題をもち出して利用（傍点は筆者）する。（余談だが、彼女は人眼をひくやうな綺麗な顔をしてゐるので、黙ってゐても男工たちが工場からの帰りに、彼女を誘って白木屋の分店や松坂屋へ連れて行って、色々のものを買つてくれた。彼女はそれをも極めて、落着いてよく利用した。）」

好きだからレビュウへ行き、日本映画をみ、プロレタリア小説をよみ、男工と遊びにいったりしているのではなく、利用するためにやっているという作者の描写を信ずるならば、この「伊藤」という女性はまったく人間の屑としかいいようがない女である。ここでも「人を管理するコツ」といった類いのわい本にもみまがう低劣な人間認識が顔をだす。似て非なるイデオロギーがいかに人間を屑にしてゆくかをこの作者はまったく知らずに描き出している。

この箇所は、吉本隆明による「堕落論」としても読めるところです。つまり、左翼運動に限らず、何が人間を「堕落」させ、「屑」にしていくかといえば、それは人間を、「大義」のために利用する道具としてしか見なさない「技術主義」「利用主義」であるというのが、吉本隆明の倫理の根幹にある認識なのです。人は弱さによって堕落するのではなく、利用しようという魂胆によって堕落する、のです。

吉本は、マルクスのいう「疎外」とは、まさにこうした歪んだ人間認識にほかならないと、次のように断定します。

> ここには、人間を当面の政治活動に利用できるか、できないかによってしか判断できなくなり、人間と人間との関係を技術やコツによってしか処理できなくなった悲惨な疎外された人物たちが、じぶん自らの疎外を意識しないままに登場し、言動する。もともと技術主義に流れる傾向のあったレーニンの思想をスターリンが機能主義化し、その末流がさらに利用主義化し、この作者のようなひと粒の麦は、ただ忠実にそれを、尊奉するよりほかすべがなかったのである。

この言葉で思いだすのは、一九六九年の春に、運動退潮後の東大駒場に吹き荒れていた民青の「白色テロ」によって、全共闘の幹部がリンチに遭い、病院にかつぎ込まれたときの話です。その幹部を見舞った後、ある党派の中堅幹部は、私の前でぼそっと、こんな言葉を漏らしたのです。「クソッ、あいつ、いっそ、死んじゃえばよかったのに！　そうすりゃ、民青をやっつけられるのに！」

私は、なるほど党派の政治的人間というのは、こういう思考法をするのだなと、ゾッとしたのを覚えています。たしかに、利用主義を突き詰めていけば、他派の暴力によって引き起こされた自派の人間の「死」こそが、他派を打倒するのに一番「利用」価値の高いものなのです。現に、この手の利用主義は、今日でも、政治のいろいろな方面でさかんに使われています。

左翼の「最後の隠れ蓑」

閑話休題。

話が少しずれてしまいましたので、元に戻し、吉本隆明が「党生活者」の中でなにが一番カチンときたか、それについて語っている箇所を検討してみましょう。吉本隆明は「私」や「伊藤」の利用主義を断罪したあと、その最も顕著な（それゆえに悪質な）例として、次のようなところを引き合いに出します。

「党生活者」のなかから、この種の人間と政治にたいする技術主義、利用主義の描写をみつけだすことはきわめて容易である。主人公の「私」は、喫茶店につとめて「立ち腫れ」した「笠原」の足に触れ、辛さをかこつのをきいて、「立ち腫れ」でガクガクする足を後から靴で蹴られながら働いている紡績工場の女工の話をしてきかせ、「笠原」のつらさは自分だけが逃れれば逃れられるつらさとかんがえずに、直ぐそれがプロレタリア全体の縛りつけられているつらさとかんがえるべきだ、と説教し、「本当に！」という笠原を自分の胡坐のなかに抱えこんでやるのである。

この個処は、平野謙や荒正人に反論した宮本顕治によって「私」の「笠原」にたいする苦渋といたわりと愛憐をしめす描写として引用された個処である。まったく馬鹿気た見解である。ここにはレーニンがきいたらさぞかし嘆くだろう「私」の狡猾な論理があるにすぎない。

この後、吉本隆明の思想の中でも一番重要と思われる勘所が示されるわけですが、それはひとまず先送りしておいて、なぜ、この「笠原」の足さすりの箇所に吉本が激しい反発を示したのかを考えてみましょう。

「党生活者」の「私」は、「笠原」が「立ち腫れ」を嘆くのを聞くと、もっとつらい紡績工場の女工の話を引き合いに出し、「『笠原』のつらさは自分だけが逃れれば逃れられるつらさとかんがえずに、直ぐそれがプロレタリア全体の縛りつけられているつらさとかんがえるべきだ」と説教しますが、吉本は、まさにこの箇所にスターリニズム、いや左翼運動そのものの論理のまやかしを見たのです。

左翼政党やその同伴者であるマスコミが、「腐敗堕落している金権ブルジョワ」をどやしつけるために使うレフェランス（参照イメージ）は、いつの時代でも「額に汗して働きながら、永遠に報いられることのない労働者」、いまふうに言えば「ワーキング・プア」の人たちです。なにゆえに、このワーキング・プアのイメージがレフェランスとして使われるかといえば、そこには、「清廉潔白」「謹厳実直」「無欲恬淡」など、自らを清く正しい人間と思い込みたがる左翼マスコミが援用するのに便利なるプラスイメージが全部そろっているからです。

左翼マスコミは、広告代理店を介して大企業からガッポガッポと広告収入を得て、それによって人も羨むような高給を食みながら、一切そのことには口をつぐんで、まるで、自分の境遇の「やましさ」を糊塗するかのように、金権ブルジョワを、またその人たちの支配に甘んじている大衆の尻を蹴飛ばすために、「額に汗して働きながら、永遠に報いられることのない労働者」のイメージをレフェランスに使って脅しをかけます。それは、ちょうど、「俺には暴力団の知り合いがいるぞ」と言いたがるヘナチョコ男の口上によく似ています。つまり、ワーキング・プアは、あくまで自分たちが逃げ込むための隠れ蓑にすぎないのです。

サミュエル・ジョンソン博士は、「愛国心は悪党の最後の隠れ蓑」という名文句を吐きましたが、ワーキング・プアこそは左翼の「最後の隠れ蓑」なのです。

この「隠れ蓑」の便利なところは、それが実態をともなわない空虚なイメージであるがために、現実に存在するどんな貧乏人も及ばないような無限遠方上の「絶対貧困」にこれを送り返せる点にあります。

具体的にいえば、左翼マスコミは、「笠原」のようなかなりつらい境遇に苦しむ読者がいたとしても、「党生活者」の「私」のように、「よく考えてみなさい。世の中には、あなたよりももっとつらい境遇に呻吟しているワーキング・プアがいるのですよ。あなたの苦しみなんかまだましなほうではないでしょうか？　彼らの苦しみと連帯する方法を考えなさい」と諭すことで、自分のいかがわしさを隠し、それと同時に、「笠原」が苦しみから抜け出す道を断ち切ってしまうのです。

そして、日本が豊かになり、そうした「理想像」が国内に見つからなくなってしまうと、今度は、この「理想像」を求めて、アジアに、アフリカにと旅立ち、それこそ、草の根わけてもこれを探してこようと張り切るのです。

「寛容思想」はいかにして生まれたか

では、こうした「絶対貧困」のイメージを利用した一種の恫喝(どうかつ)は、いったいどこがどういけないと吉本はいうのでしょうか？

思うにそれは、「引きずり下ろし民主主義」を正当化してしまうからです。つまり、抜け駆けは許さないぞという相互監視システムに通じる超低次元での平等ユートピア、冷戦時代のソ連、中国で機能し、北朝鮮ではいまだに健在の、いわゆる「収容所群島」の論理がそこから現れてくるのです。

吉本は、これに対し、革命の論理は、本来なら「私」が「笠原」に説くプロレタリア全体との連帯とはまるで逆であるべきだとして、こんなことを述べるのです。

個々のプロレタリアは「自分だけ」がつらさから逃れる環境をもったとき、一人でも多くそこから逃れなければならない。そういう論理によってしか個々の環境におかれたプロレタリアとプロレタリア全体とをつなぐ問題はでてこない。「私」という人物は、自分が「笠原」に寄生しながら、「笠原」をよりよい生活条件に引き出そうと考えてみたこともないくせに、いつも、「笠原」よりも劣悪な条件にいる個々の大衆の環境をひきあいに出して、いわば倫理的に「笠原」を脅迫し、生活費の甘い汁だけは守ろうとするのだ。こういう「私」の論理が、けっして部分的な錯誤や欠陥ではなく、根底的な誤謬であることに気付かないとすれば、そういう批評家は革命について語り、プロレタリアについて語ることはできまい。まして、政治運動などやっても、ろくなことは仕でかすはずがないのである。

どうです、その通りだと思いませんか？

少なくとも、私は、十九歳の春、この一節を読んで、「そうだ、そうだ」と膝を打ちました。全共闘運動のみならず左翼運動全般について感じていた疑問、いいかえれば、「絶対貧困」をレフェランスにした「引きずり下ろし民主主義」について抱いていた疑いが、「倫理的」「脅迫」という言葉で明確な像を与えられ、一刀両断されていることに快哉を叫ばざるをえなかったのです。

しかし、この一節で一番感心し、「ガーン」となったのは、やはり、「個々のプロレタリアは

『自分だけ』がつらさから逃れる環境をもったとき、一人でも多くそこから逃れなければならない」という吉本の斬新な、かつ根源的な思想でした。

というのも、吉本以外の批評家や思想家は、いろいろと綺麗事を並べ立てたとしても、「絶対貧困」をレフェランスにした例の「引きずり下ろし民主主義」の負の連帯を完全に否定しきることはできていなかったからです。みんな、なんだかんだといっても、マルクスやレーニンの倫理主義、禁欲主義の呪縛を免れることは難しかったのです。

では、いったい、吉本は、こうした思想、私に言わせると「寛容思想」とでも呼べる思想をどこから引き出してきたのでしょうか？

戦後における左翼運動の体験から？　それも、もちろん、あります。

しかし、それ以上に役だったのは、戦前の日本型ファシズム体験ではないでしょうか？

なぜなら、吉本は、戦前の日本型ファシズムと戦後左翼のスターリニズムは異種同根だと認識することから出発して、この「寛容思想」にたどりついたからです。

『擬制の終焉』で私は吉本主義者になった

私が、吉本隆明の本で一番最初に手に取ったのは、講談社が出していた戦後派作家中心の文学全集『われらの文学22　江藤淳・吉本隆明』だったと思います。記憶がはっきりしませんが、たぶん、高校二年（一九六六年）のことでしょう。

これは、吉本ファンとしては、かなり晩生（おくて）の部類に属するはずです。というのも、同じ団塊世代でも昭和二十二年（一九四七）生まれの人たちはもうこのときには大学に入学していて、単行本によって熱烈な吉本ファン（というよりも信者）になっていたからです。

では、なぜ、私がこの団塊世代の前衛の吉本体験について知っているかといえば、六八年に大学に入ったとき、彼らが浪人やら留年やらして、結局、私と同じクラスになり、「同級生」として親しく交際するようになったからです。

彼らは、皆、最初に吉本を読んだのは単行本だったと語っていました。『模写と鏡』が最初という人もいれば、左翼学生のバイブルだった『擬制の終焉』でイカレたという人もいますし、花田清輝との論争が集められた『異端と正系』で吉本ファンになったという人もいます。いずれにしても、大学の友人同士の口コミで吉本は凄いということになり、争うように単行本を買ったり借りたりして吉本に親しんだのです。

これに反して、団塊後衛（昭和二十四年生まれ）の私はまだ高校生、しかも、周りに文学青年は皆無という無菌的な環境にいましたから、口コミで影響を受けるということがありませんでした。しかし、定期的に読んでいた『群像』や『文学界』などの文芸雑誌（吉本はこれらには執筆していませんでした）のコラムには、吉本が凄い論争家であり、急進左翼学生や文学青年のカリスマであるという話が書かれていましたので、いったいどんな鋭利なことを書く批評家なのかと好奇心が湧いて、『われらの文学22　江藤淳・吉本隆明』を手に取ったのだと思います。

で、そのときの印象はというと、難しくてわからなかったというのが正直なところでした。それもそのはず、『われらの文学22　江藤淳・吉本隆明』は、吉本の論文の中でも難解をもってなる「マチウ書試論」を中心に「丸山真男論」「転向論」など高校生には歯が立たないものばかりでした。文学全集には、その作家の代表作を収めるという原則があるとはいえ、これでは吉本を読むなといっているようなものです。おかげで、この最初の出会いでは、見事、吉本ファンになりそこねる結果となりました。

二度目の出会いは、六八年に大学に入学して一ヵ月ほどたってからのことです。五月の連休明けに催された教養学部のクラスのコンパに出てみると、さきほども触れたように、上から落ちてきた昭和二十二年組のクラスメート（これはほぼ全員が文学青年であり、左翼学生でした）が尊敬の念をもって吉本隆明の名前を口に出すので、翌日、さっそく「よし、一つ読んでやろう」と思って生協の書籍部に駆けつけたのです。

そこで最初に買ったのが『擬制の終焉』でした。これで私は一気に吉本隆明ファン、というよりも吉本主義者になってしまったのです。

では、『擬制の終焉』のどんなところが私をひきつけたのでしょうか？

たとえば、安保闘争の翌年の一九六一年に書かれた「前衛的コミュニケーションについて」の次のような一節です。

　　わたしが、日本的レーニン主義者にかんずるいちばんの不満は、労働者や大衆をオルガナイズされることを待っている何ものか、とかんがえていることである。しかし、かれらは具体的に生活している何かではあっても、オルガナイズされるのを待っている何かではない。

どんな大衆の生活も、「前衛」党のために存在するのではなく、それ自身のために存在している。この単純な客観的な真理は、「党」の亡霊が横行するところ、「党」員の脳髄が過熱するところでは、しだいに影がうすくなる。

私は、こうした文章を読んで、「そうだ、その通りだ」と思ったのです。大学に入ってからというもの、モヤモヤとしていた頭の中の雲がきれいに晴れていくのを感じました。

しかし、今日、若い読者がこれらの文章に接したとしても、「これのどこが凄いの？」と不思議な気がするにちがいありません。「だって、当たり前のことじゃない。なんで、吉本はこんなことをムキになって言う必要があるの？」、そう感じるはずです。

そうなのです。今日ではよほどの教条主義的な左翼党派の人以外には自明の理と映ることが、この時代にはいささかも自明の理ではなかったのです。

吉本隆明の「偉さ」を説明するのが困難な理由の一つが、ここにあります。

つまり、吉本は、生活者の健全な感覚を働かせて「常識」を述べたにすぎないのですが、それがこの当時の左翼的な論壇では、「常識」どころか「非常識」と捉えられて強く非難されていたのです。

同じように、大学の中でも「非常識」が「常識」として堂々とまかり通っていました。

それをよく示すのが、大学内の政治的な勢力分布図[illegible]た。

この時代、大学の外側の「世間」では、自由民主党の一党支配が保守合同以来十三年も続き、議会では、第二党の社会党の議席数が自民党の約半分、以下、右派社会主義政党の民社党、創価学会が基盤の公明党と続き、共産党は十数人の小さな所帯でした。

ところが、大学の中では、議会における自民党の役割を演じていたのが共産党で、あとは、群小党派として革マル派、社青同・解放派、フロント、中核派、社学同・マル戦派、社学同・ML派などの反日共系新左翼各派がしのぎを削っている状況でした。共産党よりも「右」の党派は、おそらくは存在していたのでしょうが、ほとんど実態は見えず、ないも同然でした。

また、教員たちの間にも共産党支持者とシンパは非常に多く、そうでない人も選挙のさいには社会党に投票するという心情左翼が少なくありませんでした。

ひとことでいえば、大学の中では党派の活動家以外の人でも、大なり小なり（少なくとも心情的には）左翼の支持者であり、自民党を支持すると公言するような人は皆無に近かったのです。これは、今日から見るとかなり異常なことですが、当時は異常とはいささかも意識されてはいなかったのです。

私は、横浜の貧乏酒屋の息子という、周囲には左翼など一人もいない、ある意味「健全」な環境に育ちましたから、大学での「常識」というものを知ったときには、いささか驚きました。「共産党が最右翼とはなんたるところか」と思ったのです。

しかし、大学に入学すると、私もいつしかそうした大学の「非常識」を「常識」と感じるようになっていました。大学内で配られる各党派のビラを読んだり、アジ演説を聞いたり、集会に冷やかしで出席してみたりするうちに、なんとはなしに、左翼っぽい考えに染まっていったのです。

しかし、こうした左翼の活動家たちと話しているときに、一つだけどうにも納得のいかない点がありました。それは、学生という身分に関する彼らの考え方でした。私などは苦しい受験勉強の末にやっと大学に入れて「やれ、うれしや」と思っていたのに、左翼の活動家から「君ねえ、君は大学生というだけですでに反革命的なのだよ。革命を担うのは労働者大衆であって学生ではないのだから」と面と向かって言われて、おおいに釈然としないものを感じたのです。

私は考えました。そんなに学生をプチブル・インテリとして馬鹿にしているのなら、あんただってさっさと大学をやめて労働者になればいいのにと。しかし、これはあくまで一般世間の「常識」です。左翼支配の大学では、まったく別種の「常識」がはびこっていたのです。

吉本が痛撃した異常なる「常識」

では、その「常識」はどのように違っていたのでしょうか？

左翼の活動家の考え方はこうです。

革命思想に目覚めない一般学生は中途半端なプチブル・インテリであるがゆえに反革命的だが、人民に奉仕する革命思想に目覚めた学生（ようするに自分たち）の活動家は他の学生を左翼活動に引き込むという任務を帯びているがゆえにプチブル・インテリの犯罪性を免れている。ようするに、学生というのは、前衛党員になって一般学生をより多く前衛党に勧誘することによってのみ免罪される身分であり、それ以外は無意味な、というよりも反革命的な存在である、というのです。この論理は、共産党でも、反日共系の新左翼各派でも、多少の温度差はあるものの、基本的には同じでした。

世間の常識に照らしてみれば、なんとも面妖な、「そんな馬鹿な！」というほかない身勝手な論理ですが、当時はこれが日共系・反日共系を問わず、左翼の「常識」だったのです。

具体的に、吉本が引用しているサンプルをあげてみましょう。以下は、黒田寛一（通称クロカン）という反帝国主義・反スターリン主義（略して反帝・反スタ）の日本革命的共産主義者同盟（革共同）を創立したマルクス主義哲学者の言葉です。

> 学生運動はもちろん小ブルジョアの運動ではある。だがそれがプロレタリア運動の一環として位置づけられ推進されるかぎり、かかるものとしての学生運動の展開は、ただに一般学生大衆の政治意識を向上させ平穏無事の日常的意識への低迷からときはなちうるだけでなく、さらに、スターリニズムと社会民主主義の桎梏のもとに苦吟している今日の労働運動に深刻な影響をあたえずにはおかないであろう。そしてとくにこの運動を組織し、その先頭にたって闘う学生運動家たちは、小ブル的個人主義から脱皮しプロレタリア的人間としての自己形成をかちとり、労働者階級解放の闘いに献身しうる主体としてみずからを変革し創造するために絶えざる努力をつみかさね、そしていま労働戦線の内部で苦闘している革命的労働者たちと結合して、プロレタリアート解放のための革命的前衛組織を創造するために闘わなければならない。（黒田寛一「敗北と挫折の体験にふまえて」）

なんと空疎な言葉の羅列でしょうか！　いまになってみると、引き写していてゲンナリするほどですが、しかし、私が大学生となった一九六八年当時には、こうした文章を駆使できる能力を身につけていることが「秀(すぐ)れた活動家」の査証(ビザ)であり、これなくしては党派活動で人の上に立つことはできなかったのです。げんに、私も、黒田寛一の率いる革マル派の活動家の口から、これと寸分違わぬ言葉が漏れるのを耳にした記憶があります。

そして、こうした耳慣れぬ左翼用語で「おまえは、プロレタリアの犠牲の上に胡座をかいているプチブル・インテリにすぎない」と恫喝(おど)かされると、親掛かりであることに良心の疚(やま)しさを感じている学生は、真面目であればあるほど「はい、ごめんなさい。学生で悪うございました。これからは、私も一般学生を前衛党に引き込む勧誘員になって革命のために尽くします」と全面的に平伏することになったのです。

吉本隆明が痛撃したのは、この異常なる「常識」でした。

吉本は、日本共産党から分かれたトリアッチ主義の構造改革派も、またそれと敵対する反帝国主義・反スターリン主義の革共同も、同じようにこの異常なる「常識」に感染していると一刀両断してから、自らの考え方を次のように述べていきます。

> 学生は小市民インテリゲンチャである。このことは善でも悪でもない。その生活実体は具体的なプロレタリアの生活以下のばあいも、それ以上のばあいもある。学生運動は学生イン

テリゲンチャの大衆運動である。その運動が、具体的に労働者運動以上の力を発揮するばあいも、それ以下の役割を果すばあいもある。これは、客観的な情勢の如何により具体的な運動過程そのものによって表われるのであり、如何なる理念によっても先験的に規定されるものではない。そんなことは自明のことがらである。しかるに、わがスコラ哲学者によれば、学生運動はプロレタリア運動の一環だというのだ。ひからびた脳髄のなかでは、小ブルはプロレタリア階級に移行すべき生物として、プロレタリア運動の至近距離に、その一環となることを待ちのぞみ、そうなるほかないように位置づけられているのだろうが、具体的な現実過程は、貧弱な小ブル哲学者の空想など容れる余地はないのである。まず、インテリゲンチャ大衆運動として自立しないどんな学生運動も、この独占資本下のいかなる社会構成のなかでも、他の運動と直接、間接の環を結ぶことはできないことはあきらかである。（「前衛的コミュニケーションについて」）

この時代には、吉本隆明でさえレーニン的な左翼概念にある程度縛られていましたので、いまの若い人にとってはわかりにくい用語があるかもしれませんが、言われていることは明確です。つまり、学生というのは、前衛党によって組織され、プロレタリアの隊列に組み入れられることを「待っている」「そうなるほかないように位置づけられ」た存在では決してなく、それ自体、善でも悪でもない、しっかりとした実体を備えたきわめて現実的な存在であるがゆえに、もし、学生が運動を起こそうとするなら、プロレタリアに奉仕するためではなく、「インテリゲンチャ大衆運動として自立」するしかないということなのです。

思うに、吉本隆明が一九五〇年代から七〇年代にかけて偉大だった理由は簡単にいうと二つあります。

「反・反スタ思想家」としての吉本

一つは、フルシチョフによるスターリン批判以前に、断固として反スターリン主義を打ち出して、スターリン主義に搦め捕られていた左翼を覚醒させたこと。一九六〇年の安保世代にとっては、これが吉本ファンになる大きな理由でした。つまり、「反スタ思想家としての吉本隆明」です。この時代（一九六〇年の安保闘争までの時期）には、吉本隆明は、同じ反スタ陣営ということで、黒田寛一とも共同歩調をとっていました。

もう一つの理由は、右に述べたように、スターリン主義的な前衛党に代わって反スターリン主義的な前衛党を創設し、それによって学生大衆や労働者を組織化すればすべてはうまくいくと考えた黒田寛一などの反スタ左翼に対して、「そんな〈説教師〉的な方法論では、大衆が解放されるわけはないじゃないか」と激しくかみついたことにあります。すなわち、反・反スタ思想家としての吉本隆明です。全共闘世代はこれに共感を覚えたのです。また、吉本隆明の思想が今日でも有効であるとしたら、それはこちらの方にあります。というのも、そこにはポスト・モダンの今日にさえ適応できる重要な認識があるからです。

吉本は右の引用に続いて、反スタ左翼の大衆刈り込み型の方法論がダメな理由を次のように述べます。長めの引用ですが、吉本思想の根幹にかかわる重要な箇所なので、ひとつ、じっくりと読んでください。

わたしは、このスコラ哲学者のように「一般学生大衆」や、一般労働者大衆をかんがえない。即自的な一般学生大衆や一般労働者大衆は、けっして、この自称革命的マルクス主義哲学者がいうようにまだプロレタリア意識化されないインテリゲンチャや労働者なのではない。潜在的には、このスコラ哲学者の口説などを直ぐに打倒してしまう萌芽ももち、また、どんな保守主義にもリベラリズムにも、支配者意識にもなりうる萌芽をもった存在である。だいいちの誤認はここにある。

また、これらの学生大衆や労働者大衆は、日常生活に馴れ、また、それにひたり切っているから、このスコラ哲学者の革命的マルクス主義によって急進化したり、階級意識に目覚めたりしないのではない。かんがえてもみたまえ、現在の停滞し、膨大化した独占支配下で、そのどこをさがしたらひたり切ったり、安楽になったりする持続的な時間があたえられているか。かれが、日常生活にひたり「低迷」すればするほど、どうしようもなくなっている支配の秩序を萌芽的に識知せざるをえないのだ。コントラ＝「前衛」的コミュニケーションの方法意識からすれば、この日常意識、快感の機関はあり、物的な交通手段は拡がっているにもかかわらず、すでに日常生活そのもののなかに、どんな持続的な安楽の保証もなくなっている高度資本主義の社会構成のなかの生活実体そのものを意識化する方向にコミュニケーシ

ョンの志向をむけなければならないはずである。(同)

ここで吉本が打ち出した「コントラ＝「前衛」的コミュニケーションの方法意識」というものこそ、彼のいう「自立の思想」です。

一般学生大衆や労働者大衆は、これらの〈説教師〉などよりも生々としているし、潜在的にはそれを充分に圧倒するほどの力もたくわえている存在なのだ。この力をひきだす方法は、宗派的〈説教師〉たちに同伴せよ、おまえはプチブル・インテリまたはまだ目覚めていない労働者だから、階級意識に目覚め、プロレタリア運動の一環となれ、などとオルガニゼーションすることではなく、自立せよ、その日常生活意識をとことんまで意識化してみよ、というコントラ「前衛」的コミュニケーションでなければならない。(同)

というわけで、私たちは、六〇年安保以後の吉本の主張の中で最も重要な「自立の思想」にたどりついたわけですが、しかし、この「自立の思想」ほど誤解されやすいものはありませんし、げんに、おおいに誤解され、否定するにせよ肯定するにせよ、ほうぼうで間違った解釈を施され、ねじ曲げられることになったのです。

第2章

日本的な「転向」の本質

日本的左翼の思考的ねじれはどこから来るのか

吉本隆明がなぜ偉いのかよくわからない、という若い人たちの「わからなさ」の原因の一つははっきりしています。それは「日本は東洋の貧しい、遅れた国だ」という共通認識がなくなってしまった（あるいはそのように見える）ことです。

もちろん、最近ではワーキング・プアという「働けど働けど、暮らし楽にならざり」の階層も増えてきているようですが、日本という国全体でいえば、日本人のだれも日本を東洋の貧しい、遅れた国だと感じてはいません。

つまり、「日本は東洋の貧しい、遅れた国だ」という大前提がなくなってしまったことが、吉本隆明の偉さをわかりにくくしている原因の一つなのです。

しかし、こういうと、ほとんどの人が誤解するでしょうから、急いで付け加えておきますと、吉本隆明は「東洋の貧しい、遅れた日本」という現実と闘ったから偉かったと言いたいのではないのです。

その反対です。吉本隆明が闘ったのは、「日本は東洋の貧しい、遅れた国だ」という大前提から出発して「だから、こうしなければいけない、ああしなければいけない」と口から泡を飛ばして議論している人々（いわゆる左翼）でした。

吉本隆明が、多少とも人の目に触れるメディアにものを書き始めたのは昭和二十年代の終わりからですが、この時代には、まだ「日本は東洋の貧しい、遅れた国だ」という認識がすべての日本人に共有されていました。その結果、この宿痾（しゅくあ）を治すためには社会主義によるほかはないと考えた人々がたくさん現れて、各種の処方箋（スターリン型社会主義、社会民主主義、トロツキズム、反スタ社会主義 etc.）を提案していたのですが、吉本隆明は、そうした議論のほとんどは、現状認識と方法論の両方において根底的に誤っているがゆえに、処方箋もまた無価値であるばかりか有害でさえあると喝破したのです。

ところが、その後、日本は高度成長を遂げて、気がついたら世界の先進国の仲間入りを果たしていました。これがだいたい、昭和五十年頃、西暦でいえば一九七五年のあたりです。その結果、左翼の依拠していた「日本は東洋の貧しい、遅れた国だ」という大前提が消失してしまい、必然的に左翼の影響力が衰えるという現象が起こったのです。

そうなると、吉本隆明が何と闘っていたのか、よくわからないという状況が生じてしまいました。

これは、巨人がすっかり弱くなってプロ野球自体が見限られてしまったいまの時代に、九連覇時代の巨人に対してアンチ巨人の象徴として戦った阪神タイガース（ちなみに吉本隆明は江戸っ子にもかかわらずタイガース・ファンです）の江夏の輝きを説明する難しさに似たところがあります。つまり、あれほどに強力だった左翼（より正確にはスターリニズム）が弱体化してしまった現代においては、アンチ・スターリニストとしての吉本隆明の偉さもわかりにくくなってしまうというわけです。

しかし、では、左翼の退潮と軌を一にするように吉本隆明の価値も減じたのかというと、決してそんなことはないのです。

なぜなら、吉本隆明が批判した左翼的思考法というのは、ある種の条件がそろうと必然的に現れる一つの典型であり、時代が更新されるたびに形を変えて蘇ってくる不死鳥のようなものだからです。すなわち、片方に前近代的な要素が残り、片方に近代西欧的なものが存在するような社会では（つまり、高度成長以前の日本、あるいは戦前の日本、あるいは現在のアジアの開発途上国）、それを近代的なものに改めようと欲すると、かならず同じ思考パターンが生まれるのですが、その左翼的な思考形態は様々な衣裳を纏ってはいるものの、結局、自らの社会に対する総体的理解が不十分であるため、ぎりぎりのところに追い込まれると、同じような欠陥を露呈すると吉本は指摘したのです。

より正確にいえば、吉本隆明が問題としたのは、左翼的な思考法それ自体よりも、それを誕生せしめる日本の近代社会の構造そのものなのです。吉本は、たんに現象面であれこれと日本の左翼の行動や思想を批判したのではなく、日本的な左翼に特有な思考的ねじれがどこから来るのかを徹底的に考え、最終的には、そのねじれが生ずる社会構造それ自体の把握なくしては、なにも解決しないというところまで根源的な思考を働かせたのです。

しかも、その日本近代の社会構造というのは、思っているよりもはるかに複雑な構造を持っているため、これを分析するのに、日本人である自分をカッコにくくるとうまくいくように見えても、次に日本人である自分を実感してしまう（心情的・感情的要素を分離しない）とそのとたんに分析が難しくなるのです。

つまり、まとめ的にいうと、吉本隆明は日本の左翼に特有の思考法を批判しながら、それを生んだ日本社会の構造に迫ることで、左翼的な類型とはまったく別の、より根源的な変革の方法を見いだすことも可能ではないかと考えたわけです。これがいわゆる「自立の思想」です。

こうした意味で、巨人が弱くなってアンチ巨人としてのタイガースの存在理由がなくなるというのとは違って、左翼が退潮しても、吉本隆明の偉大さはいささかも減じないどころか、むしろ、より重みを増しているのです。

天皇陛下万歳とスターリン万歳

しかし、こんなかたちで抽象的な議論を展開していたのでは、若い読者はなにがなんだかわからないかもしれません。

とりあえず、以下、具体的な例を取りながら、吉本隆明が、どのようにして左翼的思考法と訣別して「自立の思想」にたどりついたか、その軌跡を追っていくことにしましょう。

吉本隆明は大正十三年（一九二四）十一月二十五日の生まれですので、昭和二十年の終戦時にはちょうど二十歳でした。米沢高等工業学校から東京工業大学に進んだため、兵役には取られませんでしたが、同時代の青年の中には、戦争の最前線に駆り出されて戦死したものもいます。吉本隆明自身も、何度か学校をやめて軍隊に志願しようと思ったこともあるようです。その点についてはいずれまたお話しすることになりますが、ここでは省略します。

吉本隆明は、佃島小学校に通うかたわら今氏乙治の私塾であらゆる学問の基礎的訓練を受け、文学に目覚め、詩を書くことを覚えましたので、昭和十七年に東京府立化学工業学校から米沢高等工業学校に進んだ頃には、もうかなりの批判精神を備えた文学青年になり、詩作も始めていました。

この時期のことについて、吉本は自分は完全な軍国少年で、戦争徹底遂行派であったといたるところで語っていますが、それと同時に、自分が愛した詩人や文学者、思想家たちが片端から戦争礼賛者に変わっていく姿を見て、情けないやら悲しいやら、複雑な感情を味わったと繰り返し書いています。吉本隆明の世代の文学青年たちは、戦争で死ぬことなら自分たちが引き受けるから、あなたたちはモダニストであれ、心優しい抒情詩人であれ、確信的なマルキストであれ、とにかく本来の姿でいてほしい、それなのに、頼まれたわけでもないのに、次々にメディアにしゃしゃり出てきて、読む方が恥ずかしくなるような戦争賛美の言辞を重ねる、なぜなんだ？　と思ったようです。

ところが、戦後の平和な世の中になり、共産党と左翼が復活すると、戦争賛美を続けていた人たちが、一転して、平和と民主主義の賛美者となり、天皇陛下万歳をしていたのとまったく同じ構造でスターリン万歳とやるようになります。

また、一方では、戦争前に逮捕され、転向することなく獄中十八年を貫き通した共産党の幹部たちが、無謬(むびゅう)性の神話を纏って出獄し、ほとんど凱旋(がいせん)英雄のように左翼の世界で君臨するようになります。

さらには、左翼から社会ファシストになり、戦争中は生産力増強などのお題目で軍部に取り入っていた連中が、戦後はほとんどその思考法を変えることなく文化左翼に横滑りして再び幅を利かせるようになったりしました。

こうした前世代の詩人や文化人たちの恥知らずの変身ぶりをメディアで眺めたり、あるいは職場での組合活動を通してこれらの人々のエピゴーネン（追随者）と接したりしているうちに、吉本隆明はどうにも抑えがたい違和感を感じたらしく、当時『現代評論』という同人雑誌を一緒にやっていた武井昭夫との共著で昭和三十一年に『文学者の戦争責任』（淡路書房）という評論集を世に問うことになります。

そこには、数年前からいくつかの雑誌に発表されていた文学者の戦争責任論がまとめられており、いわゆる「転向」の問題が詳しく論じられていたのですが、私個人のことをいえば、さすがに、この『文学者の戦争責任』を同時代に読むことはできず、転向論に接したのは、彼の第一論文集ともいえる『芸術的抵抗と挫折』（未来社、昭和三十四年刊）でした。

日本的転向の本質

この『芸術的抵抗と挫折』には「マチウ書試論」「芥川竜之介の死」という重要な論文も含まれていますが、そのメインはやはり、「『民主主義文学』批判」「『戦旗』派の理論的動向」「芸術的抵抗と挫折」「転向論」の四つの論文が含まれている第二部です。この四つの論文で、吉本隆明は、日本的な転向というものの本質をもののみごとに抉り、白日のもとにさらけ出したのです。

というわけで、「自立の思想」を取り上げるための前段階としてどうしても不可欠な転向の問題を見ていくことになりますが、ひとつ、あらかじめ強く憂慮されることがあります。

それは、吉本がこれら四つの論文で論じているプロレタリア文学およびマルクス主義的文学論というのは、いまの若い人たちにとっては、ほとんど未知の外国語と同じくらいに訳のわからないものに映るにちがいないということです。プロレタリア文学特有の用語や概念が理解できないというレベルの問題ではありません。まるっきし、それこそ、隅から隅まで理解不可能と感じられるはずです。それはちょうど、私たちのようなオールド・ジェネレーションがパソコンやインターネットを扱った文章がわからないのと似ていて、「これが同じ日本語か！」とさえ思えてくるに相違ありません。

したがって、吉本隆明が批判したプロレタリア文学者、および、その転向、再転向の仕方などについては、ある程度、アナロジーが働くようなたとえ話を持ってくるしかないようです。うまく比喩が使えるかどうかわかりませんが、ひとつ、試みてみましょう。

四つの論文の中で、一般論であるにもかかわらず、今日にも応用がきくと思われるのは「転向論」です。

この論文の冒頭で、吉本隆明は本多秋五が転向文学論で普遍化した転向の定義をまず借用しています。

本多によれば、転向の概念は、つぎの三種にきせられる。第一は、共産主義者が共産主義を拋棄する場合、第二は、加藤弘之も森鷗外も徳富蘇峰も転向者であったという場合のように、一般に進歩的合理主義的思想を拋棄することを意味する場合、第三は、思想的回転（回心）現象一般をさす場合である。

この本多秋五の定義で十分だと思いますが、それでもまだよくわからないという人のために、いくつか例をあげておきましょう。

たとえば、若いときには、やれ「あそこはパリの三つ星で修業したシェフがやっているっていうけど、ちょっと感覚が古いよね」とか、「ムートン・ロートシルトは九〇年より八八年が上だね」とか言っていた人が少し年を取ると、「やっぱ、日本人は味噌汁だよ」とか「手打ちそばに卵焼き、それにいも焼酎でしょう」などと言いだすのも立派な「転向」ですし、また「トマス・ピンチョンくらいの難解さがないと物足りないね」と言っていた人が「藤沢周平の枯れ方がたまらないね」と時代小説好きになるのもまた「転向」の一種です。

つまり、転向というのは、広い意味で捉えれば、西欧近代的なものから日本的なものへの回帰と表すことができるのですが、吉本隆明が「転向論」の中で問題としているのは、最も狭義の意味、つまり、共産主義者だった人が共産主義を捨て、無関心になることや、あるいは進んで別の主義や考え方に転じて、保守主義者や天皇賛美者になることを意味しています。

しかし、こういうと、自分は共産主義者ではないから関係がないやとか、いまさら共産主義もないものだから、そんな狭い意味での転向を論ずるなんて無意味じゃないかと考える人がいるかもしれませんが、それは誤りです。

なぜなら、共産主義者に走り、後にそこから抜けるという狭い意味での転向は、広い意味での転向を象徴的に要約しており、近代日本の直面するあらゆる問題とつながっているからです。いいかえると、この狭い意味での転向の問題を解くことができさえすれば、広い意味での転向（たとえば、フレンチ派から手打ちそばへの転向）の問題もおのずから解けるような構造になっているのです。

佐野学、鍋山貞親の転向のモチーフ

というわけで、狭義での「転向」がまず問題となるわけですが、これが一つの社会問題となったのは、昭和八年に獄中にいた日本共産党の最高幹部の佐野学と鍋山貞親が共同署名で公表した「共同被告同志に告ぐる書」が『改造』七月号に掲載されたのが最初です。

佐野学と鍋山貞親は、昭和七年にコミンテルン（ソ連共産党の指導下にあった共産主義インターナショナル）が日本向けに出したいわゆる「三二テーゼ」の中の天皇制打倒と反戦任務という条項、つまり、当面の革命の性質はブルジョワ民主主義革命によって天皇制を打倒すべしという戦略規定と、もし日本が帝国主義的戦争に訴えたら、日本の前衛は自国政府の敗北を切望し、積極的にソ連擁護のために戦わなければならないとする反戦任務に、思想的にというよりも民族感情的に反発し、「民族と階級とを反発させるコミンターンの政治原則は、民族的統一の強固を社会的特質とする日本において特に不通の抽象である」として、ついには、「日本の皇室の連綿たる歴史的存続は、日本民族の過去における独立不羈の順当的発展の——世界に類例少なきそれを事物的に表現するものであって、皇室を民族的統一の中心と感ずる社会的感情が勤労者大衆の胸底にある。我々はこの実感を有りの儘に把握する必要がある」と、天皇制と日本民族への全面的な屈服へと至ったのです。

佐野学と鍋山貞親の声明が発表されるや、共産党大弾圧で獄につながれていた共産主義者は次々に転向の意志を表し、一部の人たちを除いて、ほとんどの共産主義者が共産主義を放棄するに至ったのです。一般に、文学史や政治思想史で「転向」という場合は、この時期のこうした転向の仕方をさします。また、獄中でも転向しなかった人々の態度を「非転向」と呼びます。

吉本隆明は、こうした「転向」を、たんに共産主義者が、権力の暴力的な弾圧に肉体的・精神的に屈服したために生まれたものとして捉えず、満州事変以後に民族主義的な色彩を帯びてきた大衆的な動向からの孤立感であったと捉えます。つまり、逮捕され、拷問を受け、獄中に長く拘禁されるのが怖い（もちろん、それもあるでしょうが）というよりも、自分たちは大衆の「皇室を民族的統一の中心と感ずる」態度とは完全に遊離して、ひとり無意味なことをやっているという徒労感にあったというのです。

佐野、鍋山の転向の内面的なモチーフからいいかえれば、天皇制権力の圧迫に屈した、ということの外に、大衆からの孤立に耐ええなかったという側面を重要にかんがえたいのだ。

佐野、鍋山の転向には、それなりに、大衆的動向からの孤立にたいする自省があったのはあきらかである。（「転向論」）

では、こういった佐野、鍋山らの感じた孤独感はどんなメカニズムによって生まれてくるのでしょうか。

封建的意識の残像

獄中にいた佐野学と鍋山貞親が転向声明を発して、共産主義を放棄した原因について、吉本隆明はそれを次のような言葉で説明しています。

日本的転向の外的条件のうち、権力の強制、圧迫というものが、とびぬけて大きな要因であったとは、かんがえない。むしろ、大衆からの孤立（感）が最大の条件であったとするのが、わたしの転向論のアクシスである。生きて生虜の耻しめをうけず、という思想が徹底してたたきこまれた軍国主義下では、名もない庶民もまた、敵虜となるよりも死を択ぶという行動を原則としえたのは、（あるいは捕虜を耻辱としたのは）、連帯認識があるとき人間がいかに強くなりえ、孤立感にさらされたとき、いかにつまづきやすいかを証しているのだ。（同）

では、佐野学と鍋山貞親は、どのようなところにおいて、大衆との連帯認識を失い、孤立感に捉えられ、空しさにさいなまれるに至ったのでしょうか？

この点に関して、吉本隆明は、それを日本のインテリゲンチャに典型的な思考変換の仕方にあるとし、その思考変換の回路を大きく二つに分類してから、佐野と鍋山を第一の分類に組み込んでいます。

第一は、知識を身につけ、論理的な思考法をいくらかでも手に入れてくるにつれて、日本の社会が、理にあわないつまらぬものに視えてくる。そのため、思想の対象として、日本の社会の実体は、まないたにのぼらなくなってくるのである。こういう理にあわないようにみえる日本の社会の劣悪な条件を、思考の上で離脱して、それが、インターナショナリズムと接合する所以であると錯誤するのである。このような型の日本的インテリゲンチャにとって、日本の社会機構や日常生活的な条件が、理に合わない、つまらぬものとしてみえるのは、おそらく、社会的な要因からかんがえて、封建的な遺制の残存することによるためではない。むしろ原因の大半はこの種のインテリゲンチャの思考法に封建的意識の残像が反映しているためであり、その残像を消去するためにかれらは思考を現実離脱させているのに外ならない。わたしのかんがえでは、日本の社会が理にあわぬつまらぬものとみえるのは、前近代的な封建遺制のためではなく、じつは、高度な近代的要素と封建的な要素が矛盾したまま複雑に抱合しているからである。（同）

吉本がこの文章を書いたのは昭和三十三年（一九五八）です。戦後の解放が進んだとはいえ、欧米に比べればまだまだ「封建的な遺制」の残っていた時代ですので、これを読んだ読者は「封建的な遺制」という言葉のイメージはすぐに了解できましたし、吉本のいわんとする意味もおのずから理解することができました。また、私が読んだ昭和四十三年（一九六八）でも、ほぼ同じことがいえました。

しかし、いまの日本は、ある意味、世界でも最も「封建的な遺制」の消失しているウルトラモダン社会ですので、果たして、いまの読者が「封建的な遺制」という言葉でなにものかをイメージ化できるかどうか心配になります。そこで、別の箇所から言葉を引いて、右の引用と重ね合わせることによって、意味の濃さを増すという迂回路を取りたいと思います。

近代日本の転向は、すべて、日本の封建性の劣悪な条件、制約にたいする屈服、妥協としてあらわれたばかりか、日本の封建性の優性遺伝的な因子にたいするシムパッシーや無関心としてもあらわれている。このことは、日本の社会が、自己を疎外した社会科学的な方法では、分析できるにもかかわらず、生活者または、自己投入的な実行者の観点からは、統一された総体を把むことがきわめて難しいことを意味しているとかんがえられる。分析的には近代的な因子と封建的な因子の結合のようにおもわれる社会が、生活者や実行者の観念には、はじめもないおわりもない錯綜した因子の併存となってあらわれる。もちろん、けっして日本に特有なものではないが、すくなくとも、自己疎外した社会のヴィジョンと自己投入した社会のヴィジョンとの隔りが、日本におけるほどの甚だしさと異質さとをもった社会は、ほかにありえない。日本の近代的な転向は、おそらく、この誤差の甚だしさと異質さが、インテリゲンチャの自己意識にあたえた錯乱にもとづいているのだ。（同）

二つのヴィジョンの落差

話をわかりやすくするために、「自己疎外した社会のヴィジョンと自己投入した社会のヴィジョンとの隔りが、日本におけるほどの甚だしさと異質さとをもった社会は、ほかにありえない」という箇所から解釈に入っていきたいと思います。

例として私があげてみたいのは、海外旅行に行って帰ってきた日本人が語る帰国談です。「いや驚いたね、パリのオルセー美術館に行ったら、もう日本人ばっかり。日本人ってのは本当にオルセーが好きなんだね。いたるところで日本語が聞こえてうんざりしたよ」

さて、この言葉が「自己疎外した社会のヴィジョン」であることは言うまでもありません。自分自身をオルセー美術館で日本語で声高に会話している日本人の中に含めてはいない（疎外している）のですから。

その昔、ビートたけしが、この種の海外旅行談を語る人をからかって、「そういうおまえが最初にいなくなれ」と言っていましたが、普通は、こうしたことを話す人の脳裏にはビートたけし的な発想は間違っても浮かばないものなのです。

では、「自己投入した社会のヴィジョン」というのはどういうものでしょうか？

「パリのマクドナルドに入ってビッグマックを注文したんだが、こっちがフランス語のわからない黄色い顔の日本人だと見たのか、店員の奴、やたらに人種差別的な態度とりやがって、もう頭きた！」

さて、こちらの人は、自分をパリのマクドナルドで注文をする客というカテゴリー以前に、「日本人」というカテゴリーに入れてしまって議論を進めています。この人の頭には、パリのマックの店員はだれに対しても平等につっけんどんなのかもしれないという仮定が入りこむ余地はありませんし、また、たとえマックで注文するときにも、客の方から「ボンジュール」と言わなければならないという不文律がフランスにはあることを想像しようともしていないのです。実際のところ、「日本人だから差別しようと思う」ほど意識的に人種差別を貫く店員などほとんどいないのですが、この人は、「自己投入した社会のヴィジョン」でものごとを見ていますから、そうした事実は視野には入らず、日本人であることを過剰に意識してしまうのです。

おそらく、こうした「自己投入した社会のヴィジョン」でものごとを見るタイプの人は、立腹してマックを出たその足でサン・トノレ通りの日本食レストランに入り、そこで注文した「一杯のかけそば」を口にしたとたん、いきなり涙して「ああ、おれ（私）は日本人なんだ」と自己確認してしまったりすることでしょう。

現在の日本に関していうならば、問題は、オルセー美術館には日本人ばっかりだという「自己疎外した社会のヴィジョン」の持ち主が、同時に、パリのマックで人種差別されたと抗議する「自己投入した社会のヴィジョン」の持ち主でもあり、この二つの心的モードを、状況によって自分に都合がいいように使い分けているにもかかわらず、その心的モードを操作している当人はモードを使い分けていることさえ気がついていないことにあります。

しかし、佐野学と鍋山貞親の時代には、二つの心的モードはそれほど容易に交換可能なものではありませんでした。というよりも、それらは、どちらか一方を取ったら、一方を捨てるという二者択一的なものとして現れてくるほかはなかったのです。そして、「自己疎外した社会のヴィジョン」から「自己投入した社会のヴィジョン」に移ったとたん、日本のインテリゲンチャは、そのあまりの落差と異質さに耐え切れずに、「転向」を決意することになったのです。

無理やりの思考操作

では、そのメカニズムはどのように機能したのか、次にそれを検討していきましょう。

まず、吉本が第一のジャンルとしたインテリゲンチャは、「知識を身につけ、論理的な思考法をいくらかでも手に入れてくる」につれ、「自己疎外した社会のヴィジョン」を持つようになり、「日本の社会の実体は、まないたにのぼらなくなってくる」のです。つまり、見ているのに見ないという状態です。

これは、日本の社会の近代化がある程度まで進んだときに初めて現れてくる現象です。具体的にいうなら、たとえ、階層的には貧しく、非インテリ、非文化的な父母から生まれた子供でも中等教育以上に進むことが許され、書物や仲間同士の会話を通して欧米の文化や思想に触れることができるような中程度の発展段階に社会が達していなければなりません。

このような段階にある社会においては、知識や論理的な思考法は、それが自分の周りにいる家族や社会環境と「切れて」いればいるほど魅力的なものに映ります。これは、後に吉本が「知の遠方志向性」という用語で表した心的傾向のことですが、社会が中途半端に発達した戦前の日本のような環境にあっては、この「知の遠方志向性」はとりわけ突出したかたちで現れ、知識や思考法が周囲の現実から「切れていること」がなによりも重要になります。そして、この「切れている」知識や思考法を身につけてしまうと、そのインテリゲンチャは、「日本の社会機構や日常生活的な条件」を馬鹿げた、くだらないもののように見なすことになります。

ところで、ここには一つの錯誤があります。それは、社会が中程度の発展段階にあるからこそ、自分のようなインテリゲンチャが生まれてくることが許されたのだという前提を忘れ、自分が離脱したと信じた「日本の社会機構や日常生活的な条件」を必要以上に遅れたものと見てしまっていることです。いいかえれば、自分の位置の測定を誤っているために、自分が客体視した「日本の社会機構や日常生活的な条件」の位置まで測定しそこなって、それを「封建的な遺制」と決めつけてしまうのです。

ところが、実際には、「日本の社会機構や日常生活的な条件」が理に合わない、つまらぬものとして見えたのは、「封建的な遺制の残存することによるためではない」のです。

この場合、「封建的な遺制」と吉本が呼ぶのは、具体的には親子関係（とりわけ父‐息子の関係）という場に象徴的に現れる天皇制のことです。知識や西欧的思考法を獲得した息子は、父というかたちを取って現れる自我の抑圧体制に不満を感じ、そこに天皇制の残存を見ようとするのです。

ところが、吉本によると、「日本の社会機構や日常生活的な条件」が理に合わない、つまらぬものとして見えた本当の原因は、この種のインテリゲンチャの思考法そのものの中に「封建的意識の残像が反映しているため」であり、「その残像を消去するためにかれらは思考を現実離脱させているのに外ならない」のです。

これは言われてみればその通りというほかありません。なにしろ、社会が中程度の発展段階にあるのですから、「日本の社会機構や日常生活的な条件」から完全離脱したと思っていても、本当は半分くらいまでしか離脱できておらず、体の残り半分は封建的意識の中にどっぷりと浸かっているのです。そして、そのことを自分でも半ば意識しているため、思考操作をアクロバティックに完成させようとすれば、「その残像」を意識の中から「消去」しなければならなくなります。そして、その通りに無理やり実行してしまうのです。

しかし、こうした「見て見ない」ふりというのは、長くつづけていると必ずどこかで破綻が来るものです。起こるべきことは必ず起こるのです。

佐野、鍋山がつきつけられたもの

吉本は、先の引用に続けて、次のようにいいます。

この種の上昇型のインテリゲンチャが、見くびった日本的情況を（例えば天皇制を、家族制度を）、絶対に回避できない形で眼のまえにつきつけられたとき、何がおこるか。かつて離脱したと信じたその理に合わぬ現実が、いわば、本格的な思考の対象として一度も対決されなかったことに気付くのである。このときに生まれる盲点は、理に合わぬ、つまらないものとしてみえた日本的な情況が、それなりに自足したものとして存在するものだという認識によって示される。それなりに自足した社会であると考えさせる要素は、日本封建制の優性遺伝的な因子によっている。佐野、鍋山の転向とは、これを指しているのではないか。わたしの見るところでは、日本のインテリゲンチャはいまも、佐野、鍋山の転向を嗤うことができないのである。(「転向論」)

「見くびった日本的情況を(例えば天皇制を、家族制度を)、絶対に回避できない形で眼のまえにつきつけられたとき」というのは、たとえば、日本の特殊事情などなにもわかっていないコミンテルンの指導で、帝国主義戦争が起こったら、日本の前衛党は自国政府の敗北だけ切望しなければならないとされたような情況です。佐野学と鍋山貞親は、それはいくらなんでもあんまりだと感じたにちがいありません。

具体的にいえば、満州事変の勃発に際して、佐野学と鍋山貞親は、満州の原野を駆け巡る日本軍の勇姿に大衆が拍手喝采するのを横目で見ながら、果たして自分はコミンテルンのいうように日本軍が中国軍に負ければいいのにと切望できるかと自問し、それはできない相談だと答えてしまったのでした。

この心理がわかりにくいと感じた人は、だいぶレベルが違いますが、次のような情況から連想を働かせてください。

すなわち、ワールド・カップに日本代表が参加して、クロアチアなりトルコなりと戦っているのをみんなと一緒にテレビで見ているとき、自分は日本代表の試合運びや監督采配に大いに疑問を感じているがゆえに、ここで日本代表が偶然に勝利してしまうことはかえって後々禍根を残すことになりかねないから、今回のワールド・カップにおいては日本代表が敗北することを切望すると言えるかどうかということです。ほかにテレビを見ている人が大勢いる中で、「ニッポン、負けろ！」と叫べるようなインターナショナルな日本人はそうはいないはずです。

この伝で、ときの政府の帝国主義的政策だとか軍隊のファシズム的傾向には、階級的な観点から断固反対を叫んでいた佐野学と鍋山貞親も、いざ民族という要素を持ち出されると、とたんにヘナヘナと腰砕けになって、日本万歳、天皇陛下万歳となってしまったということです。

彼らの転向はみっともないのか

同じようなことは家族との対峙という小情況についてもいえます。

治安維持法違反で捕らえられて獄中につながれ、苛酷な拷問を受けても節を曲げなかった筋金入りの共産党員が、田舎からやってきた母親（小津安二郎の映画に出てくる東山千栄子だとか田中絹代などの慈母系の女性の顔を思い浮かべてください）が、その党員の好物の稲荷寿司（ぼた餅でも可）を重箱につめて面会所に現れるのを見たとたん、いきなり泣き崩れて、いっさい何も語らずにそのまま転向してしまったというようなエピソードです。この党員の目には、たんに自分を無償の愛で愛してくれた母親のみならず、その母親によって象徴される懐かしい家郷のすべてが一挙に鮮烈な映像をともなって映し出されたにちがいありません。

「理に合わぬ、つまらないものとしてみえた日本的な情況が、それなりに自足したものとして存在するものだという認識」が生まれるのはこの種の瞬間です。なぜなら、その共産党員は、故郷に残してきた両親に体現される古い封建的なしがらみを「理に合わぬ、つまらないもの」として意識から消去しようとしたにもかかわらず、ほかならぬ自分自身がその「封建的な遺制」に半ば捕らえられたままでいるために、獄中での母親との対峙という「絶対に回避できない形で眼のまえにつきつけられたとき」、自分は母親によって象徴される家郷的なるものを何一つとして直視せず、「本格的な思考の対象として一度も対決」してこなかったことに気づくのです。そして、家郷的なるものが、それなりに平和な秩序を持って存在している（自足している）のは、「日本封建制の優性遺伝的な因子」、つまり、それとは意識されぬほどに構造化された一君万民的な原始天皇制によって貫かれていると悟った瞬間、それこそ、コトリと音が聞こえるほどぶざまに「転向」が行われてしまうのです。

では、吉本隆明はこうした日本インテリゲンチャに特有の転向をみっともないものとして全面的に批判しているのでしょうか？

じつは、そうではないのです。なぜなら、彼らは少なくとも自分たちの「思考法に封建的意識の残像が」あることを半ば意識していたという点において、まったくそれを意識していなかった人たちよりはマシだと吉本は考えたからです。

この「まったくそれを意識していなかった人たち」というのが、吉本が批判する第二の日本インテリゲンチャの典型です。

「半日本人」と「無日本人」

では、その第二のタイプとはどのようなものでしょうか？　以下、少し長目ですが、一息で読むべき箇所ですので、あえて引用してみましょう。

日本のインテリゲンチャがとる第二の典型的な思考過程は、広い意味での近代主義（モデルニスムス）である。日本的モデルニスムスの特徴は、思考自体が、けっして、社会の現実構造と対応させられずに、論理自体のオートマチスムスによって自己完結することである。文学的なカテゴリーにおいても、たとえば想像力、形式、内容というようなものが、万国共通な論理的記号として論ぜられる。或る場合には、ヴァレリーが、ジイドが、またある場合にはサルトルが、隣人のごとくモデルニスムスのあいだで論じられ、手易く捨てられるという風潮は、想像力、形式、内容というような文学的カテゴリーが論理的な記号としてのみ喚起されて、実体として喚起されないからである。実体として喚起されるならば、これらの文学的カテゴリーは、その社会の現実の構造と、歴史との対応なしには、けっして論ずることができないものなのだ。

このような、日本的モデルニスムスは、思想のカテゴリーでも、おなじ経路をたどる。たとえば、マルクス主義の体系が、ひとたび、日本的モデルニスムスによってとらえられると、原理として完結され、思想は、けっして現実社会の構造により、また、時代的な構造の移りかわりによって検証される必要がないばかりか、かえって煩わしいこととされる。これは、一見、思想の抽象化、体系化と似ているが、まったくちがっており、日本的モデルニスムスによってとらえられた思想は、はじめから現実社会を必要としていないのである。日本的モデルニスムスにとっては、自己の論理を保つに都合のよい生活条件さえあれば、はじめから、転向する必要はない。なぜならば、自分は、原則を固執すればよいのであって、天動説のように転向するのは、現実社会の方だからである。(「転向論」)

この第二のタイプも、第一のタイプと同じように、知識を身につけ、論理的な思考法を手に入れるにつれて、日本の社会を理に合わない、つまらないものと見なし、日本の社会の実体を見ないように努めて、インターナショナリズムと接合するのですが、第一のタイプと違うところは、思考法や感受性の中に封建的意識の残像が反映していない、あるいは全然、そうした意識がないところです。

つまり、第一のタイプが体の半分は封建的遺制の中に浸かっている「半日本人」であるのに対し、第二のタイプは、外見は日本人でも、その意識、その頭の中身は「無日本人」なのです。

いま、あえて「無日本人」という造語を使ってみたのは、若い読者が、これを帰国子女のようなニュアンスで捉えるのを恐れたからです。帰国子女というのは、主に欧米的な生活環境と言語習慣の中で幼年時代・思春期を過ごしたがために、外見だけは黄色い肌の日本人だけれど中身は完全な白人という「バナナ」のような存在なのですが、吉本隆明が第二のジャンルに分類しているインテリゲンチャはこうした「バナナ」ではありません。中の純白度がより高いという意味で「ライチ」のような存在です。

いや、この比喩も正しくありません。なぜなら、「無日本人」は自分の外見がバナナのように黄色かったり、ライチのように茶色かったりすることなどまるっきり意識しないどころか、白人と黄人との区別さえ存在していないかのように感じているからです。「バナナ」であるところの帰国子女は現地にあって、現実的に差別を受けたり、彼我の差を痛感させられたりして、自分の黄色い肌を意識させられたりするはずですが、「無日本人」は、欧米に行けなかった分、葛藤は経験せず、逆に純度一〇〇パーセントの無国籍になってしまったのです。

現実社会をシャットアウト

こうした無国籍の「無日本人」にとって、ヴァレリーやジッドやサルトルの文学や思想が、十九世紀・二十世紀の成熟したフランス・ブルジョワ社会の構造という時代的・風土的な制約によって生み出された結果としての「想像力、形式、内容」であることはまったく意識に入ってきません。あたかも、物理や化学の受験勉強をする受験生が、本来たび重なる実験の末に抽出されたはずの数式を、そうと意識しないで操作するように、彼らにとっては、「想像力、形式、内容というような文学的カテゴリーが論理的な記号としてのみ喚起されて、実体として喚起されない」

のです。

一事が万事この調子ですから、日本社会の実体や現実などといったものは、端(はな)から思考には入ってきません。ヴァレリーやジッドやサルトルから借りた「想像力、形式、内容」が「万国共通な論理的記号として論ぜられる」ばかりで、「日本の社会にとって、それがどうだというんだ」といった問題提起は起こってこないのです。

このジッド、ヴァレリー、サルトルの代わりに、デカルト、カント、ショーペンハウエルが代入されれば、旧制高校的教養主義になり、マルクス、レーニン、スターリンが代入されれば、日本版のマルクス主義になり、フーコー、デリダ、ドゥルーズ、あるいはラカン、バルト、レヴィ＝ストロースが代入されれば、日本版構造主義になります。いずれにしても「思想は、けっして現実社会の構造により、また、時代的な構造の移りかわりによって検証される必要がないばかりか、かえって煩わしいこととされる」のです。逆に、そうした夾雑物に満ちた要因を検証したりすると、せっかくの切れ味鋭い名刀に刃毀(はこぼ)れが起きたりしますから、日本版教養主義、日本版マルクス主義、日本版構造主義は、「はじめから現実社会を必要」としないように努めるのです。

ひとことでいえば、こうした純粋無国籍の「無日本人」は、それが欧米のものであれ、日本のものであれ、現実社会というものを完全にシャットアウトした、ある意味、ヴァーチャルな思考方法を採用していますから、現実社会がどうあろうとも、そんなものには初めから無関心であり、それに情動を動かされたり、感情を刺激されたりすることも一切起こらず、いたって平然としていられるのです。

「非転向」のほうこそが本質的な転向

話を転向問題に戻すと、封建的遺制に半分まで浸かった「半日本人」である佐野学と鍋山貞親が、その封建的意識の残像ゆえに、「日本的現実のそれなりに自足した優性」に触れた瞬間、半分残った「日本人」を無残にも丸だしにして、天皇制や父権的封建制に全面屈服して転向してしまったのとは対照的に、現実社会というものを捨象した純粋無国籍の「無日本人」たる小林多喜二、宮本顕治、宮本百合子、蔵原惟人(くらはらこれひと)などは、現実がどう変化しようと関係がありませんから、「自分は、原則を固執すればよいのであって、天動説のように転向するのは、現実社会の方」であり、転向しようにも、転向のしようがないのです。

吉本隆明は、こうした日本インテリゲンチャの第二の典型を捉えて、それは、世間一般で言われているような獄中十八年の「非転向」であるよりも、むしろ、ある種の「転向」(これを吉本は「非転向的『転回』」と呼んでいます) であるとして一刀両断します。

わたしは、すすんで、小林、宮本、蔵原らの所謂「非転向」をも、思想的節守の問題よりも、むしろ日本的モデルニスムスの典型に重みをかけて、理解する必要があることを指摘したいとおもう。このような「非転向」は、本質的な非転向であるよりも、むしろ、佐野、鍋山と対照的な意味の転向の一型態であって、転向論のカテゴリーにはいってくるものであることはあきらかである。なぜならば、かれらの非転向は、現実的動向や大衆的動向と無接触に、イデオロギーの論理的なサイクルをまわしたにすぎなかったからだ。（「転向論」）

アニメ『北斗の拳』に、「おまえはもう死んでいる」という名セリフがありますが、この伝でいえば、「小林、宮本、蔵原よ、おまえたちは、もう転向している」ということになります。こうして、非転向もまた、いや非転向のほうこそがより本質的な転向（転回）であると喝破した吉本隆明は、転向論の一応の結論として、こう述べることになります。

> 社会的危機にたった場合、民族と階級とをいたちごっこさせねばならなくなる佐野、鍋山の転向と、原則論理を空転させて、思想自体を現実的な動向によってテストし、深化しようとしない小林、宮本などの「非転向」的な転回とは、日本的転向を類型づける同じ株からでた二つの指標である。
>
> わたしは、佐野、鍋山的な転向を、日本的な封建制の優性に屈したものとみたいし、小林、宮本の「非転向」的転回を、日本的モデルニスムスの指標として、いわば、日本の封建的劣性との対決を回避したものとしてみたい。何れをよしとするか、という問いはそれ自体、無意味なのだ。そこに共通しているのは、日本の社会構造の総体によって対応づけられない思想の悲劇である。（同）

以上が、吉本隆明の転向論の眼目です。そして、これをよく読めば、吉本が、戦前のマルクス主義者たちの転向・非転向をモラルの問題としてでなく、日本近代に内在する近代性と封建性の関係として扱おうとしていることがわかります。転んだ、転ばないの議論ではないのです。封建性を色濃く残しながら、一気に近代化してしまった明治以後の日本社会の孕む問題が、ロシア的マルクス主義の受容と放棄（転向問題）というサンプルを見つめることによって、非常にはっきりとしたかたちで対象化されているのです。

いいかえれば、吉本にとっての転向論は、日本近代社会の問題にほかならないのです。これを吉本は、次のように要約しています。

この転回の二つのタイプは、いずれも、日本の後進性の産物に外ならないが、この後進性が、佐野、鍋山のような転回と、小林、宮本などのような転回とに分裂するのは、まさに、日本の社会的構造の総体が、近代性と封建性とを矛盾のまま包括するからであって、日本においてかならずしも近代性と封建性とは、対立した条件としてはあらわれず、封建的要素にたすけられて近代性が、過剰近代性となってあらわれたり、近代的条件にたすけられて封建性が「超」封建的な条件としてあらわれるのは、ここにもとづいているとおもう。わたしたちは、おそらく、佐野、鍋山的な転向からも、小林、宮本的な「非転向」からも、思想上の正系を手に入れることはできないのだ。転向の問題は、日本では、その大抵の部分が思想的な節操の問題、いいかえれば、一人の人間が、社会の構造の基底に触れながら、思想をつくりあげてゆく問題とは、水準としてなりえていない。それは、おおくイデオロギー論理の架空性（抽象性ではない）からくる現実条件からの乖離の問題にしかすぎない。転向論議が、権力への思想的屈服と不服従の問題として行われてきたことを、わたしは全面的に肯うことができないのである。（同）

ここには、吉本隆明が後に展開することになる諸問題が出揃っています。人は処女作に向かって成熟するといわれますが、吉本隆明も自分の抱えた問題を事実上の処女作（「転向論」は吉本が井上光晴、奥野健男、清岡卓行、武井昭夫と始めた同人誌的商業誌『現代批評』の創刊号に発表された）で、凝縮したかたちで開陳しているのです。

では、いったい、それはなんなのでしょうか？

大局的にいえば、それは「日本の社会的構造の総体が、近代性と封建性とを矛盾のまま包括する」という特徴に注目して、「佐野、鍋山的な転向」でもなく、「小林、宮本的な『非転向』」でもない、「社会の構造の基底に触れながら、思想をつくりあげてゆく」ような第三の道は可能かと問うことです。

事実、吉本は、この方向でその思想を深化してゆくことになるのですが、それはいずれ取り上げることにして、ここでは、もう少し穿った角度から、吉本の「転向論」を検討してみたいと思います。

当たり前のことですが、すべての表現者と同じく、吉本隆明にとっても、最も切実な問題は「自分」です。自分がかくあるようなものになっているのは、いったいどのような経路と過程を経たからなのか、また、それは社会の構造とどのような関係にあるのか、これに対する疑問こそが吉本隆明の出発点です。

この意味で、吉本がなによりも詩人として出発したことは重要です。吉本は、「自分」を掘り下げていく過程で社会と遭遇し、その軋轢を問題としたのです。

吉本を吉本たらしめた最大の要因

では、具体的に、その軋轢とはなんだったのでしょうか？

吉本といえども、近代日本という国に生まれて育ったインテリゲンチャである以上、その時代的、風土的制約を免れることはできません。つまり、吉本も「知識を身につけ、論理的な思考法をいくらかでも手に入れてくるにつれて、日本の社会が、理にあわないつまらぬものに視えてくる」というところまでは、第一タイプ（佐野、鍋山型）、第二タイプ（小林、宮本型）と同じだったのです。

ところが、吉本は、この両者に比べて、少し遅れて生まれてきたため、成長期がそのまま昭和の激動の時代と重なり、第一のコースも第二のコースもすでに封鎖されている状況にありました。残るは、兵隊となって死ぬという一本道しかなかったのです。

つまり、時代状況的に、吉本は、第一でも第二でもない第三の道しか選びようがなかったといえるのですが（吉本が戦中派であることを強調するのはこのためです）、じつは、彼がこの必然にぶち当たった要因として、もう一つ別なものをあげることができるのです。それは、東京下町の下層中産階級に生まれ育ったインテリゲンチャという、文化資本的な意味で「捩れた」要素です。この特殊なポジションが、吉本隆明を吉本隆明たらしめた最大の要因とさえ言えるのです。

いま、ここに、便宜的に、インテリゲンチャの資質を決定するファクターとして、「都会・地方」と「インテリ家庭・非インテリ家庭」という二つの項目を導入すると、順列組み合わせによって、額面上は、「①都会・インテリ家庭」「②都会・非インテリ家庭」「③地方・インテリ家庭」「④地方・非インテリ家庭」という四分類ができあがります。

しかし、このうち、「④地方・非インテリ家庭」という分類は、吉本が成長した時代（昭和前期）においては、無視してもかまわない分類といえます。なぜなら、現在と比べてはるかに地方格差が大きかった戦前においては、地方の非インテリ家庭に育った青年が教育を受けてインテリゲンチャになる可能性は、皆無とはいえぬものの、極めて少なかったと断言してかまわないからです。大学教育ないしはそれに類するものを受けるには、とりわけ、地方出身者は、ある程度、親が裕福で、教育の必要を認めて仕送りを続けるインテリでなければなりません。

したがって、戦前のインテリゲンチャで地方出身のものは、多かれ少なかれ、親が裕福でインテリという「③地方・インテリ家庭」という第三分類ということになります。もっとも、インテリといっても、地方においてはおのずから限界があり、それは中等教育以上を受けた富裕層という程度の意味で解するべきでしょう。すなわち、豪農・地主、裕福な商人、医者・弁護士などの自由業といったレベルで、ひとことでいえば、地方の名望家（notable）層です。

これに対して、同じ非インテリ家庭でも、「②都会・非インテリ家庭」という分類は十分可能です。都会においては、インテリ家庭でなくとも、子供を高等教育にまで進ませる金銭的な余裕のある家庭は少なくありません。下町、山の手という地域分類がありますが、これは金銭的な分布ではなく、親のインテリ度の分布です。したがって、階層的には下層中産階級に属する下町の非インテリ家庭が、金銭的には、山の手のインテリ家庭よりも裕福であるというような矛盾はいくらでもあります。

吉本隆明の育った家庭は、まさにこの、下町の非インテリの、そして金銭的には比較的裕福な家庭でした。吉本は、自ら「佃島の船大工の息子」と語っているので、読者はついだまされてしまうのですが、この「佃島の船大工」は従業員を何人も使って会社（のようなもの）を経営していたちょっとした事業家であったはずです。そうでなければ、戦前に息子たちを大学にまで進ませることはできません。

しかし、文化的・思想的には庶民のままですから、息子がインテリゲンチャとなれば、当然、そこには軋轢が生じてきますし、息子は息子で、自分とは階層の違う友人たちとの彼我の差を見せつけられていろいろと悩みを抱えることになります。

と、いささか脱線をしましたが、この出身階層的な要因は、吉本が「転向論」において抽出した二つのタイプを、同じ穴のムジナと両断するひとつのバックグラウンドとなったことは確かです。つまり、吉本は、佐野、鍋山的な転向でもなく、小林、宮本的な「非転向」でもない、第三の道を選ぶべき必然を、たんに時代状況からではなく、その出身階層からも与えられていたということになります。

そして、この必然が、彼をして、詩人として出発させ、やがて思想家へという道を歩ませることになるのです。

中野重治の転向

吉本隆明のインタビュー集『真贋』（講談社インターナショナル、二〇〇七）を読んでいるうちに、中野重治についての評価が目にとまりました。吉本は、進歩派には器の大きい人がいないという話に続けて、こんなことを語っているのです。

でも、一世代前の進歩派の人たちには、人望の厚い人がいました。僕が好きだったのは、文学関係だからと言ったらそれまでですが、中野重治です。彼は、共産党が分裂するまでは中央委員でした。もちろん文学者としても優秀な作品を書いてきた人で、戦後文学者の中でも何人かのうちに入るくらい優れていました。その考え方についても、時にちょっと違うぞ、と思うところもありましたが、全般的には好きな人でした。

これは、「時にちょっと違うぞ、と思う」どころか、しばしば吉本が罵倒に近い悪口雑言を中野重治に投げつけてきたことを知っているわれわれのような読者からすると、少し意外な感じがしますが、しかし、「全般的には好きな人でした」というところを読むと、なるほど、やっぱり、吉本隆明は中野重治を全人格的に高く評価していたんだな、と深く納得することができます。

というのも、「転向論」において吉本隆明が日本のインテリゲンチャの思想転換のパターンを検討する中で、佐野学・鍋山貞親パターンでもなく、小林多喜二・宮本顕治パターンでもない、第三のパターンを探したあげくにようやく見つけたのが、中野重治のそれだったからです。

吉本隆明は、日本における転向論争は、一九三四年に、非マルクス主義系の女性文芸評論家であった板垣直子が「文学の新動向」という時評の中で、ナチスに捕らえられても屈しなかったドイツの共産主義者ルートヴィヒ・レンと比較して、転向した日本の作家を腰抜け呼ばわりしたところから始まったとして、板垣直子の次のような文章を引用しています。

後世の史家はかくであらう。——当時社会状勢の急激な変化につれて、大多数のプロ作家は転向したが、その代表的な者は、片岡鉄兵、村山知義、中野重治云々と、そしてなほその後にも、それらの転向者は、社会に適応したる方法で売文渡世して終ったと附言されることが予想される。云々。

この板垣直子の痛罵に対して、杉山平助、大宅壮一、貴司山治（きしやまじ）などから、お前は他人に対して居丈高に第一義の生活を要求しながら、自分は第一義の生活をしているのかという強い反発が示されました。

一方、中野重治はというと、こうした擁護の論陣に与するよりも、むしろわれわれは板垣直子の痛罵を真剣に受け止めるべきではないかと、貴司山治への疑問というかたちで『文学者に就て』について」という反論を発表したのです。

君の言葉によると、板垣直子の転向作家非難は世間の評判が悪かつたそうである。君自身も一方でその言葉に君として強く打たれたといつているが、他方では彼女の図式主義を誤謬として指摘している。君の書いたものに現われている限りでは、僕も彼女の言葉を正しくないと思つている。しかし彼女が「転向作家は転向するよりも転向せずに小林の如く死ぬべきであつた」といつた時、彼女の求めたものは転向作家の死ではなくて第一義的な生活であつたこと、彼女の言葉が片寄つたものであつたとしても、その片よつた表現へ彼女を駈りたてた激情の源泉に対して彼女が強い肯定の立場に立つていたことは君自身見逃していはしないか？

吉本隆明は、転向論争の中で交わされた言葉の中で、唯一、この中野重治のそれをよしとして次のように断定します。

ここで、中野重治は、「村の家」の主人公勉次が父親に対するように、板垣の糾弾をうけとめている。この受けとめ方こそ、佐野、鍋山になく、小林（多）、宮本になく、中野にだけあったものであった。このときほど、中野が、日本封建制の総体の双面をまざまざと目のまえに据えたことはなかったろう。板垣の糾弾は、その総体からの批判を象徴した。転向論議は、杉山平助のものにしろ、大宅壮一のものにしろ、宮本百合子のものにしろ、胸くその悪いしこりを感ぜずにはよめないのに、板垣の糾弾と中野の論議だけが、すっきりした印象をあたえるのはそのためである。（「転向論」）

これと同じことを、別の箇所で吉本隆明は、次のように敷衍（ふえん）しています。ここは、吉本の転向論の勘所ですから、しっかりと記憶にとどめておいてください。

板垣の糾問のコトバが、「村の家」の父親孫蔵ほどの庶民が、たれでも糾問しうるコトバに外ならず、それ故にこそ本質的な意味をもちうるものであることを、洞察しえたのは、中野重治だけであった。だからこそ、貴司山治が、板垣や芸術派からの批判にたいしてお前などは何もしない傍観者のくせに何をいうか、何もしないお前よりも何かやって失敗した転向作家の方が、まだ、高く支払っているのだ。という論理を、良心的ポーズとない混ぜて応答したとき、中野は黙視しえなかったのだ。中野は、板垣や貴司に反論するよりも「村の家」の父親に象徴されるような日本封建制の優性からの批判にこたえねばならない情熱を感じたであろう。何故なら、この優性が佐野、鍋山を屈服させる力をもつとともに、「村の家」の父親孫蔵に、口先だけで革命論をかきまくり、あげくのはては「小塚原」で刑死するのがこわさに転向する位ならば、はじめから何もしない方がいいのだ、と沈痛な生活者の信念から断言せしめた実体にほかならなかったからである。（同）

「村の家」の父親が口にするセリフ

というわけで、問題は「村の家」の父親孫蔵ということになります。

「村の家」は、板垣直子の批判があった翌年の昭和十年（一九三五）に、あたかもその批判に答えるかのように『経済往来』に発表された短編で、いまでも、文学全集の「中野重治」編には必ず収録される名作です。

ストーリーらしいストーリーは、多くの私小説と同じく、ほとんどありません。官憲に屈服して転向を誓い、故郷の村の実家に戻ってきた勉次は土蔵の中で翻訳をしながら、これといった行動も起こさずに暮らしています。

父親の孫蔵は、「ながくあちこち小役人生活をして、地位も金も出来なかったかわりには二人の息子を大学へ入れた」律義者の六十七歳の自作農兼小地主です。村人の間でかなり人望があり、「ながい腰弁生活のうちに高くないながらおとなしい教養を取りいれて、妻のクマがすっかり元の百姓女に返ったのちも、子供たちの世界に遠慮がちな理解を持っている」のです。

この説明から判断する限りでは、孫蔵は、大学や専門学校は出てはいなくとも、旧制の中学校（あるいは商業学校）くらいは出ている田舎の名望家のようです。保険の村代理店をしているのも、正直者で村人の信頼が篤いためです。いいかえると、孫蔵は、息子の勉次のように、自分の生活領域とまったく関係のない世界に思いを馳せるインテリゲンチャではありませんが、ある程度の教養と好奇心を持って自身の仕事（農業）や経済・政治のことを考えている人物なのです。

この孫蔵がある日、夕食の終わった後、妻のクマに「おまえ、どっか出てきないのれ。わたしァ勉次にちょっと話があるんじゃ」と言って席払いしてから、酒の勢いを借りるようにして息子に向かって話し始めるのです。

　それがどうじゃいして。おまえの転向じゃ、今度はおとっつぁんは行かんつもりじゃった。しかし電報がカナラズコイというんじゃがいして。（『ちくま日本文学全集　中野重治』、以下、「村の家」からの引用はこれに拠る）

じつは、吉本隆明は、佐野・鍋山の第一タイプ、小林・宮本の第二タイプと日本のインテリゲンチャを分類する以前に、佐野・鍋山との比較というかたちで、「村の家」を分析しているのですが、その中で、吉本が小説の全モチーフを凝縮させた優れた会話と呼ぶのが、父親の孫蔵が口に出す次のセリフです。

　それじゃさかい、転向と聞いたときにゃ、おっかさんでも尻もちついて仰天したんじゃ。すべて遊びじゃがいして。遊戯じゃ。屁をひったも同然じゃないかいして。竹下らアいいことした。殺されたなア悪るても、よかったじゃろがいして。いままで何を書いてよが帳消しじゃろがいして。おとっつぁんらア、ああいう気違いみたいなおっかさんでも事わけを話して教育してきてる。それや口に出いてこそ言わね、一家親類みんながびっくりしたんじゃざ。

あかんがいして。何をしてよがあかん。いいことしてたって、してれやしてるほど悪るなるんじゃ。あるべきこっちゃない。おまえ、考えてみてもそうじゃろがいして。人の先きに立ってああのこうの言うて。

「日本封建制の優性遺伝」

そして、孫蔵は、民政党の一方の首領だったにもかかわらず節を屈して政権党の政友会に入った床次竹二郎（とこなみ）（小説中では床山）の例を挙げ、こう言います。

床山ア見いま。政友会へ行った。あれで大臣にやなれるじゃろ。しかし少しものわかった人間なら、たとえ政治屋でもじゃ、あれきり鼻汁（はな）もひっかけんがいして。あれで床山を奉るのア、ダニみたいなもんらだけじゃがいして。大臣になったとこで人間を捨てたんじゃ。利口ではあるが、人間を捨ててどうなるいや。本だけ読んだり書いたりしたって、修養ができにゃ泡じゃが。

ここで、孫蔵が「人間を捨ててどうなるいや」や「修養ができにゃ泡じゃが」と言っていることに注目してください。

つまり、一九三四年現在で六十七歳（数え）とされている孫蔵は、明治の初年に生まれて日清戦争に従軍した世代ですから、学はなくとも、そのバックボーンには半分くらいは武士のエートスが詰まっていて、人間は思想信条の別はあれど、とにかく己の信じる道（第一義の人生）を生きなければ意味がないと考えているのです。吉本隆明は、こうした孫蔵のような、前近代的であるがゆえに、かえって倫理的にまっとうたらざるをえない人々のことを指して、「日本封建制の優性遺伝」と呼んでいるのです。

さて、説教に続けて、孫蔵は、いよいよ核心に入った議論を展開することになります。

おまえがつかまったと聞いたときにゃ、おとっつぁんらは、死んでくるものとしていっさい処理してきた。小塚原で骨になって帰るものと思て万事やってきたんじゃ……。

この言葉を耳にしたとき、勉次（中野重治）は、おそらく、一番突かれたくないところをグサリと突かれて、それこそグーの音も出なかったにちがいありません。この瞬間に父は自分よりもはるかに偉いと感じたはずです。

「孫蔵は咳払いをして飲んだ。勉次も機械的になめた」という描写は、そのあたりのところを巧みに掬いとっています。

すると、孫蔵は、続けて、これからどうするつもりなのだと勉次に尋ね、勉次がなにも答えないと見るや、こう言い放ちます。

おとっつぁんは、そういう文筆なんぞは捨てべきじゃと思うんじゃ。

勉次はやはり何も答えられません。中野重治は「…………」と書いているだけです。孫蔵は今度は遠慮せずにズバリと言います。

おとっつぁんらア何も読んでやいんが、輪島なんかのこのごろ書くもな、どれもこれも転向の言いわけじゃってじゃないかいや。そんなもの書いて何しるんか。何しるったところでそんなら何を書くんか。いままで書いたものを生かしたけれや筆ア捨ててしまえ。それや何を書いたって駄目なんじゃ。いままで書いたものを殺すだけなんじゃ。(中略)よう考えない。わが身を生かそうと思うたら筆を捨てるこっちゃ。……里見なんかちゅう男は土方に行ってるっちゅうじゃないかいして。あれは別じゃろが、いちばん堅いやり方じゃ。またまっとうな人の道なんじゃ。土方でも何でもやって、そのなかから書くもんが出てきたら、そのときにや書くもよかろう。それまでやめたアおとっつぁんも言やせん。しかしわが身を生かそうと思うたら、とにかく五年と八年とア筆を断て。これやおとっつぁんの考えじゃ。おとっつぁんら学識アないが、これやおとっつぁんだけじゃない、だれしも反対はあろまいと思う。七十年の経験から割り出いていうんじゃ。

われわれ全共闘世代の者たちの間にも、運動が挫折したあと、それぞれの家庭で、この孫蔵のような父親に、まったく同じ正論を吐かれて、「はい、その通りです」と屈服し、おのおのの生業を継いだ人がたくさんいます。

たとえば駒場の反帝学評の委員長候補だったN君は、逮捕されて保釈された後、中退して郷里に帰り、鉄工所を継ぎましたし、L3（文科三類）共闘の活動家だったT君はトラック運転手となり、いまもどこかでハンドルを握っているはずです。いずれも、損得勘定で説教されても動じなかったものが、勉次のように倫理や道義を持ち出されて責められると、もともとそういう性格の人だったからでしょうか、全面降伏してしまったようです。

しかし、勉次は、孫蔵から「どうしるかい」と詰め寄られても、ギリギリのところで持ちこたえます。


勉次は決められなかった。ただ彼は、いま筆を捨てたらほんとうに最後だと思った。彼はその考えが論理的に説明されうると思ったが、自分で父にたいしてすることはできないと感じた。（中略）彼は、自分が気質的に、他人に説明してもわからぬような破廉恥漢なのだろうかという、漠然とした、うつけた淋しさを感じたが、やはり答えた、「よくわかりますが、やはり書いて行きたいと思います。」

「そうかい……」

孫蔵は言葉に詰ったと見えるほどの侮蔑の調子でいった。


この緊迫した場面について、吉本隆明はこんなコメントを加えています。

この箇処は「村の家」の全モチーフを凝結させた優れた会話であり、作品の根幹をなしている。孫蔵からみるとき、勉次は、他人の先頭にたって革命だ、権力闘争だ、と説きまわりながら、捕えられると「小塚原」で刑死されても主義主張に殉ずることもせず、転向して出てきた足の地につかぬインテリ振りの息子にしかすぎない。平凡な庶民たる父親孫蔵は、このとき日本封建制の土壌と化して、現実認識の厳しかるべきことを息子勉次にたしなめる。勉次のこころには、このとき日本封建制の優性遺伝の強靭さと沈痛さにたいする新たな認識がよぎったはずである。すなわち、「村の家」が、転向小説の白眉である所以は、主人公勉次と、父親孫蔵の対面を通じて、この日本封建制の実体の双面を何ほどか浮びあがらせているからであり、「お父つぁんは、そういう文筆なんぞは捨てべきじゃと思うんじゃ。」という孫蔵に対して、「よく分りますが、やはり書いて行きたいと思います。」とこたえることによって勉次があらためて認識しなければならなかった封建的優性との対決に、立ちあがってゆくことが、暗示せられているからである。(「転向論」)

「大衆の原像」にある父のイメージ

後に、吉本隆明は、「大衆の原像」というタームを用いることになりますが、その「大衆の原像」には、かなりの割合で、この孫蔵のイメージが取り入れられているはずです。「小塚原で骨になって帰るものと思て万事やってきたんじゃ」という孫蔵の言葉は、吉本がなにか一行書こうとするたびに、あるいは現実の活動を始めようとするたびに、心の中で木霊のように響いていたにちがいありません。

これはあくまで想像ですが、この孫蔵の言葉に吉本が強く反応したのは、彼自身の父親のイメージと言葉が残っていたからではないかと思います。どこで発言していたのか、本が捜し出せないので記憶に頼って記しておきますが、小林よしのりの『戦争論』に論評を加えた文章の中で、吉本が戦時中のことを回想して、たしか次のようなことを言っていたはずです。

すなわち、吉本が軍国少年の熱情がたぎるあまり、東京工大を中退して軍隊に志願しようと思い、父親に相談したところ、父親は、自分が出征した第一次世界大戦の青島（チンタオ）攻略戦のことを引き合いに出し、戦争というのは、若者が想像するような勇ましい死に方ばかりではないのだよ、塹壕を掘っているときに土砂の下敷きになって死んだ奴もいるし、戦う前に病気にかかって死んでしまった奴も少なくないのだから、命を軽々しく扱うものではないと諭したというのです。父親のこの言葉を聞いたとき、吉本は「ほう」と思って父親を見直したと書いていましたが、おそらく、「村の家」を読んださい、吉本は孫蔵に自分の父親のイメージを重ね合わせたのではないでしょうか？

大衆の原像の中の一部は、自身の父親のものであったわけです。

さて、以上で、「転向論」で吉本隆明が扱った論点はすべて出尽くしたと思いますので、最後に、彼が、中野重治が「村の家」で見せた転向の仕方をどう見たかを明記しておくことにしましょう。

わたしは、中野の転向（思考的変換）を、佐野、鍋山の転向や小林（多）、宮本、蔵原の「非転向」よりも、はるかに優位におきたいとかんがえる。中野が、その転向によってかい間見せた思考変換の方法は、それ以前に近代日本のインテリゲンチャが、決してみせることのなかった新たな方法に外ならなかった。わたしは、ここに、日本のインテリゲンチャの思考方法の第三の典型を見さだめたい。

「転向論」以降、吉本隆明が自らの進む道を策定するのは、当然ながら、この第三の典型が歩むそれなのです。

第3章

吉本にとってリアルだった芥川の死

吉本の社会的出自と思想の形成

最近、ミシェル・ヴィノックの『知識人の時代――バレス／ジッド／サルトル』（紀伊國屋書店）という分厚い本を書評に取り上げるために読みました。ドレーフュス事件からソ連崩壊まで、フランスの知識人たちが残した言動を「時間」という審判者の目を介して採点したたいへんに面白い本ですが、一つ、私の関心を引いた箇所があります。「同伴者サルトル」という章の中で、一九五〇年代の冷戦の最中に行われた「サルトル・カミュ論争」の遠因は両者の出自の違いにあったと指摘しているところです。

まず、サルトルですが、サルトルは労働者階級とは縁もゆかりもない高級ブルジョワジーの出身であるがゆえに、かえって労働者階級というものを非常に観念的に捉えてしまい（つまり過度に美化してしまい）、その観念化（美化）から、いまとなっては迷妄としか言いようのない親スターリン的な考え方を導きだしたのです。ヴィノックは、それを次のように要約しています。

労働者階級は、それ自体としては、存在していない。労働者階級がプロレタリアになるのは、共産党によってであり、また共産党によってのみである。したがって、共産党とプロレタリアは同一視しなければならないし、共産党の政策のみが唯一可能な政策なのである。

（中略）「第三の道」を探しているときではないのである。労働者階級の側に立つ者はだれであろうと、共産党の側に立ち、ソ連の側に立たなければならない。

いっぽう、カミュはというと、貧しいピエ・ノワール（アルジェリアに移民したフランス人）の息子という出自を持っていましたので、労働者階級というものをあまりによく知っており、幻想を抱くことはありえませんでした。

このふたりは、きわめて異なった社会的出自の人間として、ライバル関係を隠していた。カミュに対しては、共産党を受け入れるために、労働者階級への思い入れを発露してみせることはできなかった。彼自身が労働者階級の出身であり、若い頃から共産党を内側から知り抜いていた。彼はブルジョワジーの負い目とは無縁だったし、プロレタリアによる人類の救済に対してどんな幻想も抱いていなかった。テロリズムへの逸脱や革命にともなう非人間的な必要手段に対して免疫ができていたので、アンガージュマン理論よりは倫理的命令に心を砕いていた。サルトルとカミュのあいだには、潜在的に衝突のきざしがあったのである。

さて、このサルトルとカミュの関係、私たちがこれまで取り上げてきた吉本隆明の「転向論」における二つの類型、および、丸山真男などの戦後民主主義知識人と比較しての吉本隆明自身のポジションを考える上でのヒントになります。

なんのことかといいますと、吉本隆明の社会的出自とその思想の形成は、明らかに、サルトルよりもカミュのそれに近いということです。吉本は、カミュと同じように、非ブルジョワ非インテリ階級というその社会的な出自ゆえに、サルトルや丸山真男（あるいは非転向の共産党員）が幻想を抱いた労働者階級なるものにはいささかの負い目を感じることはなかったのです。

もちろん、こう書くと、一個人の思想をその人の出自から説明しようとする還元主義だという批判が出るでしょうが、私は、吉本隆明がその思想的な拠点を非ブルジョワ非インテリ階級という出自に置いて、そこから思想的な出撃を繰り返した以上、ぜったいにこれを無視することはできないように思うのです。

よりはっきりと言い切ってしまえば、これから私が展開することになる吉本隆明論は、ある種の社会的出自論となるはずなのです。

この意味で、「転向論」と並んで初期吉本の思想的中核をなすと思われるのは、処女作『芸術的抵抗と挫折』の第一部に収められた「芥川竜之介の死」です。「芥川竜之介の死」こそは、大衆の原像という吉本思想を解き明かす鍵になるにちがいありません。

自分の出自に「無理」をした芥川

冒頭、吉本は昭和二年の芥川龍之介の自殺に際して発表された諸家の文章に共通する「ブルジョワジーの崩壊期における誠実な実践的自己破壊」という議論を切り捨てます。つまり、中途半端なプチ・ブル・インテリであった芥川龍之介は、勃興するプロレタリア階級を前にして、ブルジョワの側に立ってこれに対決すべきか、あるいはプロレタリア的実践に与すべきか決断がつかず、その葛藤から自ら命を断ったという「時代思想的な死」の議論を全否定して、次のように断定するのです。

しかし、芥川の自殺は、けっして時代思想的な死ではない。その死に、時代的な死をみたものは、丁度、「玄鶴山房」に登場する「従弟の大学生」に、新時代の象徴をみたとおなじような浅薄な批評にすぎなかったものであったと信じる。「歯車」をつらぬいている関係妄想と被害妄想の表現に、ゆきづまったプチ・ブルジョア作家の思想的な苦悶をみるのは、神経的不安と思想的不安をとりちがえたものであったと信ずる。それらの作品は、おしなべて、「架空線の火花」をとらえることを芸術的念願と心得た作家が、「架空線」をとらえる術を失って、「神経」の火花を表現したものに外ならなかった。そこに、病理的な凄惨を感ずるとしても、思想的な苦悶を感ずることはできないのだ。

ようするに、芥川の自殺は、「歯車」や「或阿呆の一生」の後にはどのような作品も想像することができないような「純然たる文学的な、また文学作品的な死」だったというのです。それでは、いったい、芥川は、どんな経路をたどって、最終的に「関係妄想と被害妄想」などの「神経的不安」にとらえられ、文学的な死に至ったのでしょうか？

吉本は、この疑問に対して、芥川が自分の出自に対して非常に「無理」をしたことが主たる原因であるとして、次のように述べます。

芥川竜之介は、中産下層階級という自己の出身に生涯かかずらった作家である。この出身階級の内幕は、まず何よりも芥川にとって自己嫌悪を伴った嫌悪すべき対象であったため、抜群の知的教養をもってこの出身を否定して飛揚しようとこころみた。彼の中期の知的構成を具えた物語の原動機は、まったく自己の出身階級にたいする劣勢感であったことを忘れてはならない。かれにとって、この劣勢感は、自己階級に対する罪意識を伴ったため、出身をわすれて大インテリゲンチャになりすますことができなかった。また、かれにとって、自己の出身階級は、自己嫌悪の対象であったために「汝と住むべくは下町の」という世界に作品的に安住することもできなかったのである。芥川は、おそらく中産下層階級出身のインテリゲンチャたる宿命を、生涯ドラマとして演じて終った作家であった。彼の生涯は、「汝と住むべくは下町の」という下層階級的平安を、潜在的に念願しながら、「知識という巨大な富」をバネにしてこの平安な境涯から脱出しようとして形式的構成を特徴とする作品形成におもむき、ついに、その努力にたえかねたとき、もとの平安にかえりえないで死を択んだ生涯であった。

私は、今を去ること四十年前にこの一節を読み、「ふーむ」と唸ったことを昨日のように覚えています。「芥川龍之介論は、もうこれで決まり」と感じたのです。そして、ここまで芥川の内面に肉薄しえたのは、ほかならぬ吉本が、下町の中産下層階級という出自において、芥川と完全に「一体化」しえたからだろうと想像しました。いいかえると、吉本は、「知識という巨大な富」をバネにして、下層階級的平安から脱出を試みた芥川の心理の綾が細かい襞にいたるまで完璧に理解できたと感じたにちがいありません。

そして、ついでに言っておけば、中産下層階級の出身の芥川の内面的葛藤がわかるという中産下層階級出身の吉本の内面のドラマを、同じく中産下層階級の出身である私自身がよく理解しえたと思ったのです。

しかし、それはこのさい措いておいて「芥川竜之介の死」で吉本が展開した芥川龍之介の内面の分裂の進行過程を、吉本の筆を借りて、具体的に見てゆくことにしましょう。

「あらゆるチョッキを脱ぎすてた本音」

まず吉本は、芥川のあまり顧みられることのない、『澄江堂遺珠』（佐藤春夫編）の中の次のような詩に注目します。

汝と住むべくは下町の
水どろは青き溝づたひ
汝が洗湯の往き来には
昼もなきづる蚊を聞かむ

この芥川の知られざる詩を吉本はこんなふうに分析します。

この詩には、芥川のあらゆるチョッキを脱ぎすてた本音がある。芥川が、どんなにこの本卦がえりの願望をかくしていたか、を理解することができる。下町に住んだことのあるものは、この詩の『溝づたひ』からどんな匂いがのぼってくるかも、「汝と住むべくは」とかかれた家が、格子窓にかけた竹すだれをとおしてみえる家の中に、下着一つになった芥川の処女作「老年」や「ひょっとこ」の主人公のような、じいさんか何かがごろっと横になっている家であることをも直覚せずにはおられないはずである。

ここには、芥川の詩に描かれた下町の情景と生活感情をいっさいの留保なしで理解してしまう吉本隆明の「あらゆるチョッキを脱ぎすてた本音」があります。吉本には、この詩の一言半句、いやその行間にいたるまで、なにもかもわかりすぎるほどわかったのです。

げんに、吉本は、この文章を書いてから半世紀後の二〇〇七年に出版された『真贋』の「あとがき」の中でも、真剣に生きた作家の例として芥川龍之介を挙げ、こう述懐しています。

また生意気と言われそうだが、わたしも初期の頃『芥川龍之介の死』という評論を書いた。わたしの芥川龍之介論は、芥川の次の詩につきる。

汝と住むべくは下町の
水どろは青き溝づたひ
汝が洗湯の往き来には
昼もなきつる蚊を聞かん

つまり、吉本隆明は、その表現活動の出発点において、自己が抱える問題（中産下層階級出身のインテリの居場所のなさ）を、芥川龍之介の葛藤を分析することで、正確に摘出してみせたのです。

処女作「老年」は、あらゆる作家の処女作が、おぼろげながらその文学的宿運を暗示するものだ、という意味で、芥川の作家的宿運を暗示している。「青年と死」、「ひょっとこ」など、「老年」につづく作品は、それらをとりまとめて眺めることによって、芥川の資質の指向するものが、芥川に冠せられた主知的作家という呼称と、まったく裏腹なものであったことを明示している。「老年」に登場する隠居の房さんは、芥川が、「汝と住むべくは下町の」と唱った、その下町庶民の典型的な人物である。「ひょっとこ」のなかで、ひょっとこの面をかぶったまま大川を流す花見船のなかで、踊りながら頓死する哀れな人物・山村平吉は、おなじように下町の下層庶民である。そして、「青年と死」に、はやくも象徴されている

「死」は、芥川の出身に対する自己嫌悪の暗喩である。これらの作品によって、芥川が示しているのは、決して自分を下層庶民の境涯から脱出させようとしないで、放蕩によって無意味に生を蕩尽してしまう自己の血族にたいする愛着と嫌悪であった。これを鋭角的な断面によって示しうるものは、芥川以外にはいなかったはずであった。芥川を目して、主知的な作家というほど、馬鹿気た批評はない。彼は、作家的出発において、ごく自然に中流下層の庶民作家であり、放蕩のかわりに、知識によって生を無意味に蕩尽すれば足りた下町庶民のひとりであったのだ。

吉本による「私小説的な評論」

この言葉をそのまま吉本自身に向けるなら、吉本もまたその詩「佃渡しで」に描かれたような、アンティームで落ち着いた、それでいて嫌悪と愛着を同時にそそらざるをえない下町庶民の生活情景の中に自らを沈殿させたままにしておけるなら、それでもいっこうに構わなかったはずなのです。

しかし、制度的な学校教育を経る過程で、あるいは友人とのかかわりの中で、好むと好まざるとにかかわらず獲得してしまった「知識と教養」は、吉本をして、芥川の場合と同じように、安定した庶民階級の世界（決して自分を下層庶民の境涯から脱出させようとしない人々の世界）から離脱せしめる結果になったのです。

ここから、吉本の知との非常にアンビヴァレントな葛藤が開始されることになります。知的に上昇し、自らの安定した基盤（中産下層階級）から引きはがされ、論理性を通貨とする社会層（インテリ階級）に参入することになると、そこに、少なからぬ居心地の悪さが生まれ、やがて、これが自分の意志とは裏腹にどんどん大きくなっていくからです。

吉本は、このとき、自らの感じる居心地の悪さを一つの手掛かりにして、芥川龍之介の作品を、それこそ「我がことのように」読んだにちがいありません。そして、芥川が直面した問題を自らの問題として引き受けたのです。

その結果、「芥川竜之介の死」は、吉本隆明の、いわば「私小説的な評論」と化すことになりました。吉本は、芥川を語り論ずることによって、自分自身を分析し、自身にとっての問題を先鋭化することになるのです。

それは、たとえば、形式的構成力を持った芥川の作品の分析において、あきらかになります。吉本はまず、形式的構成力（いわゆるフォルム）というものは、案外、作家の出身階層のメンタリティと密接に結び付いているものだとして、次のようなテーゼを持ち出します。

　作品の形式的構成力は、作家にとって、自己意識が安定感をもって流通できる社会的現実の構造の函数である。論理性の大きく通用する社会層に安定した意識を感じうる作家にとって作品を論理的に構成することは易々たる自然事なのだ。また、論理性があまり通用しない社会層を意識上の安定圏とする作家が頭も尻尾もない私小説的な作品をつくらざるをえないことも当然である。

芥川は、本来なら「論理性があまり通用しない社会層を意識上の安定圏とする作家」ですから、作品を論理的に構成するよりも、「頭も尻尾もない私小説的な作品」をつくっていたほうが気が楽で安心していられたはずなのです。ところが、知的に上昇してしまったため、自分の資質とは異なる作品の作り方、すなわち、形式的構成力重視の書き方を採用せざるをえなくなるのですが、ここに無理が生じたのです。

これは、ブルジョワ・インテリ的な環境に育った同輩（志賀直哉）と対比するとよりあきらかになります。

「歯車」のなかで、芥川は「暗夜行路」の主人公にたいして最後の自虐を告白している。この自虐に、たんに知的資質の相違しか見られない批評家にとっては、この自虐から芥川の志賀直哉にたいする作家的なせんぼうを見るより外に仕方がない。しかし、この芥川の志賀にたいする自虐に、中産下層社会を自己の生意識上の安定圏とする芥川の、上層社会を生意識上の安定圏とする志賀にたいする劣等意識をみないとすれば、無意味なのである。文学の形式的構成力が作家の生意識の社会的基礎の函数であるかぎり、井上良雄のいう「性格上のゲエテ的完成」も、作品上の精緻な形式的完成も、志賀にとっては、易々たる自然事にすぎなかった。これに対し、中産下層を生意識上の安定圏とする芥川にとって、作品の形式的構成すらも、爪先立った知的忍耐の結果に外ならなかったのは当然であった。

ここで、吉本が「作品の形式的構成」と呼んでいるのは、いわゆる芥川龍之介らしいと呼ばれる、非常にキッチリとした物語的な枠組みを持った「羅生門」「鼻」「孤独地獄」「父」などの作品です。一般的な理解では、芥川のこうした形式的な構成力に富んだ作品は、彼がアナトール・フランスなどの欧米作家に学んで得た高度に知的な教養から作り出した作品とされ、芥川の本領はここにあるとされていましたが、吉本はこうした見方を取りません。

むしろ、これらは、芥川が自己の資質を捨て出自のコンプレックスに苛まれながら知的に無理をして生み出した作品なのだというのです。ブルジョワ・インテリ出身の志賀直哉にとっては自然事だった作品の形式的完成も、非ブルジョワ・非インテリ出身の芥川にとっては、おおいなる苦痛を伴う知的アクロバットを伴わずにはいなかったというのです。

芥川は、当然、この秘された苦痛から復讐されなければならなかった。これらの作品群に、西欧近代作家に学んだ精緻な心理図を読んだり、知的遊戯をよんだりするのは、それほど当っているわけではない。これらの作品をやむをえず隈どっている心理の絵図は、中流下層の庶民作家たる自己の資質をすてて、大インテリゲンチャを気取ろうとした芥川が、知的構成の努力の代償としてうけとらざるをえなかった自己土壌から離れたものの不安な意識を象徴している。

以上の分析が抽象的でわかりにくいと感じた読者も、この続きの具体的な分析を読めば、なるほどと首肯することでしょう。

「羅生門」を、いろどっているのは、人間の行為、生や倫理の相対的な不安感であり、この不安感は、形式的構成の代償としてうけた自己意識の社会的土壌からの復讐である。「鼻」の主人公、禅智内供が、不具な長い鼻を気に病み、これを治療してからかえって不安な被害意識にさいなまれ、また、もとのままに延びてきた自己の鼻を鏡に写して安堵するという図式は、まったく芥川の出身コムプレックスの図式を象徴している。「孤独地獄」は、主知的作家の芸術的孤独の暗喩ではなく、トンビたる中産下層庶民が、タカの真似をしたためにうけた孤独の暗喩である。「父」は、道化の罰が自分の父親を恥かしめるに至るという図式によって、能勢五十雄をかりて表現した芥川の出身からの復讐の自己確認である。

どうです、なかなか鋭い分析でしょう。とくに、「鼻」は、「そうだったのか」と膝を打つほどの冴えを示しています。しかし、「芥川竜之介の死」の射程は、このレベルには止まっていないのです。それは吉本自身が以後に展開する大衆の原像論の雛形となっているのです。

「人生は一行のボオドレエルにも若かない」をめぐって

「芥川竜之介の死」は、吉本隆明という詩人・思想家の本質を開示している渾身の評論で、その後の吉本隆明のすべての評論活動の原点ともなっている作品ですが、中で一つ決定的な文章を挙げるとすると、それは「或阿呆の一生」の中の有名なエピグラム「人生は一行のボオドレエルにも若かない」を論じた箇所ということになると思います。

すなわち、吉本は、一般に考えられているのとは違って、芥川の作品的な頂点は「蜜柑」「沼地」「妖婆」「雛」「一塊の土」「玄鶴山房」などの系譜にあると断定し、これらの作品群は、芥川が自己の「社会的土壌から行った自己主張」が「形式的構成力と均衡」を保ったまま、「ひとつの倫理的な核」を形成しているからだと理由を説明した後、次のように断言します。

> こういう見解は、「人生は一行のボオドレエルにも若かない」という「或阿呆の一生」の最初の節のことばを、文字通り芥川の芸術的造型への宣言とみなし、「鼻」から「地獄変」にいたる物語に、芥川の特質をみようとする見解からは、理解しえないかも知れない。しかし、「或阿呆の一生」は、完全に自己告白を素材にしてかかれた、フィクション、否、むしろ反語の集積にほかならないのだ。「人生は一行のボオドレエルにも若かない」という断言の背後には、かならずや百行のボオドレエルの詩も、下層庶民の生活の一こまにも若かないという痛切な反語的な自己処罰の鞭があったはずであった。芥川は自分を「或阿呆」と呼ぶことによって、この自己処罰は、彼の全生涯を覆っていたはずである。芥川の悲劇は、ここに胚胎している。中産下層の出身コムプレックスを吐き出すために、「人生は一行のボオドレエルにも若かない」という誤解にみちた言葉を、文字通り文学的に実践しようと試みてき

た生涯の創造的努力のなかに、悲劇は進行していたのである。

私自身のことをいえば、中学生のときに芥川のこの一句を読んで以来、喉に突き刺さった魚の骨のような一種の「異物感」を感じていましたので、吉本隆明のこの分析を大学一年のときに読んで、「なるほど、そういうことだったのか」と一気に愁眉が開けたような気持ちになったことを覚えています。

というのも、私も、中産下層階級出身のインテリ予備軍の例に漏れず、ランボーやボードレールなどの詩句に痺れ、「こういうものを書けるのだったら生活なんかどうなってもいい」と思い込む反面、同時に出身階層独特のリアリズムも一方に働いて、「そんなことをいうけど、恒産もないくせに、食べるのはどうするんだよ」と半畳を入れるもう一人の自分もいましたし、「ランボーだのボードレールだのと騒いでいるけど、おれのような日本人は、うまいみそ汁とおにぎりを出されたら、ボードレールもランボーもいらないと放擲してしまいそうだな」という庶民的な実感も働いていました。

ですから、周囲にいたインテリ階層出身の友人のように、進学するのは初めから仏文科などと決めることはできず、おおいに逡巡を繰り返していたのです。

おそらく、第一高等学校から東京帝国大学に進んだときの芥川も似たような心境にあったのではないでしょうか？　思い切って英文学科（当時、仏文はあるにはあったが、志願者が少なく開店休業状態）を選んだはいいが、自分のような出身の、しかもその社会的土壌への愛着の強い人間が、うまくやっていけるのだろうかという強い不安があったにちがいありません。

しかし、そうした不安にもかかわらず、芥川は英文を選んで英語の教師となり、英語を介して得た欧米の文学作品の知識と理解を携えて作家デビューし、「人生は一行のボオドレエルにも若かない」の道を選んだのです。

ところが、若いときにはビフテキやフランス料理が大好きだった西洋かぶれも、三十過ぎると「みそ汁とおにぎり」に回帰するように、芥川も地金が出始め、「汝と住むべくは下町の」になってきたのですが、それでも、芥川はこちらの道へ「転進」するのを潔しとすることはできなかったのです。

かくして、芥川の運命は、吉本が描く次のようなかたちを取るほかなくなってしまうのです。

芥川を極度につきつめられた造型的な努力へ駆り立てたのは、中産下層という出身にたいする自己嫌悪にほかならず、いってみればここに芥川の作家的宿命があった。造型的努力の持続は、出身圏への安息感を拒否することに外ならなかったため、まず、芥川の神経を破壊せずにはおかなかった。彼がはっきりと自己の造型的努力に疲労を自覚したとき、自己の安定した社会意識圏にまで、いいかえれば処女作「老年」「ひょっとこ」の世界にまで回帰することができたならば、徳田秋声がそうであるように、谷崎潤一郎がそうであるように、永井荷風がそうであるように、室生犀星や佐藤春夫がそうであるように、生きながらええたはずだ。そのとき芥川は、「汝と住むべくは下町の」の世界に、円熟した晩年の作品形成を行ったであろうことは疑いを容れない。しかしそのためには、「或阿呆の一生」の冒頭の一節には、「人生は一行のボオドレエルにも若かない」というエピグラムのかわりに「ボオドレエルの百行は人生の一こまにも若かない」という生活者的諦念がかきとめられねばならなかったのである。芥川はこの道を択ばなかった。わたしは、彼の回帰をおしとどめたのは出身階級にたいする自己嫌悪、神経的な虚栄にみちた自虐であったと信ずる。

「半日本人」のサンプル

こうして、吉本は、芥川の作品もその自殺も、すべては中産下層階級出身のインテリのコンプレックスから来ていると断定して、「芥川竜之介の死」の結論としたのですが、しかし、われわれにとって重要なのは、芥川そのものではなく、芥川をそのように論ずる吉本自身の問題意識の方です。

つまり、吉本は、自分と出身階層も環境もよく似た芥川のケースを検証サンプルとして選ぶことによって、いったい何を言おうとしたのか、吉本の用語でいえば何を「自己表出」したかったのかということになります。

極端に単純化してしまえば、問題は「だから、芥川はダメなんだ」なのか、それとも「だから、芥川はいいんだ」なのかということになりますが、答えはもちろん、そのどちらでもありません。なぜなら、芥川が吉本によって対象に選ばれたのは、たんに出身階層が同じとか、境遇が似ているといったレベルのことではなくて、知識を得ることによって、下町の中産下層階級から欧米の最先端の文学へ一気に飛躍しようとした（あるいはそれが可能だと信じた）その心の持ち方が、明治以後の近代日本人のアーキタイプを成しており、近代の胚胎する問題のほとんどが芥川龍之介の死に象徴されていると判断されたからです。換言すれば、芥川を押さえれば、近代日本文学そのもののツボを押さえることができると吉本が判断したからこそ、芥川龍之介論が執筆されたのです。

ここで振り返っていただきたいのは、「転向論」の中で吉本が分類した二つの転向のタイプです。

第一のタイプは、佐野学と鍋山貞親に代表されるもので、思考の中に封建的な意識の残像があるがゆえに、かえって日本の社会を理に合わぬものと感じて社会の現実を見て見ないふりをするのですが、「日本的現実のそれなりに自足した優性」に触れた瞬間、抑圧していた「日本人」が一気に露呈してしまい、天皇制や父権的封建性に全面屈服してしまうというもので、私が「半日本人」と命名したタイプです。

第二のタイプは、小林多喜二、宮本顕治などに典型的に現れたもので、思考が日本の社会の現実構造と対応されることなく、論理だけがオートマチックに追求されて自己完結してしまうものです。そのため、このタイプのインテリは、日本社会の現実に直面しても、頭の中に「日本」が皆無なゆえに、現実に傷つけられる恐れはない、ある意味、幸せな「無日本人」ということになります。

一般に、第一のタイプは、地方の名望家層の出身者に多く、第二のタイプは、都市部のインテリ階層の出身者が多いようです。

では、芥川はどちらに属していたのでしょうか？　都市部（下町）の非インテリ階層の出身ですから、第一でもなく、第二でもなく、第三のタイプということになりますが、より似ているほうを選ぶとするなら、第一のタイプということになるでしょう。というのも、封建的とはいわぬまでも前近代的な意識が強く残存している中産下層階級という出自を抱えているため、青年期の人工的（西欧的）な「造型的努力」を続けられなくなったと感じたとき、「日本的現実のそれなりに自足した優性」に遭遇すると、一気に日本回帰をしたいという願望が生まれる点で回路が同じだからです。つまり、芥川も、せんじ詰めれば「半日本人」ということになるのです。

いや、たんに芥川にとどまらず、明治以降のインテリゲンチャは、極楽トンボである「無日本人」のタイプを除けば、日本的なるものと西欧的なるものとの葛藤を抱え込んでいるという点で、ほとんどが「半日本人」といっても差し支えはないのです。

芥川の悲劇は、階級的出自からして「半日本人」であるはずなのに、無理やりに「無日本人」であり続けようとしたために、自己のアイデンティティに齟齬を来して自殺に追い込まれたということになります。

吉本が芥川をサンプルとして取り上げ、精緻な分析を加えたのは、西欧的近代の洗礼を受けた「半日本人」である自分が、日本回帰の流れが時代的にもまた個人的にも起こったときに、佐野・鍋山のような無残な転向もせず、また芥川のように自殺もせずに生きていく道があるとすれば、それはどんな道か、これを模索するためだったのです。

高村光太郎論を書いた二重の動機

この意味で、初期吉本において、最も重要と思われるのが、一九五七年に飯塚書店から出版された『高村光太郎』です。

というのも、この詩人論は、西欧的なるものと日本的なるものの相克を運命づけられた「半日本人」、いいかえれば、どんなときにも「人生は一行のボオドレエルにも若かない」のか、それとも「ボオドレエルの百行は人生の一こまにも若かない」のかの選択を迫られる近代日本のインテリゲンチャが抱え込んだ矛盾を、高村光太郎をサンプル・ケースにしてとことん追求し、それを自分自身の問題として引きうけようとした吉本隆明自身の「私評論」であるからです。

私が『高村光太郎』をこのようなものとして断定するのは、『吉本隆明　自著を語る』（ロッキング・オン、二〇〇七）の中で、インタビュアー（ロック雑誌『ロッキング・オン』の主幹である「吉本主義者」渋谷陽一）の質問に答えながら、吉本がそう告白しているからにほかなりません。

渋谷陽一は、『高村光太郎』の特に「戦後編」では、高村光太郎よりもむしろ吉本隆明自身が語られているのではないかと尋ねますが、吉本は、これを受けたかたちで、敗戦後、戦争協力を懺悔して花巻の田舎に引きこもった高村光太郎に対して感じた違和感に触れてから、高村光太郎論執筆の動機をこう述べています。

高村光太郎のように自分が隠遁する理由っていうか、あるいは根拠みたいなものが残らなかったんですね。年齢的にも体力的にも、隠遁して終わりにするなんて、そう簡単でなかったんだよっていう。（中略）僕もそれと同じで、戦争中は最右翼のような民族主義的な軍国少年だったのに、戦後は左翼の最先端みたいな顔をしてると言われましたよ（笑）。村松剛とか、そういう人に。彼らは戦争中もリベラルな人だったんでしょうけど、そういう人から戦後にそういう批判はされました。お前は何だったんだって。ただ僕は要するに隠すことはしないんです。隠す理由がないって思ってるからしなかっただけで、俺が軍国少年であって戦後はなんか左翼面してんじゃねえかっていわれると、そのとおりだなあ（笑）。僕は平和的じゃないですけど、戦争中は右翼で戦後は左翼面してるわけです。それを高村光太郎的に考えれば、お前はもう引退しなきゃいけないんだっていう。戦争終わったときに引退すべきだったんだっていうふうになるんだけど、それが身体的にというか、そうならないままで生きてしまった。ただ生きてるんなら、その生きてる理由をどこかで根拠づけなきゃいけないっていうモチーフが自分の中にあったんですし、それはやっぱり高村光太郎にもありましたよね。

ここでは、思いのほか重要なことが語られています。というのも、そこには、高村光太郎論を執筆した二重の動機が現れているからです。

一つは、前代的な日本を抱えながら西欧的なものと遭遇してこれに入れ込んでしまった日本人、つまり「半日本人」が、その矛盾をどうやって克服しようとしたかという問題設定です。この点に関して吉本は『吉本隆明　自著を語る』でこう語っています。

要するに、高村光太郎は父親である彫刻家の高村光雲に象徴される日本的なるものと、それから留学体験で学んだ西洋の世界的な普遍性の両方と向き合ったときに、そのずれを解決しないまま、自覚的なのか無自覚的なのか両方の要素にずうっと人生を支配され続けることになってしまったんですね。で、そうして常に分裂したまま作品活動や人生のすべてをやることによって、高村光太郎という優れた表現者が生まれたんだという。で、こうしたテーマは高村光太郎の未発表の手紙の束を発見したときに浮かんできたことなんです。これを見つけたとき、やっぱり自分にとってはこの問題を掘っていけばある程度この人の生涯っていうのはわかるんじゃないかなあっていうきっかけになりましたね。

もう一つは、日本的なものと西欧的なものの相克から、日本的なものへの全面的屈服へとなだれ込んでいった高村光太郎をサンプル・ケースに取り上げながら、そこに軍国少年たらざるをえなかった自分を重ね合わせ、なにゆえに、自分もまた天皇制や軍国主義に入れあげてしまったのかという「自分の問題」です。

これについては、渋谷陽一がじつに見事に問題を要約しています。

で、吉本さんがお書きになっているように、要するに高村光太郎が日本的なるものと国際性の中で切り裂かれながらすごく軍国主義的なところになだれ落ちてしまったとするならば、たとえばそこで吉本さん自身が向き合おうとなさっていたのは、じゃあ吉本少年はなぜ軍国主義になってしまったのかという、そのテーマだと思うんですね。

そうなのです。『高村光太郎』は、ある意味、「吉本隆明による吉本隆明」としても読むことができるのです。

しかも、それは、たんにこの詩人論で完結する類いのものではなく、その後に『共同幻想論』に引き継がれていく重要なテーマ、すなわち、自分を軍国少年として取り込んでいった天皇制・軍国主義という共同幻想に決着をつけたいという気持ちにつながっていくのです。吉本は、『高村光太郎』を書き上げることによって、自分が解かなければならない問題の所在をはっきりと意識したことになるのです。

そのことは、『高村光太郎』の「敗戦期」で、沖縄戦の敗北の後、来るべき本土決戦を控えて高揚する高村光太郎の精神主義を捉えて、次のように断定する吉本の言葉によく表現されています。

　高村が敗戦の日「一億の号泣」のなかで「鋼鉄の武器を失へる時　精神の武器おのづから強からんとす　真と美と到らざるなき我等が未来の文化こそ　必ずこの号泣を母胎として其

の形相を孕まん」と書きえたのは、敗戦期に到達したような現実とまったくかかわりをもたないところで煮つめられた、その一元的な精神主義からして当然であった。どんな驚くべき社会的事態がおとずれても、変る必要のない精神構造にとって、敗戦はたんに支配者の顔ぶれが変るかもしれない、ひとつの事件にすぎないのは尤だ。それは、敗戦の日を生きる目的の喪失というような地点でうけとめねばならなかった年少のわたしなどの世代的体験と異るのは自明であったのだ。わたしが、敗戦の日を境として高村に感じた異和感を分析しようとするとき、この高村の独自な一元的な精神主義が日本的近代意識の一極限としておおきな意味をもたざるをえないのである。

というわけで、次は、多少、同じことの繰り返しになるのは覚悟の上で、『高村光太郎』を取り上げて、日本的なるものと西欧的なるものの相克、および、吉本が「一元的な精神主義」と呼ぶ日本的な共同幻想の実態に迫っていきたいと思います。

第4章

高村光太郎への違和感

大正末年生まれというポジション

八月の猛暑にやられたのか、父が亡くなりました（二〇〇七年）。享年九三でした。大正三年（一九一四）の生まれですから、大正十三年（一九二四）生まれの吉本隆明より一回り上の世代に当たります。父は、実家の酒屋を五代目として継いだにもかかわらず、商売にはまったく向いていなかったため、ただ律義一筋に働き通したあげくに、借金だけを残して逝ったという「働いても働いても、我が暮らし楽にならざる」中産下層庶民の典型でした。

私が子供の頃にこの父から繰り返し聞かされたのは、昭和十年に入隊した近衛連隊で二・二六事件に遭遇したときの思い出、および日中戦争に主計兵として従軍し、一発も弾を撃たずに中国各地を転戦したこと（そのときの戦友が俳優の佐野周二）、それにもう一つ、中学校に進学したかったのに当時の商家の慣習で東京は青山の呉服屋に丁稚奉公しなければならなかった屈辱でした。

青山の呉服屋には息子が二人いて、暁星中学に通うその制服姿を見ていると羨ましくてしかたなかったという話でしたが、この兄弟はのちにそれぞれ別の分野で名を残すことになります。すなわち、長男はフランスに渡ってＩＬＯ（国際労働機関）に勤務し、フランス人女性と結婚したあと、戦後、朝日新聞社のパリ特派員となった小島亮一。次男は「11ＰＭ」の司会で人気を博した脚本家・編曲家の小島正雄。小島正雄も早稲田の仏文出身ですから、私は、父親が丁稚奉公した呉服屋の兄弟を介してフランスと繋がっているという不思議な関係にあります。

それはさておき、長男の小島亮一には『ヨーロッパ手帳』(朝日新聞社)という著作があり、その後書きには、こんな略歴が掲げられています。

わたしは明治四二年(一九〇九年)、東京青山で生まれ、(中略)それから青山師範付属小学校、暁星中学校と行って、大正十二年の震災で両親を失い、長男だったので、家業の呉服屋をついだ。しかし学問と商売は生来苦手で、学校も店もズルけてバカ旦那の限りをつくした。だから中学校を終わっても、試験を受けて上の学校へなど行く気はあまりなく、それでも母の従弟が口をきいて専修大学の経済学部へはいった。

さて、吉本隆明論なのに、変な回り道をするじゃないかとお感じになる読者がいるかもしれませんので、ここらであらかじめ断っておきますと、私が父親の奉公先から話を始めたのは、商人・職人などの中産下層階級の子弟の「丁稚奉公/進学」という岐路が明治・大正・昭和と進むにしたがって微妙に変化していたのではないかという社会学的仮説を持っているからです。

つまり、私の父親のジェネレーションでは、都市周辺(あるいは下町)の商人階級の子供はまだ都心の大店(おおだな)の商家に丁稚奉公に入ったのに対し、大店の子弟はすでに中学校(あるいはそれ以上)に進学するようになっていますが、これ以前の世代でしたら、都心の大店の息子でさえ「商人に学歴は無用」といわれて、どこか別の店に丁稚奉公していたかもしれません。それが、商人・職人などの慣習だったからです。

一方、父親よりも下の、大正末年生まれのジェネレーションでは、都心周辺あるいは下町でも、多少余裕のある商人・職人家庭の子弟は中学校（あるいは商業学校・工業学校）に進学するのが当たり前になっていたようです。

そうした一人が、ほかならぬ吉本隆明です。吉本隆明は、父親が船大工という職人だったにもかかわらず、途中から家運が上昇して、造船所を経営するまでになったため、小学校を卒業すると、東京府立化学工業学校に入学し、ここから階級離脱の過程に入っていきます。

ですから、ここで歴史にイフをかけるとすれば、もし吉本隆明が私の父親の世代に生まれていたなら、小学校卒業の段階でどこかの職人の親方の工房に徒弟として年季奉公に入り、その結果、階級離脱は行われず、吉本隆明は下町の船大工の親方として一生を終え、「大思想家」は誕生していなかった可能性があります。

第一、生まれるのが十年早かったら、中国戦線か太平洋の戦場で戦死していた公算が大きいはずです。

いずれにしろ、歴史は吉本隆明をよい時期に誕生せしめたといえます。

しかし、歴史（ということは、われわれのような後続世代）にとっては都合がよくても、当人にとっては、大正末年生まれというこのジェネレーション・ポジションは、それゆえに解決し難い問題を自動的に背負わされたわけですから、決して幸福とはいえないものだったのです。

吉本は敗戦をどう受け止めたか

そのことが非常に強く出ているのが『高村光太郎』の「敗戦期」です。
まず、昭和二十年八月十五日に至る戦中期の吉本隆明の「思想」は次のようなものでした。

わたしは徹底的に戦争を継続すべきだという激しい考えを抱いていた。死は、すでに勘定に入れてある。年少のまま、自分の生涯が戦火のなかに消えてしまうという考えは、当時、未熟なりに思考、判断、感情のすべてをあげて内省し分析しつくしたと信じていた。もちろん論理づけができないでは、死を肯定することができなかったからだ。死は怖ろしくはなかった。反戦とか厭戦とかが、思想としてありうることを、想像さえしなかった。傍観とか逃避とかは、態度としては、それがゆるされる物質的特権をもとにしてあることはしっていたが、ほとんど反感と侮蔑しかかんじていなかった。戦争に敗けたら、アジアの植民地は解放されないという天皇制ファシズムのスローガンを、わたしなりに信じていた。また、戦争犠牲者の死は、無意味になるとかんがえた。（「敗戦期」）

そこにもってきて、八月十五日の終戦の詔です。それは、吉本隆明とその世代にとって、自らは銃を取って戦場に赴くことがなかったがゆえに、かえって唐突に、何の前触れもなく、それこそ「いきなり」訪れたことになります。

敗戦は、突然であった。都市は爆撃で灰燼にちかくなり、戦況は敗北につぐ敗北で、勝利におわるという幻影はとうに消えていたが、わたしは、一度も敗北感をもたなかったから、降伏宣言は、何の精神的準備もなしに突然やってきたのである。わたしは、ひどく悲しかった。その名状できない悲しみを、忘れることができない。それは、それ以前のどんな悲しみともそれ以後のどんな悲しみともちがっていた。責任感なのか、無償の感傷なのかわからなかった。その全部かもしれないし、また、まったく別物かともおもわれた。（中略）翌日から、じぶんが生き残ってしまったという負い目にさいなまれた。何にたいして負い目なのか、よくわからなかったが、どうも、自分のこころを観念的に死のほうへ先走って追いつめ、日本の敗北のときは、死のときと思いつめた考えが、無惨な醜骸をさらしているという火照りが、いちばん大きかったらしい。（同）

この吉本隆明の八月十五日の受け止め方に注目してください。

終戦の詔を「やはり、来るべきものが来たか」と受け取った人もいたでしょう。あるいは「これで死なずにすんだ」と安堵のため息をもらした人もいたにちがいありません。また三島由紀夫のように、吉本と同世代であるにもかかわらず、「戦争が勝とうと負けようと、そんなことは私にとってはどうでもよかったのだ」「それは敗戦という事実ではなかった。私にとって、ただ私にとって、怖ろしい日々がはじまるという事実だった」（『仮面の告白』）という、おのれの官能を基準にした非常に身勝手な受け止め方をする人もいたことでしょう。

それぞれ、世代の違い、立場の違い、階級の違い、あるいは軍隊に在籍していたか否かの違いなどによって反応は本当に千差万別です。

しかし、ひとつだけ確実なことは、吉本隆明とその世代の人たちは、こうした反応を示した人々とは決定的に違う地点にいて、まさにそこから出発をしなければならなかったということです。

わたしは、絶望や汚辱や悔恨や憤怒がいりまじった気持で、孤独感はやりきれないほどであった。降伏を肯んじない一群の軍人と青年たちが、反乱をたくらんでいる風評は、わたしのこころに救いだった。すでに、思い上った祖国のためにという観念や責任感は、突然ひきはずされて自嘲にかわっていたが、敗戦、降伏、という現実にどうしても、ついてゆけなかったので、できるなら生きていたくないとおもった。（中略）わたしは、降伏を決定した戦争権力と、戦争を傍観し、戦争の苛酷さから逃亡していながら、さっそく平和を謳歌しはじめた小インテリゲンチャ層を憎悪したことを、いっておかねばならない。もっとも戦争に献身し、もっとも大きな犠牲を支払い、同時に、もっとも狂暴性を発揮して行き過ぎ、そして結局ほうり出されたのは下層大衆ではないか。わたしが傷つき、わたしが共鳴したのもこれらの層のほかにはなかった。（中略）わたしは、出来ごとの如何によっては、異常な事態に投ずるつもりであったことを、忘れることができない。（同）

最後の「異常な事態」云々というのは、もし降伏に肯んじない反乱部隊がパルチザンとして占領軍と戦い続けるようなことがあったら、吉本はそこに率先して参加するつもりでいたということです。吉本は、戦争に間に合わずに生き残ってしまった過激ファシスト少年として、現在のイラクのイスラム戦士のように死に場所を求めようとさえしていたのです。

文学的営為のすべての出発点

そんなときでした。「朝日新聞」に高村光太郎の「一億の号泣」という詩が載ったのは。

綸言一たび出でて一億号泣す
昭和二十年八月十五日正午
われ岩手花巻町の鎮守
鳥谷崎神社々務所の畳に両手をつきて
天上はるかに流れ来る
玉音の低きとゞろきに五体をうたる
五体わなゝきてとゞめあへず
玉音ひゞき終りて又音なし
この時無声の号泣国土に起り
普天の一億ひとしく宸極に向つてひれ伏せるを知る

微臣恐惶ほとんど失語す
たゞ眼を凝らしてこの事実に直接し
苟も寸毫も曖昧模糊をゆるさゞらん
鋼鉄の武器を失へる時
精神の武器おのづから強からんとす
真と美と到らざるなき我等が未来の文化こそ
必ずこの号泣を母胎として其の形相を孕まん

あらゆる文学者の中でもっとも大きな影響を受け、その勇ましい戦争詩まですべてを肯定してきた高村光太郎のこの詩を読んだとき、吉本隆明はどのような感想をもったのでしょうか？

わずかではあるが、わたしは、はじめて高村光太郎に異和感をおぼえた。すでに、敗戦が、わたしをおそろしく孤独なところへつきおとしているのを、あらためてしった。戦争がつくっていた連帯感がもう消えかかっているのだ。

いまでは、こんなことをいっても誰も信じまいが、わたしの異和感は、高村の天皇崇拝が、骨がらみであるのを知ったためでも、天皇の降伏放送にたいして、懺悔を天皇個人に集中しているのが異様だったためでもない。わたしがもっていた天皇観念は、高村と似たりよったりであった。わたしには、終りの四行が問題だった。わたしが徹底的に衝撃をうけ、生きることも死ぬこともできない精神状態に堕ちこんだとき、「鋼鉄の武器を失へる時　精神の武器おのづから強からんとす　真と美と到らざるなき我等が未来の文化こそ　必ずこの号泣を母胎として其の形相を孕まん」という希望的なコトバを見出せる精神構造が、合点がゆかなかったのである。高村もまた、戦争に全霊をかけぬくせに便乗した口舌の徒にすぎなかったのではないか。あるいは、じぶんが死ととりかえっこのつもりで懸命に考えこんだことなど、高村にとっては、一部分にすぎなかったのではないか。わたしは、この詩人を理解したつもりだったが、この詩人にはじぶんなどの全く知らない世界があって、そこから戦争をかんがえていたのではないか。（同）

畢竟するに、このときに感じた違和感が吉本隆明の文学的営為のすべての出発点になります。高村光太郎は、他の戦争協力文学者とは異なり、平和になったとたんに、コロリと転向して、民主主義万歳を叫ぶようなことはありませんでしたが、それでも、吉本は「負けた以上、今度は精神の武器で自分を強くして真善美の文化を作り上げよう」などと前向きなことを言える精神がこの詩人にあるという事実に愕然としたのです。

というのも、吉本少年は、西洋的な価値観を一切排除した右翼ファシストの主張を、多少のひっかかりはあるものの全面的に受け入れ、八紘一宇や皇国不滅のイデオロギーと一体化していましたから、高村光太郎の呼びかけは「あれっ？」という感じで受け止められたのでした。

年少のわたしは、右翼ファシストたちが、擬制的に資本主義の打倒をとなえ、西欧にたいするアジアの解放をスローガンとしたとき、ほとんど他の異和感は、暗い鬱屈になって内部にとじこめられざるをえなかった。かれらの偏執的な熱狂と無智なドグマは、わたしを苦しめたが、このような苦しさは克服するのが正しいと思いきめようとした。太平洋戦争が勝利におわっても、じぶんの内部的な矛盾は解放されることはあるまいとおもったが、それを肯定した。敗戦直後、高村光太郎の詩「一億の号泣」にたいしてかんじた異和感は、分析的にかんがえれば、高村の生涯の自然法的な思想が、右翼テロリストたちと、したがってその影響下にあった少年のわたしと、まったくちがった独特な構造をもっていたためである。（同）

ただし、そのことに吉本が気付いたのは、雑誌発表されただけで、単行本には収録されぬまま終わった高村光太郎の詩やエッセイを図書館の片隅で発見し、それらの未定稿の持つ意味を徹底的に考え、分析を加えてからのことです。

いいかえれば、吉本は、敗戦時に読んだ高村光太郎の「一億の号泣」に感じた違和感を手がかりにして、西欧的な思考法をだれよりも強く身につけたはずの高村光太郎のような文学者がなにゆえに日中戦争を機に右翼ファシストの八紘一宇や皇国不滅のイデオロギーに入れあげ、率先して戦争協力に突き進んでいったか、また、戦後、なにゆえに彼らが一転して平和を呼びかけるなどという芸当ができたのかという疑問を解くために、『高村光太郎』一巻を書き上げることになったのです。

高村光太郎の秘密

この点に関して、吉本隆明は、『高村光太郎』に「小論集」として収録された「『出さずにしまつた手紙の一束』のこと」というエッセイで次のように述べています。

戦後、絶望と虚脱のなかで、自己と現実との関係を回復しなければ生きてゆくことは出来ないと思いはじめたとき、はじめて、高村が自分に与えた影響の意味を再検討することが、わたしの内部的な日程にのぼったのである。（中略）

二年ばかりまえ、『スバル』を読みたくて鮎川信夫から新庄嘉章氏あての紹介状をもらって早大図書館へゆき「出さずにしまつた手紙の一束」にぶつかったときの驚きをおもい起す。高村が生涯かたくなな孤立にたてこもった内面的なモチーフがすべて氷解するように合点されたのである。

つぎに「珈琲店（カフェ）より」という短篇をよんでわたしは高村の生涯の内部的な骨組がはっきりつかめたようにおもった。高村は強烈な意志でこの内部の問題を埋めたまま生活し、詩をかいて七十何歳まで歩いた。人間はたれでもその心の底に、一度口に出せば世界が凍ってしまうかも知れぬコトバを秘しているかもしれぬが、大抵は解毒作用を施してそのコトバをなしくずしに表現しておわるのである。だが、高村は、その詩のなかにも、散文のなかにも内的な告白らしいものを何ひとつせずに死んだ。もちろん、芸術とはまさにそうしたものだと高村は考えていた。高村の詩に古典主義的な整合をあたえ、高村の彫刻に抑制を与えているものはそれである。わたしは、『道程』一巻も、『智恵子抄』一巻も読みようによっては恐るべき詩集にかわり、高村光太郎も探求によっては肯定的なヒューマニズムの詩人という単純な評価をはみだすことがあると信じている。

では、「出さずにしまつた手紙の一束」と「珈琲店より」に吉本隆明はなにゆえにそれほど激しく反応したのでしょうか？

それは、芥川龍之介の場合と同じく、この二つの単行本未収録の作品を介して、吉本隆明が、自身と同型の「知識によって階級離脱してしまった中層下層階級出身者」の原像を発見し、そこに、高村光太郎が解決せずに終わったがゆえに自分自身が解かなければならないと感じた問題を発見したからにほかなりません。

『高村光太郎』が「吉本隆明による吉本隆明」として読めるというのはこうした意味なのです。

高村光太郎の日記

『高村光太郎』の冒頭において、吉本隆明は、明治四十二年の六月に欧米留学から帰った高村光太郎が、それから一年後に起こった大逆事件に何もリアクションを示して「いない」ことに注目しています。

つまり、ノン・リアクションもまた立派なリアクションの一つであると見なしているわけですが、こうした非AもまたAのうちという発想は吉本特有のもので、おそらく、彼が化学の専門分野を歩んできたことと多少は関係があるのかもしれません。吉本が後に使うようになる対偶〔《PならばQ》の対偶は《QでないならPでない》〕という概念も、これに近いものといえるでしょう。

いずれにしろ、こうした発想があるからこそ、吉本は、芥川龍之介論で、ボードレールの「人生は一行のボオドレエルにも若かない」をひっくり返して、「ボオドレエルの百行は人生の一こまにも若かない」が芥川の本質の一部を成している事実を摘出することができたのですが、『高村光太郎』もまた、この非A的な発想から説き起こされています。

> 高村光太郎が、欧米留学からかえったのは、明治四十二年六月である。あたかも、幸徳事件の突発する一年前であり、近代日本は、はじめて労役大衆の反抗運動を体験しつつあるさなかであった。高村光太郎は、生涯にわたって、いわゆる社会運動に投じることのなかった詩人であるが、また、同時に生涯、大衆にたいするシムパッシィを捨てなかった詩人であった。幸徳事件前後の物情は、高村にどんな社会的見解をも構成させていないのであるが、それにもかかわらず、何故、幸徳事件によって何の影響もうけなかったのかを解明せざるをえないものを、高村光太郎の生涯は背負っている。（「『道程』前期」）

こう述べてから、吉本は、田山花袋、島村抱月、石川啄木、木下杢太郎などの文学者の大逆事件に対する真剣な反応を一通り検討した後、高村光太郎が『早稲田文学』の明治四十四年四月号に書いた「三月七日」の日記の分析に移ります。

その日記というのは、大逆事件に反応を示した木下杢太郎の『和泉屋染物店』の素材にはほとんど触れもせず、「恐らく余の造るビステキ（ママ）は天下一品だらう」とか、アトリエがボロいので建て直したいが、父親の高村光雲から金をもらうのは業腹だから、「相場ででも儲けたらおつ建ててやろう」などと嘯く、洋行帰りの馬鹿息子のような、かなり能天気なディレッタント的な内容ですが、それにもかかわらず（いや、それだからこそ）、吉本は次のように考えます。

> わたしは、高村のジレッタントたる資格に、なお、掘りさげられるに価する可能性をみとめたいとかんがえる。

では、そう考える吉本の根拠はどこにあるのでしょうか？

それは、吉本が早稲田大学図書館で発見した『スバル』明治四十三年七月号に載った高村光太郎の「出さずにしまった手紙の一束」という次のような文章でした。

> 「身体を大切に、規律を守りて勉強せられよ」と此の間の書簡でも父はいつも変らぬ言葉を繰り返してよこした。外で夕飯を喰つて画室へ帰つて此の手紙を読んだ時、深緑の葉の重なり繁つた駒込の藁葺の小さな家に、蚊遣りの烟の中で薄茶色に焼けついた石油燈の下で、

一語一語心の底から出た言葉を書きつけられてゐる白髯の父の顔がありありと眼に見えた。僕は其の晩MONTMARTRE（モンマルトル）の×××女史を訪ねて一緒にNEANT（ネアン）といふ不思議な珈琲店に行く積りで居たが、急に悪寒を覚えて、其方は電報で断り、ひとり引込んで一晩中椅子に懸けたなり様々の事を考へた。（『道程』前期）

「様々の事」というのは父と息子の関係のことで、父親が強ければ、息子は萎縮してたんなる孝行息子に堕するが、逆に息子が強ければ鈴虫のように親を食い殺してしまうという譬えから始まって、父親が自分を外国に留学させたのは誤りだった、自分は鈴虫のような父親殺しをやるに決まっているという予感へと続き、最後は、彫刻の師であるロダンに話が飛んで「若し僕がRODIN（ロダン）の子であつたら何うだらう」というイフの想像で終わっています。

「ブルジョワ息子」と「貧乏人の息子」という対比

吉本は、この高村光太郎の日記について、明治日本の留学体験というのは後進社会の特産物であり、そこには様々な内面のドラマが象徴されているはずで、それを追求していけば、かならずや思想的転換の実態があきらかになるはずだと予想した後、高村光太郎が父親からの手紙を受け取ったときに感じた衝撃についてこう述べます。

（それは）父親が夜の目もみずに稼ぎためた金をだましとって、ブルジョワ息子と遊び呆ける貧乏人の息子の心理と同じものであった。もちろん、芸術というものが豊富な物質的基礎と、閑暇のうえにしか開花しないものであるとするならば、芸術を志す貧乏息子は、りちぎものの父親の金をだましとっても、ブルジョワ息子を範とするよりほかない。それでは、自分はおよばぬまでも、息子だけは——という発想をするこの父親は、否定されねばならないか。むろん、そのいじらしい心理が否定されねばならないのだ。わたしのみるところでは、あからさまにこの問題にぶつかった留学は、近代文学史のうえでは、高村光太郎だけであった。おおくの学問的留学と芸術的留学と遊び人的留学のあいだで、社会的留学をやったのは一介の歌人・美術学生であった。この貧乏息子は、いじらしすぎる父親を否定するとともに、ブルジョワ息子にも昂然と対峙しなければならなかった。（同）

ここには、かなり重要なことが凝縮されて述べられていますので、少し詳しく分析してゆくことにしましょう。

まず注目すべきは、パリでフランス娘とネアンという不思議なカフェに遊びに行こうとしていたときに、父親からの手紙を受け取って愕然とした高村光太郎の心理を吉本が「ブルジョワ息子と遊び呆ける貧乏人の息子の心理」に譬えたところです。

個人的な感想をいえば、私はこれを読んだとき、「あれっ？」と思いました。なぜなら、吉本がこれから扱おうとしているのは高村光太郎の留学体験なのですから、親子関係よりも、明治における日本と欧米との差と、それに対する留学生・高村光太郎の考え、つまり「日本対欧米」の関係性の方に話が進んでゆくものと思っていたのですが、予想に反して、吉本は親子関係の方に対象を絞り込んで「ブルジョワ息子と遊び呆ける貧乏人の息子の心理」を持ち出したからです。

もちろん、この「ブルジョワ息子」と「貧乏人の息子」の対比には、それぞれの親たる「ブルジョワ＝先進国フランス」と「貧乏人＝後進国日本」の対比が含まれていることは明らかですが、しかし、明らかではあっても、吉本がそれを直接いわずに、あえて、この「ブルジョワ息子対貧乏人の息子」という対比を用いたのには、それなりの理由があったのではないかと勘ぐりたくなるのです。

回りくどい言い方になってしまいましたが、私の言いたいことはこうです。

一般に、欧米への留学によって、明治の日本の青年は、日本と欧米との差をいやというほど思い知らされて、そこから思想的転換が始まるのが常ですが、高村光太郎の場合にその転換が他のだれにも見られないような特殊なかたちを取ることになったのは、留学する以前から、高村光太郎には出自の問題があり、それが留学することによってより鮮明なかたちで意識化されるに至ったのだ、と吉本が考えているからなのです。

おそらく、吉本は、高村光太郎の出自の問題が念頭にあったため、「ブルジョワ息子と遊び呆ける貧乏人の息子の心理」という比喩を使ったのではないかと思います。いや、それは比喩ではなく、額面通りの意味に受けとってしかるべきものなのです。

この点を頭にいれておくと、いささか唐突といった感じで文中に現れる芸術の本質論とそれに続く強い断定の意味が理解できるようになります。

もちろん、芸術というものが豊富な物質的基礎と、閑暇のうえにしか開花しないものであるとするならば、芸術を志す貧乏息子は、りちぎものの父親の金をだましとっても、ブルジョワ息子を範とするよりほかない。それでは、自分はおよばぬまでも、息子だけは――という発想をするこの父親は、否定されねばならないか。むろん、そのいじらしい心理が否定されねばならないのだ。

これは、ある意味で、吉本思想の「核」に相当するものです。というのも、「芸術」を「知識」に置き換えれば、そのまま、彼が後に展開する知識人論になりますし、「知の過程論」にもなるからです。つまり、「芸術」や「知識」への上昇というものは一つの必然的な「過程」であって、そこに疚しさや自己嫌悪を感じる筋合いのものではない。だれだっていったんその過程に入ったら、最後まで行き着くほかはないのだ。ところが、なかなかそう簡単に割り切るわけにはいかないから、途中で（とくに親掛かりの学生時代には）、親のスネをかじっていることに疚しさや自己嫌悪を強く感じる。すると、それが今度は逆流してスターリニズムの俗流大衆路線やファシズムの農本主義になってしまうことになる。ゆえに、芸術家や知識人の卵たる学生は、そんな疚しさや自己嫌悪にこだわるよりも、いっそ、ふっきれて大知識人、大芸術家を目指すべきだ、云々。

ひとことでいえば、「自分はおよばぬまでも、息子だけは——という発想をするこの父親は、否定されねばならないか。むろん、そのいじらしい心理が否定されねばならない」という箇所は（この頃の吉本の文章によくあるように）、いきなり前段階で出されてしまった結論なのですが、しかし、われわれとしては、吉本の思考の奔流にすべて付き合っているわけにはいきませんから、ここらで再び軌道を修正して『高村光太郎』に戻ることにしましょう。

多重的な父親殺しの意識化

さて、今度は、さきほど私が期待した通りに、いよいよ、高村光太郎の父・息子の関係性が欧米と日本との関係性とリンクされて論じられることになります。

高村に父親—息子のコムプレックスをつきつめさせたものは、西欧と日本との眼もくらむばかりの文化と社会と人間意識との落差であった。ここから、ロダンを芸術家とすれば、父光雲は職人であり、ロダンを芸術上の血族とすれば父光雲は憎悪すべき敵であり、しかも、光雲と自分とは、肉親の父と子であるという宿念がうまれざるをえなかった。このような宿念からは、種の問題が誕生する。高村は、ロダンは西欧近代の嫡子であるが、自分は、どうしようもない辺疆の異人種であるという劣等感からも、腹背をつかれることになった。この種の問題は、ただたんに文化的落差の自覚からもうまれるだろうが、父と子の排反をくぐることは、多くの留学がたどらなかったともおもわれる径路である。（同）

ここで展開されている吉本の論旨を私なりに要約すると、それは、おおよそ次のようになると思います。

すなわち、高村光太郎には、もともと、父・高村光雲に対する非常に複雑なコンプレックス（複合的感情）があったのですが、それが強く意識され、外化されるきっかけになったのは、フランスへの留学体験、とりわけロダンに師事しての彫刻家修業でした。というのも、明治の留学体験というのは、一般的に、先進国たる西欧と後進国たる日本の「眼もくらむような」彼我の差を意識化することを留学生に強いる結果になりましたが、高村光太郎の場合、直面したのは、こうした一般的な落差だけではなかったのです。

なぜなら、高村光雲もロダンも同じ彫刻家である以上、比較は同一平面で行われることになりますが、それだけに、彼我の落差は鮮烈な映像を伴って現れざるを得ません。

なにしろ、ロダンというのは、数世紀に一人現れるか否かの大天才です。芸術に対する姿勢のみならず、日常生活や社会的態度に至るまで、全人格的に「一〇〇パーセントの芸術家」なのです。それに対して、光雲はいかに抜群の技量を誇っていたとしても、意識は江戸の職人の域を脱してはおらず、日常生活においてはかなりの俗物であり、文化程度は、美術学校教授というステータスにもかかわらず、江戸下町の民衆の水準を超えてはいないのです。

しかし、それでも、高村光雲がせめて血縁のない師であったなら、高村光太郎はどれほど楽であったかしれません。ロダンを新しい師として選び、前の師を否定し乗り越えることに、さしたる苦痛を感じることはなかったはずです。

だが、やんぬるかな、「光雲と自分とは、肉親の父と子」なのです。光太郎が芸術的に光雲を否定し去ることは、同時に自分の出自を否定することになります。そして、その出自とは、卓越した江戸職人にすぎない父を否定するだけでなく、その父に凝縮されて現れてくる「前近代的日本」も否定するほかなくなるのです。

留学中の光太郎は、普段はあまり意識することもなく、案外気楽に、二重・三重の父親殺しをやっていたのでしょう。しかし、女友達とモンマルトルのカフェに行こうとしていたその日に父からの手紙を受け取り、この多重的な父親殺しをはっきりと意識せざるを得ず、愕然となったのです。

吉本は、この点を捉えて、高村光太郎の留学は、森鷗外の留学とも夏目漱石の留学とも異なる「多くの留学がたどらなかったともおもわれる径路」と呼んでいるのです。

「不可視の了解不可能性」

では、フランス留学で、高村光太郎は、この多重的父親殺しの意識化を介して、いったいなにを理解した（あるいは理解できない）と感じたのでしょうか？

吉本は、それを同じ「出さずにしまつた手紙の一束」の別の箇所に求めています。それは、こんな手紙です。とりあえず、その前半だけを引用してみます。

独りだ。独りだ。

僕は何の為めに巴里に居るのだらう。巴里の物凄いCRIMSON(クリムズン)の笑顔は僕に無限の寂寥を与へる。巴里の市街の歓楽の声は僕を憂鬱の底無し井戸へ投げ込まうとしてゐる。君は動物園に行つた事があるだらう。そして、虎や、獅子や、鹿や、鶴の顔を見て寂寥は感じなかつたか。君の心と彼等の心と何等の相通ずる処も無い冷やかなINDIFFÉRENCE(アンディフェランス)に脅されなかつたか。虎の眼を見て僕はいつも永久に相語り得ぬ彼と僕との運命を痛み悲しんだ。此の不自然な悲惨の滑稽を忍ぶに堪へなかつた。かかる珍事が白昼に存在してゐるのに、古来何の怪しむ事もなかつた人間の冷淡さに驚愕した。それだよ。僕が今毎日巴里の歓楽の声の中で骨を刺す悲みに苦しんでゐるのは。(同)

これは、印象からいうと、パリが意識化せずにはおかない激しい孤独感という点で、ロダンの周辺にいて、一時は秘書をしていたこともあるライナー・マリア・リルケの書き残した『マルテの手記』に似ていますし、高村光太郎の名詩「ぼろぼろな駝鳥」を思わせるものがあります。

しかし、高村光太郎が言おうとしているのは、じつはパリの寂寥感でも、動物園の動物のINDIFFÉRENCEでもないのです。またフランス人が日本人に対して示す冷ややかな無関心や冷淡さでさえもありません。むしろ、そうしたINDIFFÉRENCEを生ぜしめるところの了解不可能性こそが問題なのです。それは手紙の続きを読むとわかります。

白人は常に東洋人を目して核（かく）を有する人種といつてゐる。僕には又白色人種が解き尽されない謎である。僕には彼等の手の指の微動をすら了解する事は出来ない。相抱き相擁しながらも僕は石を抱き死骸を擁してゐると思はずにはゐられない。その真白な蠟の様な胸にぐさと小刀（クウトウ）をつつ込んだらばと、思ふ事が屢々あるのだ。僕の身の周囲には金網が張つてある。どんな談笑の中団欒の中へ行つても此の金網が邪魔をする。海の魚は河に入る可からず、河の魚は海に入る可からず。駄目だ。早く帰つて心と心とをしやりしやりと擦り合せたい。

寂しいよ。

こうした了解不可能性（わからなさ）は、明治にくらべて彼我の差がはるかに縮まった現在でさえ、ときとして痛感することがあります。

まず、白人と東洋人という人種の違い。次に言語の違い。地理的・風土的な違い。そして、それらから複合的に生まれる文化・慣習などの違い。

しかし、高村光太郎が言わんとしているのは、こうした、いわば眼に見えるような違いに由来する「わからなさ」ではなくて、不可視の金網のようなものが張り巡らされていることから来る「わからなさ」なのです。

吉本は、高村光太郎がこのような「不可視の了解不可能性」に突き当たったのは、たんに日本人とフランス人という人種的・文化的な一般的な差異が原因ではなく、ひとり高村光太郎に固有の個人的出自の問題であると考え、この一点に問題を絞り込んでいくのです。

第5章

「了解不可能性」という壁

留学生の「落差問題」

私は、何度も書いているように一九六八年に東大教養学部に入学し、さっそくその年から、東大闘争とか東大紛争と呼ばれている騒動に巻き込まれた（というよりもいつの間にか積極的に加担していった）口ですが、ストライキが始まる前の、多少とも平和だった頃の教養学部の雰囲気を思い返してみると、あれもまた一種の「留学」ではなかったかという気がしてくるのです。

つまり、あの時代には、まだ日本における東京と地方の格差は非常に大きく、地方（特に農村部）出身の学生にとっては、大学に合格して東京に出てくるということは、今日の日本の若者がアメリカやヨーロッパに留学する以上に大きな落差をともなう異次元体験だったのではないかということです。

言葉こそ日本語という共通基盤はあるものの（とはいえ、方言と標準語のギャップは今日よりも大きかったはず）、文化的・社会心理的な隔たりは「眼もくらむ」ほどに巨大で、日比谷・新宿・戸山・小石川といった都立名門高校出身者が「パリジャン」だとすれば、地方の無名高校出身者はセネガルやマリ、あるいはヴェトナムやカンボジアなどの旧フランス植民地からやってきた「留学生」にでもたとえられるほどではなかったのかと思えるのです。

私はといえば、都立名門校でもなく、かといって地方無名校でもない、神奈川県の名門校（県立湘南高校。当時はまだ名門校でした）出身という中途半端な立場にいましたので、客観的・相対的な視点で両者の関係を眺めることができたのですが、その第三者的立場から見ると、地方無名校出身の「留学生」たちは、都立名門高校出身者の「パリジャン」の前で、ものすごく背伸びして対等に振る舞うか、あるいは逆に、ひたすらいじけて引きこもってしまうか、いずれかの反応を示していたような印象を受けました。

では、この「背伸び」と「いじけ」という極端な反応は、どのような経路を通ってあらわれてくるのでしょうか？

前に了解不可能性を激しく訴えた高村光太郎の「出さずにしまつた手紙の一束」の一節を引用しましたが、これに対して吉本隆明が加えている次のような分析は、この落差問題に対する一つの解答を与えてくれているように思われます。

人類（ホモ・サピエンス）である生理的な、または心的な構造の同一性によって、東洋人と西洋人のあいだに了解不可能がありうるはずがない。また、その文化に不可解な差異がおこるはずがなく、共通の論理、共通の思考法が存在しないはずがない。ところが、もしも、一定の規制力にそってこころが働いているときは、東洋人と西洋人のあいだばかりでなく、ブルジョワと貧民のあいだにも、また、隣人や男女や肉親のあいだにさえも、了解不可能は存在しうることは自明であろう。わたしたちが、こころの働きとして、世界的共通性、了解可能性を真であるとみるか、また、一定の規制力、一定の意識内の目的をもった場合の、隣人さえも了解できないという心の働きを真とみるかは、容易に決定しうるものではないかもしれないが、すくなくとも、このいずれか一方のこころの働きにたよって、一方を脱落することは不可能である。たとえば、西欧の生活様式になれ、西欧の気候や習慣になじみ、西欧の発想や論理を理解すれば、もうじぶんは西欧人とおなじ通行手形を手にいれたと錯覚できる精神構造はありうるだろう。しかし、かれは、もうひとつ、隣人さえも肉親さえもそのこころの働きを理解できないという第二の眼で、西欧をみなければならぬ。一定の意識の目的をもってこころを作動させねばならぬ。おそらく、ほとんどすべての留学は、第一の眼でおこなわれた。少数の留学は、第一と第二の眼でおこなわれた。このいずれが、大きな比重をしめるかは、かれの（後進社会の優等生の）心因の質によってきまるのである。（「『道程』前期」）

普遍主義という解釈用具

ここで展開されているのは、非常に重要かつ汎用性の高い議論です。とりわけ、最後の三分の一には、吉本思想の核心ともいえる思想がさりげなく述べられているのですが、しかし、それはまた後で検討することにして、とりあえずは、前半の了解可能性の錯覚について述べた箇所について考えてみましょう。

この部分を私なりにパラフレーズしてみると次のようになります。

一般に、「留学」というものは、それが異国間のもの（いわゆる留学）であれ、同国間のもの

（上京）であれ、必然的に文化的・社会心理的な外的なショックを留学生に与えることになりますが、そのとき、留学生が、とりうる態度としては、まず次のようなものがありうるはずです。

人類（ホモ・サピエンス）である以上、その思考方法や倫理観、あるいは芸術的な価値などに了解不可能なものはないはずだから、この方向性において自己の思考や芸術を突き詰めていくならば、たとえ文化的後進性を運命づけられた留学生であろうと、必ずや、文化的先進国の優等生と肩を並べるほどの「普遍性」を獲得することができるはずだというものです。

つまり、「普遍性」という一点において、この留学生は、おのれの後進性を払拭して、留学先の学生たちと「おなじ通行手形」を手にいれて、対等に戦うことができると信じるわけです。

この「普遍性」の方向での戦いは、その留学生の専攻が、自然科学であったり、あるいは音楽・美術・パフォーマンス芸術のように感覚領域のディシプリンである場合には、比較的容易に進むことも考えられます。

また、政治学、経済学、社会学、歴史学のような社会科学の分野でも、ある程度は可能でしょう。

しかし、こうしたディシプリンの場合には、どうしても人種的、民族的、国民的、地域的な個別的偏差がともないますから、留学生としては、そうした偏差を織り込まずにすむような、普遍性への志向性を持つ理論なり原理を解釈用具として採用したくなるのは無理からぬところです。

マルクス主義が、ある時期、世界中の学者・研究者・理論家などの間で、一種のグローバル・スタンダードとして信仰されていた理由はまさにここにあります。マルクス主義は、人種・民族・国民・地域などの偏差を捨象しても通用するような「普遍性」を有するグランド・セオリーであり、人類すべてを包括できる普遍主義であると留学生に錯覚させるだけの力を備えていたのです。

マルクス主義がなにゆえに二十世紀の知識人をかくも魅了したのかを徹底的に問い詰めた歴史家フランソワ・フュレは、『幻想の過去——20世紀の全体主義』（楠瀬正浩訳・バジリコ）の中で、マルクス主義が他の主義に比べて圧倒的な優位性を確保しえたのは、一つには、プロレタリア革命は歴史の「必然」であるという「科学性」であり、もう一つは人間はみな平等というフランス革命から譲り受けた「普遍主義」であったとして、次のように指摘しています。

> 普遍主義ゆえに、マルクス・レーニン主義は民主主義思想の仲間入りを果たし、人間はみな平等であるという思いが、人々の行動を支える主要な心理的原動力になりえたのである。ファシストがブルジョワ個人主義の呪いを打破するために訴えかけることができたのは、国家にしても種族にしても、人類の特定部分を構成する人々に対してのみであった。（中略）これに反して、ボリシェヴィキの闘士は、マルクス主義の民主主義的傾向に忠実であり、彼らの目標に掲げられていたのは、人類全体の解放であった。

この意味で、地方の無名高校から上京してきた学生、またはインドシナやアフリカからの留学生などが、名門都立高校生やパリジャンの学生よりも容易にマルクス主義に魅せられたのは当然のことであり、のめり込み方が激しくなるのも必然的なことだったのです。「普遍性」という一点で戦うことができるなら、背中に負った後進性、特殊性というハンディキャップはカウントされないことになるからです。

ホー・チ・ミンやポル・ポト、あるいは周恩来などがフランス留学を機に筋金入りのマルクス主義者となって帰国したのは、まさに、マルクス主義のこの「普遍性」に惹かれたからにほかなりません。

では、留学生（上京学生）の専攻が、文学であった場合にはどうなるのでしょうか？　文学というのは、基本的に言語の順列組み合わせですが、しかし、その順列組み合わせでも、非常に特殊性が強く出ますから、「普遍性」という共通の土俵にのぼるには初めからハンディキャップを負っていることになります。夏目漱石の留学があれほどの葛藤を生じしめた原因もここにありました。文学系留学生というのは、留学生の中でも最もつらい立場に置かれているのです。

それは、同国間においても、同一言語間（イギリスとアメリカ、あるいは宗主国と植民地）においても基本的に同じで、逆に、そのつらさをバネにして優れた文学作品が生まれることもあるのです。

普遍性から個別性への揺れ戻し

さて、話が大きくずれましたので、もう一度、高村光太郎のパリ留学と、それを論じた吉本隆明の解釈に戻ってみましょう。

ここで、もう一度確認しておきたいのは、高村光太郎は彫刻修業のためにフランスに渡った美術系留学生だったことです。これだけでも、漱石のような文学系留学生とは位相を異にしているはずです。

この点は吉本も十分に考慮に入れていて、光太郎が、了解不可能性に絶望する一方では、ロダンの芸術に強く惹かれ、芸術性の普遍性も信じていたことを指摘するのを忘れてはいません。つまり、後進国からの留学生として了解不可能性に突き当たる反面、彫刻家としては芸術の了解可能性を信じていたと見ているのです。

たとえば、「RODIN(ロダン) の彫刻を見る時ばかりは僕の心にも花が咲く。人が居なければ彼の NYMPHE(ナムフ) の大理石を抱いて寝るがなあ」という光太郎の言葉を引いてから、吉本はこんなふうに述べています。

芸術の創造や理解や、芸術があたえる衝動のごときものは、世界共通のものであるか。この問題にたいする解答は、前と同じであろう。世界共通のものであるし、また同時に、友人のへっぽこ絵かきの絵でさえ、了解できない、という心因もありうるのだ。ただ、美術と文学とは、おのずから幾分の相違がある。視覚は、ほとんどすべてが人類(ホモ・サピエンス)たる生理的機構の同一性によって規定されるだろうが、文学はすでに言語が抽象的であるために、差別的である。文学の場合では、抽象的、差別的な手段によって構築されたものを、ホモ・サピエンスの心性の構造の同一性をたよりにして測ることによって、世界共通性をつかむよりほかにない。これは、可能であり、同時にまた不可能であることが必須の前提にあるともいわれなければならない。高村が、歌人であり、造型美術家であることは、この問題をはらんでいるわけだが、ここでは、美術家としてのみ振舞っている。(『道程』前期)

つまり、文学系留学生でなかった分だけ、高村光太郎は、芸術を介して「世界共通性」「普遍性」へのアクセスを実感できたわけですが、しかし、光太郎にはもう一つ、歌人(留学当時はまだ詩人としては出発していなかった)という側面がありました。そして、そうした側面があったがゆえに、了解不可能性を感知することができたのだとの見方を取ることもできます。

しかし、吉本に言わせると、高村光太郎は、じつは、こうした美術半分・文学半分というヌエ的ポジションゆえに、了解可能性から了解不可能性のほうに一挙に傾いたわけではないのです。いなむしろ、まことに逆説的ながら、高村光太郎は造型芸術家として普遍性へのアクセスを垣間見ることができたからこそ、了解不可能性の壁にぶちあたってしまったのです。

これ「美術家として振舞っていること」は、ある意味では、「芸術だけは」という希望を高村にあたえたのだが、しかし、逆にこのことは父光雲とロダンとをおなじ対比線上におくことによって、自分と父光雲との、血統や、芸術相伝の宿運やらにたいするコムプレックスを、絶望的な嫌悪感にまで結晶させずにはおかなかったはずである。すくなくとも、おれは辺疆の日本人にすぎないという思いは、そこまでゆきつかざるをえなかった。モデル女のこころがまるでわからないで、ただ形だけを、外から模写しているにすぎないのではないか、という疑いがやってきて、高村は追われるような気持と、嫌悪の象徴にちかづくような気持とを排反させながら帰国しなければならなかったのである。（同）

要するに、高村光太郎は、美術系留学生であったがために、芸術の普遍性、世界共通性を垣間見ることができたわけですが、まさに、そのために、ロダンと父光雲をあまりにも露骨なかたちで比較検討せざるをえなくなり、光雲に凝縮されていた日本の後進性、個別性、特殊性というものを真正面から見ることになってしまったのです。

そのために、普遍性（了解可能性）から、個別性（了解不可能性）への揺れ戻しはいっそうひどく感知されることになり、例の「独りだ。独りだ」で始まる了解不可能性の絶叫がくることになるのです。

このように、高村光太郎は、美術系留学生として普遍性へのアクセスを得たがためにかえって、了解可能性から了解不可能性へ反転してしまうという逆説を生きたわけです。いいかえると、もし、高村光太郎の父親が高村光雲ではなく、だれか別の人だったら、光太郎は了解不可能性に墜落することなく了解可能性をまっとうすることができたかもしれないのです。

だが、それは、高村光雲という、日本の後進性を象徴してはいるが、しかし、後進的であるからといってそう簡単には否定できない優性をもった存在が父親だったがために、ついにかなうことはなかったのです。

「第一の眼と第二の眼」

では、この了解可能性から了解不可能性への唐突な反転を、吉本は否定的に捉えているのでしょうか？

その反対です。先の引用の後半三分の一の部分をもう一度見てみましょう。

> たとえば、西欧の生活様式になれ、西欧の気候や習慣になじみ、西欧の発想や論理を理解すれば、もうじぶんは西欧人とおなじ通行手形を手にいれたと錯覚できる精神構造はありうるだろう。しかし、かれは、もうひとつ、隣人さえも肉親さえもそのこころの働きを理解できないという第二の眼で、西欧をみなければならぬ。一定の意識の目的をもってこころを作動させねばならぬ。おそらく、ほとんどすべての留学は、第一の眼でおこなわれた。少数の留学は、第一と第二の眼でおこなわれた。このいずれが、大きな比重をしめるかは、かれの（後進社会の優等生の）心因の質によってきまるのである。

つまり、吉本は高村光太郎が、了解可能性から了解不可能性へ反転してしまったがために、かえって、「結果的に」、同時代の日本人留学生のなんぴともなしえなかったような複眼的な見方の留学、「第一と第二の眼」による留学の「可能性」を示したのだと主張しているのです。

とはいえ、吉本といえども、高村光太郎が、留学中にすでに意識的・目的的に、「隣人さえも肉親さえもそのこころの働きを理解できないという第二の眼で、西欧を」見る複眼的視点を獲得したとは言ってはいません。

むしろ、了解可能性から了解不可能性への転落があまりに激しかったため、留学中は、第二の眼、すなわち了解不可能性の視線でしか西欧を見られなくなったといったほうが正確なのです。

では、そのあまりにも急激な反転をもたらしたもの、すなわち、父高村光雲に対するアンビヴァレントな感情とはどのように形成されたのでしょうか？

吉本は、この高村光太郎論の核ともいえる複雑な光太郎の感情を分析するにあたって、高村光雲へと至る江戸庶民の系譜を溯り、光太郎の祖父と曾祖父の肖像を次のように書き留めています。

曾祖父、中島富五郎。鰻屋渡世をし、のちに肴屋。富本節の素人名人で、仲間から水銀を呑まされて一生中気でおわった。祖父、中島兼松。富五郎のつくる子供のおもちゃを、子供のころ縁日で売って生計をたてた。俗曲、新内をよく唄った。テキ屋の親分のようなこともやった。代々、下町の下層に、その日ぐらしをやっている小職人または遊び人である。（『道程』前期」）

また、光太郎自身が育った高村光雲の家庭というものはこんなものでした。

父親は仏像彫刻の職人であるが、抜群の技量をもって大成している。家のなかで絶対の権威をもち、頑固であるが、旧式の情感に富み、親分的受容性をもつ。母親は、親方が嫁がせたもので、古風で没我的、盲目的な献身性をもつ。兄弟姉妹がおおい。父親には絶対服従である。父親の情感は、「家」全体を包みこんでいる。おそらく、この典型は、庶民社会のなかでは、下層的である。高村が留学した時期には、生活的には下層的でなかったかもしれないが、「家」の構図としては、下層的であったはずだ。中層、上層にゆくにつれて、父親の情感は、「家」において支配的でなくなり、母親は、没我的、献身的ではなくなる、というのが、図式的に日本の庶民社会の「家」の実態である。(同)

吉本は、日本的特殊性の象徴のようであるこの庶民・高村光雲と、普遍性の象徴のごとき存在である芸術家・ロダンが彫刻家という同じ対比線上で比べられてしまったことが高村光太郎の悲劇であり、同時に、その出発点ともなったと考えます。

しからば、高村光太郎は、普遍性にも、日本的特殊性にも逃げることのできない隘路から、どのようにして脱出を試みたのでしょうか?

打倒すべき劣悪条件としての「家」

吉本隆明は『高村光太郎』の中で、しばしば、「封建的優情」ないしは「封建的優性」という言葉を使っています。これは何を意味するのかといえば、父親が絶対的権威を持つ一方で、母親は没我的で、夫と子供に盲目的に献身するような封建的な家族関係から生まれる、優しく、こまやかな家族的感情のことです。この「封建的優情」は、家庭が下層庶民的であればあるほど強く、家庭のインテリ度、西欧化度が強まれば強まるほど弱くなっていきます。

明治の文学者や芸術家のほとんどは、知的な上昇を遂げるにつれて、心の半分は、世界共通性（普遍性）への回路に入り込み、精神的自由を獲得するに至りますが、心のもう半分は、程度の差こそあれ、この「封建的優情」に浸かり、それに搦め捕られそうな感覚に苦しむことになります。

田山花袋や島崎藤村、あるいは徳田秋声、正宗白鳥らの自然主義者も、こうした問題には多かれ少なかれ直面することになりましたが、しかし、自然主義者の場合、多くが地方の名望家を出身階層としていたため、問題は、「封建的優情」の強さよりも、家父長的ヒエラルキィの重圧というかたちで捉えられることになりました。いいかえると、自然主義者たちは、「家」の情愛（封建的優性）ではなく、「家」の前近代的な社会性（つまり封建的劣性）を攻撃のターゲットに据えたのです。

この点に関して、吉本は、こう分析しています。

これら自然主義文学の代表作のテーマになっているような、家父長的ヒエラルキィにおしつぶされた日本の「家」のなかの、無気力な夫婦の背離をえがいても、また、「家」に寄生するインテリゲンチャの嫌悪感をえがいても、家にとじこめられ、諦めて老いてゆく女をえがいても、庶民社会の「家」が、濃密な優情で後髪を引かないかぎり、現実に密着して、客観描写をつきすすめていけば、かならず「家」の問題をとおして、それをとりまく社会問題にゆきつくことはあきらかである。幸徳事件前後に、自然主義文学者がぶつかった客観描写と排道徳、排理想の合致点というものは、「家」をめぐる社会環境を、排棄すべき劣悪条件とかんがえた上昇期の自然主義的発想が、当然みちびきだした帰結であった。上昇期の自然主義文学者は、「家」の環境を、濃密な優情として感じないで済む環境にあったために、幸徳事件が、その文学方法にとって決定的な衝激となったのである。（同）

こうした傾向は、自然主義文学者に続いて登場した白樺派、とりわけ、志賀直哉などにおいても同様で、「家」は、打倒すべき劣悪条件（封建的劣性）と見なされることになります。さらには、そこから、「家」＝封建的権威主義＝絶対悪 vs「私」＝西欧的自由主義＝絶対善という、いささか思い上がった単純な図式さえ浮上してくるのです。そして、それは、戦後のわれわれの世代まで引き継がれて、「家」の崩壊と「私」の肥大化を進めることになるのです。

「家」中、ひとりの悪党なし

これに対し、江戸庶民、それも階層的には下層の雰囲気を色濃く残す高村光太郎の「家」においては、いかに父親の権威が強くとも、それは社会と連結する権力（絶対悪）と見なされることはありませんでした。

高村光太郎にとって、その「家」は、濃密な優情で後髪をひいたはずである。「家」中、ひとりの悪党なし、というのは下層庶民社会の特徴である。高村は、こういう環境からの離脱意識を、一足とびに、西欧社会の実体にふれることによって触発された。圧倒的な社会的、文化的な優位をもってせまる西欧社会のなかにあって、日本の庶民社会の「家」を凝視したとき、とうてい自然主義文学者のやったような、現実密着のまだるこしい方法で、排理想、排道徳にいたりうるものとはかんがえられない、劣性な社会であったにちがいなかった。家の問題は、おそらく社会問題へ通ずるものとしては、高村の課題とはなりえなかったのである。高村にとって、ただ濃密な封建的な優しさで（せまる）自己の下層庶民的な「家」の環境だけが、自己意識上の問題であった。（同）

では、こうした下層庶民社会特有の「濃密な優情」で絡みつかれ、「家」の問題を社会問題へと発展させる契機を奪われた高村光太郎は、いったい、ロダンによって啓示された世界共通性（普遍性）と、その対極に置かれた父・高村光雲によって象徴される孤絶性との間の乖離をどうやって解決していこうとしたのでしょうか？

ところで、ここで、高村光太郎の解決法の問題に入る前に、一つ、吉本隆明が、なにゆえにこの問題に徹底してこだわるのか、その点に少し触れておくことにしましょう。というのも、吉本隆明は、留学こそしなかったものの、東京工業大学に在学中にフランス語を独学して、ヴァレリーやランボーなどの詩に触れたり、あるいはマルクスの『資本論』を読むことで、高村光太郎と同じように、世界共通性に接近し、そのことによって、かえって自分の出自たる下層庶民社会の「家」の本質を凝視せざるを得なくなったからです。

つまり、ここで高村光太郎の事例として吉本が書いていることは、一字一句、彼自身の事例であり、下層庶民社会の「家」中、ひとりの悪党なしという「濃密な優情」は、ほかでもない、高村光太郎と出自を同じくする吉本にとって、最も乗り越えがたい鞍部だったのです。

とりわけ、「高村にとって、ただ濃密な封建的な優しさで（せまる）自己の下層庶民的な『家』の環境だけが、自己意識上の問題であった」という部分は、「高村」を「吉本」と置き換えて、「吉本にとって、ただ濃密な封建的な優しさで（せまる）自己の下層庶民的な『家』の環境だけが、自己意識上の問題であった」と読まなくてはいけません。

いいかえると、高村光太郎の解決の仕方を見定めないうちは、吉本自身の問題も解決できないわけで、もし、吉本が高村光太郎の解決法に違和感を感じたとしたら、その違和感のよってきたる根源をつきとめなければならなかったわけなのです。

寂寥感の表現としてのデカダンス

では、吉本が『道程』前期の詩編を分析して、導きだした高村光太郎の解決法とはいったい、どんなものだったのでしょうか？

なんと、それは、かなり倒錯的な匂いのするデカダンスに沈潜することでした。

すなわち、留学から帰った明治の末年、高村光太郎は、吉原に遊んで、そこの娼妓「若太夫」

を知って、放蕩以上のデカダンスを空想の中で（？）試みようとしますが、そのあたりの心境は、『道程』前期の詩編に表出されています。

たとえば、「たしかに己は女をころした。／流れてゐるのはたしかに血だ。／どろり、たらたらと、あれ、流れる、落ちる。／血だ。血だ。／ああ、さうよなあ。／いつそ、手も足も乳ぶさも腸もひきちぎつて、かきむしつて、／画布の上にたたきつけようか」（「恐怖」）とか、「（女を）丸裸にして麻縄でぎりぎり巻にして／天井へでも吊し上げて／あつい焼火箸でもあてがつて／ひいひい言ふほど打つたりのめしたりしてやるのだけれど」（「怨言」）といったようなサド・マゾ的な残虐趣味に満ちた詩編ですが、これらは、吉本に言わせると、いずれも、高村光太郎の孤絶性の意識の表現ということになります。

ただ、同じサド・マゾ趣味でも、「恐怖」の血まみれなスプラッター・サディズムと、「怨言」の伊藤晴雨的な折檻サディズムでは、多少の差異はあります。ともに、了解不可能性（孤絶性）の投影された幻影ではあっても、前者は西欧の白人女のイメージであるがゆえに、その根底には世界共通性へと通じる予感が働いています。とはいえ、実際にはこれもまた、「文明理解、人種理解、人間理解における隔絶感、了解不可能感の表現」となるほかはありませんでした。

いっぽう、後者は日本の女のイメージであるがゆえに、もう少し複雑な様相を帯びることになります。

「責め折檻された女」あるいは、責め折檻されたい女は、日本の女であり、文明観における日本の社会であり、情欲における高村の憐れみと執着と矮小感の象徴である。この女のイメージによって、幸徳事件前後の窒息的な庶民社会が直接に指定されているとみてもあやまりではない。世界共通論理から日本の社会がみられているのではなく、世界拒絶感から日本の社会や人事がみられている。高村のこの時期の実生活的なデカダンスを、情欲的な放蕩にしぼるとすれば、一方に「真白な蠟の様な胸」があり、他方に「責め折檻された女」があり、責め折檻された女を醒めたよく見える眼でみることと、そのなかに真白な蠟の様な胸をみつけ出そうとする願望に終始したということができる。吉原の河内楼の娼妓「若太夫」をテーマにする一連の「モナ・リザ」物は、高村にとっては真白な蠟の様な胸と、責め折檻された女のイメージが合致した場合の表現にほかならない。（中略）「珈琲店（カフェ）より」の女が、ジョーゼットであるとすれば、この女は、高村にとって「西欧」そのものを象徴するほどの意味をもってくる。そうすれば、「若太夫」は、日本のなかの西欧ではなくて、真白な蠟の様な胸と責め折檻された女との複合であった。いいかえれば高村の世界共通感覚と、了解不可能感覚との錯合であった。（同）

さすがは吉本隆明、高村光太郎に見え隠れするサド・マゾヒズムの中にも、世界共通性と、了解不可能性との複雑な絡み合いを見ている！　などと冷やかしてはいけません。

吉本によれば、高村光太郎におけるこうしたデカダンスは、世界共通性と了解不可能性の乖離に悶え苦しんだあげくに、その中間点のいずれにもおのれの落ち着くべき場所を見いだすことのできなかった人間のどうしようもない寂寥感の表現であり、後に見るように、高村光太郎は、このデカダンスをある方向へとかなり強引にねじ曲げることで、それを自らの方法論の一つにまで高めてゆくことになるからです。つまり、それは、同時代のだれもしなかったようなユニークな身の置き方だったのです。

人は人を理解することができない、という原則と、人は人たるかぎりで環境の特殊性をこえて世界共通性をもつ、という原則とを、断絶させたところに、デカダンスを描いてみせたのは『道程』前半の高村のみであった。いわば、個人の生存上の無意義と、社会批判意義の有意義のあいだにデカダンスの境地をえがいたのであった。このような高村のデカダンスは、じぶんの孤絶性と世界性意識のあいだに、環境社会をすえつけることができなかったために、うまれたものということができ、環境社会の脱落が、この時期の高村の「寂寥」の本質であった。(「『道程』論」)

ここで吉本が、「環境社会」という言葉であらわしているのは、人がそこに安定的に身を置いて地盤とすることのできる心的なトポスのことであり、だれしも、これがなければ、精神的な宿無し、いわゆるデラシネの状態に陥ることになるのです。高村光太郎は、精神的な安定に不可欠なこの「環境社会」を、孤絶性と世界性意識の間のどこにも措定することはできなかったのです。

永井荷風との比較

では、孤絶性と世界性意識の間に、環境社会をすえつけることができなかった代わりに、デカダンスを持ち出してきた高村光太郎の狙いはいったいどこにあったのでしょうか？

この問題を解こうとしたとき、だれもが思いつくことは、高村光太郎と同時代にフランスから帰国して、下町情緒のデカダンスに沈潜した永井荷風との比較です。果たして、高村光太郎は永井荷風と同じような動機からデカダンスに向かい、同じように振る舞ったのでしょうか？

北原白秋は、帰国直後の高村が「スバル」派にちかづいてきたことを、『明治大正詩史概観』のなかで、「荷風と同じく前後して帰朝した高村光太郎も、之等頽唐の『心』の放蕩者のなかに大きな手と高い背と、気品のある微笑とを以て入つて来た。彼も亦人道的趣味的芸術放蕩の中に爆発した」とかいているが、おそらく高村のデカダンスは、これとはちがっていたのである。インテリゲンチャが、擬態をしめして庶民的環境のなかにねころぶデカダンスではなくて、庶民環境のなかにねころんでも、なお残りがある孤独なデカダンスであったことは、高村の俗謡詩と白秋、杢太郎らの俗謡詩との差によってあきらかであった。（同）

この部分を私なりにパラフレーズすれば、次のようになります。すなわち、永井荷風のような明治の高級官吏の家庭環境に育った文学者は、欧米に留学して、同じような世界共通性と孤絶性の二律背反に苦しめられたとしても、高村光太郎のように両者の乖離が極端にまで強まってしまうことはありません。それというのも、高村光太郎の場合には、世界共通性の極にはスーパー芸術家ロダンがおり、また孤絶性の極には、日本的下層庶民の象徴のような父・光雲がいるのですから、その乖離は猛烈なものにならざるを得なかったのです。

いっぽう、永井荷風の場合は、フランスで世界共通性を垣間見たとしても中途半端だし、また孤絶性に絶望したとしても、その傷つき方は同じく中途半端なものでしかありません。

その結果、日本に帰国して、世界共通性は放棄して、孤絶性の方でやっていこうと決意し、庶民的環境にそれを求めたとき、その中途半端さにおいてジャスト・フィットし、まずまず快適な「環境社会」としてその中に寝転ぶことができるのです。

ところが、世界共通性にしろ、孤絶性にしても、どちらも極端にまで行ってしまった高村光太郎は、「庶民環境のなかにねころんでも、なお残りがある孤独なデカダンス」に身をさいなまれるほかはなかったのです。

では、いったい、高村光太郎のデカダンスは、なにゆえにそれほどの過剰を抱え込んでしまっているのでしょうか?

それは、やはり高村光太郎という健康人の性欲の強さというほかありません。高村光太郎のデカダンスは、永井荷風のようなインテリ階級出身の脳髄的なデカダンスでは収まり切らないストレートな生理的性欲の巨大さを特徴としているのです。

この健康な性欲のストレートさという点で、高村光太郎は、ヘンリー・ミラーに似たところがあります。どちらも、下層庶民階級から突然変異的に出現した詩人（ミラーも出発点は詩人でした）

であるばかりか、途中からホイットマン的な汎性欲的な姿勢を取った点も似ています。さらに、その性欲のストレートさにおいて、出身階級の「あっけらかん」ぶりが先祖返り的に召喚されてしまう点も同じなのです。吉本隆明が、後に、バタイユなどと比較して、ヘンリー・ミラーを高く買っていたのも、こうした背景があるのかもしれません。

健康な肉体の生み出すデカダンス

さて、話を高村光太郎に戻すなら、性欲のストレートさにおいて、高村光太郎は、父・光雲と一脈通じるものを持っているということになります。

吉本は、『道程』の中に現れたこうした過剰な情欲の生理的表現のような幾編かの詩に注目して、こんなことを述べています。

　この『道程』の特徴は、高村が、情欲の生理的な表現をほとんど出生としての庶民と同義にかんがえているところからきたのではあるまいか。高村のデカダンスも、情欲の生理的特質までくるとき、高村にとって頑丈な江戸職人の環境まで自然にかえることと同じことではなかったろうか。性欲の表現は詩集『道程』で、ほとんどその内的世界の環境脱落を補償するためにつかわれている。（同）

少しわかりにくい表現ですが、私なりの理解を書き記せば、おおよそ、次のようになるはずです。

すなわち、芸術や文学、それに哲学や思想という点では、高村光太郎は、断固として師ロダンの側に立って、世界共通性（普遍性）を目指すことになるが、そうしたものをすべてカッコにくくって、おのれの性欲という一点に意識を集中してしまえば、なんのことはない、下層庶民である父親の光雲と同じ「生理的特質」を持つ、健康でストレートな性欲の人間が現れてきたので、高村光太郎はここにおいて、初めておのれの出自に自己肯定的な姿勢を取ることができ、「その内的世界の環境脱落を補償する」ことが可能になったというわけです。同じデカダンスといっても、性欲の質において、高村光太郎のそれは、永井荷風的ないしはバタイユ的な頭脳的なデカダンスとは無縁の、どちらかといえばヘンリー・ミラーに近い、健康な肉体の生み出すデカダンス（というよりも過剰性）に属するといえるのです。

ただ、われわれにとって興味深いのは、『道程』後期の詩編においてしだいにあらわになってくる高村光太郎のこうした汎性欲的な、あえていえば下層民衆の健康な性欲において「居直って」、それを以て無理矢理、世界共通性へと接続しようとする姿勢を、吉本は決して肯定はしていない点です。いや、肯定しないどころか、激しく批判することになります。

しかし、『道程』後期に至る直前の、われわれが吉本とともに問題としている時期においては、高村光太郎は、もっと遠くまで、もっと深いところまで行っていたのです。言い換えると、世界共通性と孤絶性とを乖離させたまま、孤絶性の方になし崩し的に潜り込んでいって、その性欲の健全さという一点において、世界共通性へと逆転するというアクロバットではなく、もっと真摯に世界共通性と孤絶性を止揚しようと努力していたのです。

「個人的環境の肯定」という選択

二〇〇七年末、団塊世代が中学校時代に教科書で読んだ詩を百十一編集めたアンソロジー『あの頃、あの詩を』（文春新書）を出しましたが、その中には高村光太郎の詩が「道程」「冬が来た」「山からの贈物」「少年に与ふ」「山のひろば」「牛」と六編も入っています。この一例をもってしても、戦争責任を云々されたにもかかわらず、戦後も高村光太郎がいかに日本人から広く愛されていたかがわかります。

私も、個人的には、これらの高村光太郎の詩が大好きです。

しかし、吉本隆明に言わせると、詩集『道程』、とりわけその後半に含まれる「道程」「冬が来た」「牛」などの代表作は、高村光太郎が、本来なら、世界的共通性と孤絶性の間で徹底的に葛藤して、そのあげくに止揚すべきであった矛盾をなおざりにした結果、重要なものを失っていった後の作品であるということになります。

『道程』一巻を、長沼智恵子との恋愛、結婚の時期を境にして前後にわけ、後期の詩、たとえば「冬が来る」、「狂者の詩」、「戦闘」、「冬が来た」、「牛」、「道程」、「秋の祈」などに、高村の本領と特徴がある、というのは一種の定評である。現に、高村自身が「某月某日」その他で、そういう意味のことをのべている。しかし、わたしのかんがえでは、『道程』後期において高村は、白樺派の影響をうけ、ホイットマンやエミイル・ヱルハァランの自然児意識に影響をうけ、重要なものを落丁していった。自然主義派と「スバル」派とが、協同してうけつぎ、高村が白秋や杢太郎の歌口をかりて表現しつづけた庶民情念や風俗にたいする愛着と批判とは後期になるにつれてなくなり、剛直なヒューマニズムの詩の実質に転じた。高村は、自己の世界性と孤絶性のあいだに、環境社会を架橋しようとする努力をうしなって、突如として個人的環境の肯定に転じたのである。(同)

では、どのような点で、吉本隆明は、こうした高村光太郎の選択を「良からず」と判断したのでしょうか? あるいは、高村光太郎は、どのような経路を通って安直な道へと「転向」してしまったと見なしたのでしょうか?

おそらく高村にこの転向をうながした発想は、はじめに、世界性と孤絶性とのあいだの環境社会の脱落――(デカダンス)を補償するためによった情欲の生理的特質を、「自然」の理法であるとかんがえることによって生じた。いわばデカダンスを補償するためにやむをえず拠りどころとした性欲の生理的解放の表現を人間の「自然」性とおきなおしたのである。「人間を思ふよりも生きた者を先に思へ」という即物的な自然性の讃美を、孤絶性や思想性や、環境社会の奪回よりも優先する絶対的なよりどころとしたために、もはや高村が設定した「自然」の絶対性のうえには、高村の個人的環境のほかには乗るものがなかった。自己の個人的環境の肯定と拡張のうえにたって、庶民社会は、情緒を卑俗的なセンチメンタリズムとし、剛直な生産性とするモデルニスムスにちかい、ヒューマニズムの主張に転化されたのである。（同）

これが、『「道程」論』の結論であり、同時に『高村光太郎』全体の結論でもあるのです。言い換えると、吉本隆明が『高村光太郎』を書こうと思い立ったそもそもの動機であるところの、終戦直後に高村に感じた違和感がこれで解明されたのです。極言するなら、吉本が自己の最大の課題とした日本的な「転向」の勘所がここに示されたわけです。

しかし、こう言ってしまうと、読者はキツネにつままれたような感じを受けるにちがいありません。「えっ、なんでそうなるの？　なんにも説明されていないじゃない」と思うはずです。当然です。まだ、説明してはいないのですから。つまり、私はいま、吉本隆明の「証明」の過程をすっとばして、結論だけを先に示してしまったのです。数学でいえば、「答」の欄の数字だけを見せたようなものです。

したがって、今度は、こうした結論に至る吉本の「証明」の過程を見ていかなくてはならないのですが、これが実に難解なのです。

だが、難解だからといって引き下がってしまっては、吉本思想の核に到達することはできません。なんとかして、この手で糸のからまりをほぐして難解を「解い」てみることにしましょう。

「下町オリエンタリズム」

吉本は、『道程』後期の「冬が来た」や「道程」などの「剛直なヒューマニズムの詩」は、高村光太郎が本来ならなすべきことをなさずに、ヴェルハーレン的な即物自然性の賛美へと、いわば「逃げて」しまった作品であるとして、これを評価しませんが、では、どんな詩を高く買っているかといえば、意外や、次の「甘栗」のような詩です。

釜からあげた
清国名産甘栗の
やはらかい皮をむけば
琥珀の様な栗の実が
ころころところげたり
――みりんくさい湯気がちる――
ワニラの 酒（リキウル） に似た
舌つたるい甘さが
鬼の息のやうに体を包んだ
――気の遠くなるやうな南清の大河
揚子江（ヤンツウキヤン）の岸の白楊に日があたる
チヤルメラの唄が

とほく、とほく——

よせば可いのに、その時
ころげた栗の実を
拾つて拭いて手にのせた
お花さんのいたづら

さて、この「甘栗」を吉本はどう解釈しようとしているのでしょうか？

最後のスタンザをのぞけば、この「甘栗」は、スバル派の俗謡詩にひとしいといわなければならない。いいかえれば四十年代インテリゲンチャ意識の庶民情念への韜晦にひとしいのである。しかし、最後のスタンザは高村にとって、このような庶民情念の世界に生活環境としての確乎たるリアリティをあたえようとする意欲のあらわれとみるべきである。（同）

スバル派の詩人、たとえば北原白秋の俗謡が、「インテリゲンチャ意識の庶民情念への韜晦」であるということは、かなりの精度で理解できます。私なりの言葉でくくってしまえば、それは、現在も流行中の「下町オリエンタリズム」の一変形ということができるのです。

つまり、欧米のインテリがオリエントなどの風物・習俗などを、あらかじめ劣っているということを前提にした上で、「劣っているからくだらない」ではなく「劣っているからこそ素晴らしい」として、そうした異国の風物・習慣の美しいところだけを恣意的に取り上げて、極めて身勝手に絶賛するのがオリエンタリズムですが、「下町オリエンタリズム」とは、山の手出身の（あるいは地方の医者や弁護士などの名望家の出の）西欧的インテリが、東京下町の風物や習俗を、決して自らそこに身を置くことなく、ある意味「美的」な鑑賞態度で眺め、賛嘆する類いのものを指します。

私は、個人的にいえば、この手の「下町オリエンタリズム」があまり好きではありません。そうした言辞を耳にし、目にするたびに「あんたねえ、そんなに下町が好きなら、まあ一週間でいいから、こぎたなくて狭苦しい下町の家庭に実際に入って、うるさく騒ぎちらすガキどもや、ガミガミ怒鳴る見栄っ張りのかみさんや、好奇心丸だしのオバハンなんかに囲まれて、吉本のいう『封建的優情』をたっぷり浴びて暮らしてみるといいんじゃない。山の手くんだりからノコノコやってきて、下町の居酒屋でオッサンと一緒にビールを飲み交わしたくらいで、下町賛歌を奏でないでくれよ。下町の、それも下層中産階級特有の鬱陶しさを知らない人間に妙な褒められ方はされたくないよな」と半畳を入れたくなります。

しかし、まあ、それはいいとして、吉本によれば、「甘栗」は、最後のスタンザに至って、この「インテリゲンチャ意識の庶民情念への韜晦」、われわれの言葉なら「下町オリエンタリズム」を免れ、「庶民情念の世界に生活環境としての確乎たるリアリティをあたえようとする意欲のあらわれ」を見せたということになるのですが、それは、いったいどういうことなのでしょうか？

「世界性」と「孤絶性」

吉本は、「河内屋与兵衛」、「泥七宝」、「青い葉が出ても」のような『道程』の中ではかなりマイナーな、成熟以前の詩編と思われていたような作品を挙げて、次のように言います。

これらの作品で、庶民社会の情念は、韜晦的に容認されているのでもなく、自己肯定されているのでもなく、またインテリゲンチャ意識から無とされているのでもなく、確乎たる批判的リアリティをもって奪回されようとしている。脱落した環境社会として奪い返されようとしている。この批判的リアリティは、高村のなかの世界共通性の意識が、日本の庶民環境のなかにたしかな場所をみつけようとする努力のあらわれであった。詩集『道程』の独創性は、このような世界意識と孤絶意識とのなかに環境社会を奪回しようとする意欲のなかに、はじめて開花したのであった。庶民情念のなかにあっては高村の世界性の意識が、スバル派によった詩人インテリゲンチャの発想をたどって、かれらの水準を抜いたのであり、また、反対に孤絶世界のなかにあって社会環境を奪回しようとする努力は、「出さずにしまつた手紙の一束」、「珈琲店(カフェ)より」などによって、持続された独特な留学体験を克服しようとする意力となってあらわれたのである。(『道程』論)

ふーむ、非常によくわかるような気がするのですが、しかし、では、吉本タームではなく、われわれの用語に置き換えて説明しようとすると、なかなかうまくいかないのが常です。そこで、吉本が、「世界意識と孤絶意識とのなかに環境社会を奪回しようとする意欲」が典型的に現れた作品として挙げている「亡命者」の詩を以下に引用し、それが具体的にどのようなものなのかを直接的に感じ取ることにしましょう。

わが心は蝕へり
うつろに、くろく、しんしんと
潮時来れば堪へがたし
かの亡命の日の淋しさに
身を隠したる家なれど
猫の背よりもうつくしき
黒髪をもつ少女等は
むざんなる力もて
ゐたりけり
女とは悪しきものの名なるかな
わがうつろなる心は
この名によりて痛し
女とはあやしきものの名なるかな

わがおびえたる心は
この名によりてをののけり

げに女こそ世にも悲しきものなれ
わがさびしき心は
この名によりて寂寥を極む
げに女こそ世にも呪ふべきものなれ
わがあたたかき心は
この名によりて、見よ凍らむとす
女よ
されど我に調伏の力なし
ただ哀れなる俳優のごとく
人知れず、ものの陰より
しづやかに、しとやかに
何時となく
舞台を去らざるべからず——
わが心は蝕へり
静かなる夜も、しんしんと

さて、この詩を吉本の言っているような意味で味わうためには、ひとまず、ここで、吉本の使う「世界性」「世界意識」、および「孤絶性」「孤絶意識」という概念をもう一度おさらいするところから始めなければなりません。

まず、「世界性（世界意識）」から。

　人類（ホモ・サピエンス）である生理的な、または心的な構造の同一性によって、東洋人と西洋人のあいだに了解不可能がありうるはずがない。また、その文化に不可解な差異がおこるはずがなく、共通の論理、共通の思考法が存在しないはずがない。（「『道程』前期」）

これが吉本が措定している「世界性（世界意識）」です。普遍的な了解可能性と言い換えてもいいかもしれません。

いっぽう、「孤絶性（孤絶意識）」はというと、次のようなものです。

　もしも、一定の規制力にそってこころが働いているときは、東洋人と西洋人のあいだばかりでなく、ブルジョワと貧民のあいだにも、また、隣人や男女や肉親のあいだにさえも、了解不可能は存在しうることは自明であろう。（同）

高村光太郎は、パリ留学で、とりわけロダンの芸術に触れることによって「世界性（世界意識）」に目覚めたのですが、ある晩、「身体を大切に、規律を守りて勉強せられよ」と書かれている父・光雲の手紙を読んだとたん、急に悪寒を覚えて、フランス人女性とのデートの約束を取り消し、そこから深い憂鬱の底無しの井戸に投げ込まれてしまいます。以来、気軽につきあっていた白人女性の心がまるでわからないという激しい絶望感に捉えられ、「僕には又白色人種が解き尽されない謎である。僕には彼等の手の指の微動をすら了解する事は出来ない。相抱き相擁しながらも僕は石を抱き死骸を擁してゐると思はずにはゐられない」となったのです。

そして、この二つの意識の間で引き裂かれたまま、父・光雲のいる日本の家、つまり濃密な「封建的優情」に満ちた下町の中産下層階級庶民の家に帰り、自分のこころの居場所をどこにも設定することのできないまま（吉本の用語なら「環境社会」を脱落させたまま）、強い健康な性欲から来るデカダンスに浸っていたのです。

このあたりの心理は、この詩の中の「かの亡命の日の淋しさに身を隠したる家なれど」という詩句によく表されています。

ところがそこに、「猫の背よりもうつくしき黒髪をもつ少女等」が「むざんなる力もてゐたりけり」なのです。詩の勘所はここにあります。

吉本の導き出した結論

光太郎は、父・光雲のいる日本の家で鬱々、悶々とした日々を送っているとき、その少女たちの「むざんなる力」によって、どうしようもなく惹きつけられ、少女等を「悪しきもの」「悲しきもの」と罵倒しながらも、惑溺してしまったのですが、しかし、まさに、その瞬間、ある意味、下町的な存在である少女等に対する「庶民社会の情念」が、「猫の背よりもうつくしき黒髪をもつ」というかたちで意識化され、「むざんなる力もてゐたりけり」という「批判的リアリティ」で捉えられたとき、「この批判的リアリティは、高村のなかの世界共通性の意識が、日本の庶民環境のなかにたしかな場所をみつけようとする努力のあらわれであった」のです。

言い換えるなら、光太郎は、それまでは、孤絶性としか意識化できなかったもの（黒髪をもつ少女等）を、「猫の背よりもうつくしき」と形容し、「むざんなる力もてゐたりけり」と認識しえたことにより、世界性（世界意識）に接続することができたのです。

ここにおいて、われわれは、吉本が「世界性（了解可能性）」と「孤絶性（了解不可能性）」を定義した後で、次のように述べた真意を理解することができるはずです。

わたしたちが、こころの働きとして、世界的共通性、了解可能性を真であるとみるか、また、一定の規制力、一定の意識内の目的をもった場合の、隣人さえも了解できないという心の働きを真とみるかは、容易に決定しうるものではないかもしれないが、すくなくとも、このいずれか一方のこころの働きにたよって、一方を脱落することは不可能（ママ）である。たとえば、西欧の生活様式になれ、西欧の気候や習慣になじみ、西欧の発想や論理を理解すれば、もうじぶんは西欧人とおなじ通行手形を手にいれたと錯覚できる精神構造はありうるだろう。しかし、かれは、もうひとつ、隣人さえも肉親さえもそのこころの働きを理解できないという第二の眼で、西欧をみなければならぬ。一定の意識の目的をもってこころを作動させねばならぬ。（『道程』前期」）

これが、高村光太郎を深く読み込んだあげくに吉本が導き出した結論であることは明らかです。しかし、高村光太郎が、せっかく、この前人未踏の境地に達しながら、そこから逸脱していったこともまた事実です。

「青くさき新緑の毒素」

人間の生理機構、より具体的に語ってしまえば性欲というのは、ある意味、とても厄介なものです。

というのも、性欲は、とりわけ、その最盛期（青春期）においては、生意気にも、一つの思想となることを要求するからです。

外面的に見れば、性欲とは、個体が自己保存本能から自らの複製をつくろうとして他の個体へ働きかける繁殖行動にすぎないものなのですが、その行動が始まろうとするとき、人間は、精神的制御を逃れて（ようするに、心の歯止めを振りきって）暴れまくろうとする自らの性欲の激しさに驚愕して、なにかしらの意味をこれに与えないではいられなくなるのです。
高村光太郎は、この鬱勃たる性欲の発露を「新緑の毒素」という詩に詠んでいます。少し長い詩ですが、性欲というものを高村光太郎がどのように捉えていたかを知るために、全文引用してみましょう。

青くさき新緑の毒素は世に満てり／野といはず山といはず／街の垣根、路傍の草叢／置き忘れたる卓上の石の如き覇王樹に至るまで／今は神経に動乱を起して／ひそかに廻る生の脈搏／狂ほしき命の力／止みがたき機能の覚醒に驚きつつ／溢れ出づる新緑をその口より吐きだしたり／青くさき新緑の毒素は世に満てり／生命の過剰／形を備へざる勢力／あかつき／鶏の触神をそそりて／世にも不思議なる／かの鶏鳴を吐かしむる力／ありとある媚薬／ありとある香料も／いまだ此の力の避けがたきに及ばず／青くさき新緑の毒素は世に満てり／その味ひは直ちに人の肌を刺し／そのかをりはたちまち人の血管を襲ひて／我はこの時心臓の眩く重圧に堪へず／しかも、何事か絶叫せざるべからざる喜悦と驕慢と来れば／手は新しく物に触れ／足は雀躍してただ前進せむとす／――されば、されば／苦しき忘我と／たのしき疼痛とは／地殻より湧出づる精液の放射／物のすべてに染み渡れるこの奇臭に因りて痛まし／青くさき新緑の毒素は世に満てり／姙みたる痩犬は共同墓地に潜みて病菌に歯を鳴らし／蛇は安らかなる冬の眠よりめざめて／再び呪はれたる地上に腹這ひ嘆かざるべからず／二十日鼠は天井裏に交み／磯巾着は気味悪き擬手を動かす／ああ禽獣虫魚／悉く無益なる性の興奮に／虐殺と猜疑と狂奔とにいがみ合へり／青くさき新緑の毒素は世に満てり／見よ／河岸随一の醜女／樽屋のおちかは溜息して／まろき乳首をまさぐり泣けり／見よ／宗林寺の納所坊主／青瓢箪の妙円は朝の勤行に船をこぎ／門前の下駄屋に赤き鼻緒ををのゝき見つむ／見よ／大野屋の手代／四十男の佐太郎は／路地のくらやみに世にも始めて白鼠となれり／見よ／金庫を傾けて新しき紙幣の束を握り／上気したる青女房は素足も軽く／間夫の清人劉一章と広東に走れり／見よ、見よ、見よ／青くさき新緑の毒素は世に満てり／家に入れど／臥床に入れど／沐浴すれど／にがき肝をなむれど／三味を聞けど／歌を聴けど／飲めど／泣けど／ともねすれど／まろねすれど／いづくまでも、いづくまでも／息ぐるしき辛辣のただよひは／我が身を包み、我が魂をとどろかす／あはれ、あはれ／青くさき新緑の毒素は世に満てり

大学生のときには、この詩を読んでもいま一つわからなかったのですが、滞仏体験を経た現在、高村光太郎が詩に託そうとしたものがおぼろげながら理解できます。

思うに、高村光太郎のいう「青くさき新緑の毒素」のインスピレーションは、ヨーロッパの国々で、春の到来として祝われる「復活祭」にあったのではないでしょうか？　日本よりもはるかに緯度の高いヨーロッパでは、冬が終わり春がやってくるその瞬間は本当に劇的なもので、ある日突然、森羅万象が死から蘇ったように一斉に芽吹き始めます。それは、さながら、自然を司る見えざる神が、生きとし生けるものに、同時に、一斉に再生の許可を与えたかのように映ります。

おそらく、高村光太郎はフランスに滞在しているとき、この復活祭と突然の春の訪れに出会い、自然がまるで「青くさき新緑の毒素」を放ったかのように万物が欲情し始めるその瞬間を感じたにちがいありません。

そして、帰国後、父・高村光雲のもとで鬱屈して悶々たる性欲を持て余し、吉原の女郎屋でデカダンスな生活に浸って、ひそかに罪悪感を溜め込んでいたとき、この復活祭における「青くさき新緑の毒素」の発散を思いだし、自分の鬱勃たる性欲もまた、どうにも制御のしようがない自然の摂理の一つにほかならない以上、これを肯定するほかないのだと納得（というよりも合理化）するに至ったのです。

こうした、自然の一環としての性欲の肯定について吉本隆明は、こう述べています。

> 性欲の讃美や強調それ自体は、『道程』のなかでは、むしろ阿呆らしいほどの健康な意識となっている。あらゆる思想上の悩みも、ニヒリズムもシニシズムも、情欲の生理的機能にたちかえれば、みな救われるとでもいいたげな健康な表現となっているのである。（「『道程』論」）

では、こうした健康的な、性欲の全面的肯定によって、高村光太郎は、帰国以来抱え込んでいた精神的な葛藤から解放されたのでしょうか？

主観的にはそうだが、客観的にみればそうはいかなかった、なぜなら、高村光太郎の葛藤とデカダンスは、性欲とは別のところから来ていたからだ、というのが吉本隆明の答えです。

本来ならば高村のデカダンスは、肉体的な放蕩などとはすこしも関係ないものである。西欧近代社会の特質が、日本の社会の庶民通念よりも、ずっと身近かに感ぜられるにもかかわらず、一度人種感を孤絶のうちに意識すると、まるで西欧人のこころの動きも、手足の動きも了解できない不可解なものになる、という世界共通性の意識と孤絶した了解不可能の意識を、帰国後日本の社会のなかで調和させる環境を見出しえないところに、高村のデカダンスはあったのである。このデカダンスは、したがって世界性と孤絶性のあいだに、環境社会の意識を奪回するよりほかに、脱出する方法はないはずであった。高村は、このみちを択ぶよりも、むしろ、情念の生理的解放感（高村のいう青春の爆発）によって、この精神のデカダンスを耐えた感がある。いいかえれば生理機構だけが依るにたる環境であり、これが光雲に寄生しつつ光雲を拒否するという無環境の高村にとって環境社会の代用をなしたのである。

（「『智恵子抄』論」）

世界性と孤絶性の間で引き裂かれ、どうにも心の居場所（環境社会）を持ちえなかった高村光太郎は、己の性欲（生理機構）の発現にその代用品を求めたということになりますが、では、どうして光太郎は、己の性欲こそが環境社会の代用品となり得ると思ったのでしょうか？

智恵子との出会いに垣間見た「性のユートピア」

この点については、吉本隆明はとくに言及をしていないので、われわれの頭で考えるほかありませんが、おそらく、それはこういうことだったのだろうと思います。

高村光太郎は、抑圧しがたい己の性欲を持て余していたとき、ふと、セックスにおいては、西洋人も日本人もまったく変わらないのではないか、つまり、性というものを与えられ、異性と交わることを自然に義務づけられているという点では、人類はみな同列であり、選ぶところはないと悟ったにちがいありません。言い換えると、セックスにおける人類の普遍性(世界性)というものを認識したのです。

しかし、その一方で、セックスは孤絶的であるとも感じたはずです。なぜなら、無限のバリエーションに富む個体が他の個体と営むセックスはこれまた無限に多様であって、同一のものは二つとしてないからです。この意味で、セックスは孤絶的なのです。

こう考えると、セックスこそが、世界性と孤絶性を結ぶ唯一の関係性であるとする見方が高村光太郎の心の中に浮上してくるということは充分に有り得ることなのです。以前、高村光太郎はヘンリー・ミラーと似たところがあるといいましたが、高村光太郎もヘンリー・ミラーと同じく「性交の国」という、すべての情念がセックスによって解放される性のユートピアを夢見ていたのかもしれません。ただ、高村光太郎はこうした「セックスの思想」を、エミール・ヴェルハーレン(ヴェラーラン)などから学んで、漠然と理解はしていたかもしれませんが、確たる信念にはなっていなかったのではないでしょうか?

ところが、ここに、長沼智恵子という希有な個体が現れたのです。これは、あくまで想像でしかありませんが、長沼智恵子は、当時の平均的な女性と異なり、セックスにおいても何一つ物おじすることがなく大胆にかつ個性的に振る舞ったので、高村光太郎は、この「セックスは世界性と孤絶性をつなぐ関係性である」という思想を一つの実体として把握したと思ったのではないでしょうか？　つまり、信じられないほどに例外的であった長沼智恵子という個体とのセックスが、かえって、孤絶性を介して世界性へとつながっていると感じさせたのではないでしょうか？

それはたとえば、『智恵子抄』の中の「愛の嘆美」（われらの皮膚はすさまじくめざめ／われらの内臓は生存の喜にのたうち／毛髪は蛍光を発し／指は独自の生命を得て五体に匍ひまつはり／道（ことば）を蔵した渾沌のまことの世界は／たちまちわれらの上にその姿をあらはす）などにはっきりとしたかたちで現れています。高村光太郎は、長沼智恵子との恋愛、結婚、セックスにおいて、確実に「性のユートピア」を垣間見たのです。

しかし、吉本隆明に言わせると、その「性のユートピア」は、高村光太郎が抱え込んでいた世界性と孤絶性との間の葛藤を解決するというよりも、それを宙づりにしたまま、回避する方向に向かってしまったということになります。

（『智恵子抄』にも「愛の嘆美」や「晩餐」など）情慾の生理的機制をうたった作品があるが、ここでは詩集『道程』前期のようなデカダンスの代償としての生理的放蕩の意味をうしなって、生命力の「自然」な発現というほどの意味をもつようになっている。このような生理的放蕩の讃歌から「自然」性の讃美への転換は、高村にとって生活すべき現実的な環境をしっかりと据えつけることを意味するものではなかった。高村と長沼智恵子との結婚後の生活が、現実的な生活の匂いをもたなかったのは、美術家と画家との生活だからではなく理念においてすでに社会環境をもつことを否定していることからきている。(同)

吉本隆明は、続けて、『智恵子抄』にも、智恵子夫人との生活をしめした詩はいくつかあるが、そこから、二人の生活がどのように営まれたかを推測できるようなところは一つもないと断言し、こう結論づけます。

貧困におちいればおちいるほど、両者の関係を美化せざるを得なくなるような「自然」法的な思想の美学化がみつけられるだけである。

俗っぽい言葉でいえば、夫は彫刻に励み、妻は妻でキャンバスと格闘したり、トンカラ織機を操作するという高村光太郎夫妻の生活は、「浮世離れした生活」であって、まるで空想社会主義者のいう、各人がそれぞれやりたいことをやることがそのまま生活になるというユートピアのようなものです。そこには生活費を稼ぐための算段だとか、金銭の多寡を巡る夫婦ゲンカだとか、どちらが家事を分担するかの争いなどという葛藤は存在しないかのようです。

幻想との戯れ

その典型的な象徴が、かの有名な「あなたはだんだんきれいになる」という詩であると、吉本隆明はいいます。

とりあえず、「あなたはだんだんきれいになる」を引用してみましょう。

をんなが附属品をだんだん棄てると
どうしてこんなにきれいになるのか。
年で洗はれたあなたのからだは
無辺際を飛ぶ天の金属。
見えも外聞もてんで歯のたたない
中身ばかりの清冽な生きものが
生きて動いてさつさつと意慾する。
をんながをんなを取りもどすのは
かうした世紀の修業によるのか。
あなたが黙つて立つてゐると
まことに神の造りしものだ。
時時内心おどろくほど
あなたはだんだんきれいになる。

この名作に対する吉本隆明の解釈は次の通りです。

このような詩を、じぶんの妻を主題にしてかくことは、たれもかんがえおよばないではないか。こういう美化を妻に呈することができる人物は、ほとんど庶民世界のさいのろという段階をこえているのだ。この夫婦の生活は、人々を羨望させこそすれどんな葛藤を憶測することをも拒絶している。凡俗は、これにたいして口をさしはさむ余地はまったくないのだ。しかし、この詩は、たれにもあきらかなように、夫である一人の男が、あるかけはなれた距離から妻である一人の女性をながめ美化しているところに成立している。これを、正常な意味で夫婦の感情とよぶことはできないのである。すくなくとも、庶民社会の通念にまみれ、物質的窮乏におびやかされた生活意識からは、夫婦とよぶことはできない。環境社会の意識を脱落したひとりの男が、ほとんど生活感情をもたない一人の女性をながめているにすぎまい。両者を結んでいる紐帯は、愛情にしてはとおくにすぎ、情念にしては冷却にすぎ、奇怪な貌をした「自然」理法のメカニズムのようなものがのぞいている。『智恵子抄』を、比類ない相聞の詩集とよぶ人々は、ここに純化された愛情を例外なくよみとっているのだが、残念なことに、この詩集で、智恵子夫人の方は、無機物のように表情をもたずに、つっ立っているだけで、操作は、もっぱら高村の内的な世界でおこなわれている。ここに愛情と呼べるようなものがあるとすれば、高村の独り角力としてあるだけである。(同)

ずいぶんな評価ですが、しかし、非常にまっとうな評価だと思います。高村光太郎は、智恵子夫人を現実から切り離して幻想化してしまい、その幻想と勝手に戯れている、つまり、あきらかに「独り角力」をしているのです。

実生活からの復讐

では、どうして、こうした独り角力が生じたのでしょうか?

吉本は、それを、高村光太郎に特有の自己神秘化やナルシズムの性癖、および、この頃傾倒していたエミール・ヴェルハーレンの詩の影響にも求めますが、しかし、本当のところは、やはり、高村光太郎が世界性と孤絶性の間の葛藤を「性のユートピア」という自然法的な幻想で回避しよう、あるいは裁断しようとした迂回作戦の破綻にあったと考えているようです。

一対の男女が、ガランとした家のなかで、別々に絵と彫刻をやっている。男は女のこころの殻をこじあけることができない。女のこころは環境社会のうえに根をはっているのではなく、男にたいする情念と、絵画への執着のために根無し草のように揺れうごく。この一対の男女を『智恵子抄』の主人公たちにふりあてることはできないだろうか。(中略)「生活のくまぐまに緻密なる光彩あれ」というのは、高村の必死な願望であり、仮構であった。なぜ、仮構を願望せざるをえなかったかは、あきらかであり、それはとおく留学時代の「出さずにしまつた手紙の一束」のモチーフにまでつながっている。高村は、夫人の死後「私が彼女に初めて打たれたのも此の異常な性格の美しさであつた。言ふことが出来れば彼女はすべて異常なのであつた。」（「智恵子の半生」）とかいているが、自己神秘化と自己暗示性にとんでいた高村は、智恵子夫人の異常さによって、世界性意識と孤絶意識とのあいだに架橋しようとし、もっとも手ひどい復讐を実生活からうけとったのであった。昭和六年、高村が三陸地方へ旅行した留守中の智恵子夫人の異常徴候、昭和七年、智恵子夫人のアダリン自殺未遂、その後の精神分裂症の悪化、死、という連続的な出来事のひとつひとつは、高村と夫人との生活が、意識上の環境社会の脱落のため、外からは庶民社会の通念にやぶられ、内からは物質的不如意と夫婦間の精神的なテンションに耐えきれずに敗北していった陰惨な事実にほかならなかった。（同）

つまり、高村光太郎と智恵子の夫婦生活が破綻したのは、高村がパリ留学中に抱え込んだ世界性と孤絶性の間の葛藤を、智恵子夫人との、いっさい自然の欲求に逆らわない「性のユートピア」によって回避ないしは裁断しようとしたことにあるのです。というのも、この「性のユートピア」というものは、「智恵子夫人の異常さ」から高村光太郎が勝手に導き出した幻想の産物であり、かくあらまほしという光太郎の願望であったがために、世界性と孤絶性の間の葛藤を解決するために不可欠な「意識上の環境社会」の設定を一切欠いていたからです。この意味では、高村光太郎夫妻の夫婦生活の破綻は必然的だったというほかはないのです。

もしも、『智恵子抄』のなかの詩的美化の道と、実生活上の破産の道との分裂が、いずれも必然のさけがたいものであったとすれば、このような必然をうながしたものは、高村が結婚の当初に構想した生活理念の錯誤になければならなかった。この錯誤は、いうまでもなく、高村が、留学時代に獲得した世界共通性の意識とまったき孤絶性の意識との内的な葛藤を、行住坐臥の日常生活を自然にもとらないようにしなければならないという自然法的な理念によって、一挙に打ちくだいて環境社会意識を奪回しえなかったとき、すでに予定されたのであった。（同）

では、この先、高村光太郎は、いったい、どこに行くのでしょうか？

それは、智恵子との結婚生活の破綻とシンクロするようにして訪れた日本大衆の動向の変化と微妙にリンクすることになるのです。

絵空事的な夫婦生活

吉本隆明の高村光太郎解釈に従えば、光太郎は、当時にしては極めて例外的な日本人であった長沼智恵子と出会うことによって、世界性と隔絶性との間の葛藤を宙づりにしたまま（吉本的な言い方なら、環境社会の設定を怠ったまま）、おのれの強い性欲を全面的に肯定する方向で自然法的理念に近づき、ある種の調和を得たことになりますが、しかし、この調和が長続きするには、二つの条件が整っていなければなりませんでした。

一つは、夫婦ともに、芸術家として創作活動に勤しむことができるような物質的な豊かさの保証。これは、裏を返せば、光太郎夫妻の生活が、テレビのトレンディー・ドラマに登場するセレブ夫妻のような、現実的な煩瑣さを免れた「絵空事」であったことを意味します。いいかえると、そうした芸術家的夫婦生活は、高村光太郎の頭の中、つまり彼が勝手に理想化したイメージの中にしか存在しないものであり、そこに経済的貧困とか病苦とか家事の分担などといった現実問題が入り込んできたとたんに破綻を余儀なくされる運命にありました。

もう一つは、光太郎夫妻がそうした絵空事的な夫婦生活をまがりなりにも続けていけるだけの寛容が社会に存在していたということです。光太郎が芸術家的モラルを第一義とする夫婦生活を長沼智恵子とともに始めた大正末期は、大正デモクラシーという言葉に象徴されるように、日本の資本主義が興隆して、社会的にも西欧化が進み、都市生活者を中心に小市民的な核家族が形成されようとした時期でしたが、こうした時期には、他人の生活には介入しないという個人主義が一般的になっていきました。この個人主義的無関心を確かめたければ、江戸川乱歩の「屋根裏の散歩者」を始めとする都市の探偵小説、あるいは谷崎潤一郎のSM的な泥絵の具小説をひもとくにしくはありません。大正末期は、日本の歴史でも初めて、「他人は他人、自分は自分」という個人主義が都市部に定着した時代なのです。

いいかえると、光太郎夫妻がいかに浮世離れした生活を送って、自然法的な理念のもとに、新しい男女関係を追求しようが、これをケシカランと断罪するような風潮は、明治時代に比べれば、はるかに和らいでいたのです。

しかし、大正天皇が崩御し、昭和の時代が始まると、そのとたん、日本は経済的な危機に見まわれ、階級対立という新たな要素が社会の前面に登場するようになったのですが、そうなると、高村光太郎の目指す自然法的な理念も影響を被らずにはいられません。

もろくも崩れた調和

高村の手にいれたこの自然法的な自然思想は、先験的に、智恵子夫人との孤立した生活を要求し、そのかわりに環境社会の意識と、時代的な社会意識との設定を脱落した社会的な無装備にほかならなかった。したがって、高村の内的な調和は、時代的にも現実社会が波立たないことによって、はじめて保証されるような、ネガティヴなものにすぎなかったのである。ロダンやホイットマンやヹルハァランに傾倒し、また、「米久の晩餐」、「小娘」、「丸善工場の少女達」などのような「甘くても人情に堕さない」庶民意識の理想がえがかれ、一方では「雨にうたるるカテドラル」、「秋の祈」のような調和的なヒューマニズムがえがかれたのは、日本の資本主義が上昇しながら成熟していった大正期を中心とした時期であった。昭和にはいって階級的な社会運動がつぎつぎにおこり、階級対立が激化していったとき、高村の自然法的な調和はただちに外がわからその飛沫をあびずにはいられなかった。（「詩の註解」）

吉本が、ここで、「時代的にも現実社会が波立たないことによって保証」された、光太郎の内的調和のとれた作品の一つとしてあげている「米久の晩餐」は、私が最も好む光太郎の傑作の一つですので、具体的に、光太郎の『甘くても人情に堕さない』庶民意識の理想」がどんなものだったかを知るためにも、その一部を引用してみましょう。

八月の夜は今米久にもうもうと煮え立つ。

ぎつしり並べた鍋台の前を
この世でいちばん居心地のいい自分の巣にして
正直まつたうの食慾とおしやべりとに今歓楽をつくす群集、
まるで魂の銭湯のやうに
自分の心を平気でまる裸にする群集、
かくしてゐたへんな隅隅の暗さまですつかりさらけ出して
のみ、むさぼり、わめき、笑ひ、そしてたまには怒る群集、
人の世の内壁の無限の陰影に花咲かせて
せめて今夜は機嫌よく一ぱいきこしめす群集、
まつ黒になつてはたらかねばならぬ明日を忘れて
年寄やわかい女房に気前を見せてどんぶりの財布をはたく群集、

アマゾンに叱られて小さくなるしかもくりからもんもんの群集、
出来たての洋服を気にして四角にロオスをつつく群集、
自分でかせいだ金のうまさをぢつとかみしめる群集、
群集、群集、群集。

八月の夜は今米久にもうもうと煮え立つ。

わたしと友とは有頂天になつて
いかにも身になる米久の山盛牛肉をほめたたへ、
この剛健な人間の食慾と野獣性とにやみがたい自然の声をきき、
むしろこの世の機動力に斯かる盲目の一要素を与へたものの深い心を感じ、
又随処に目にふれる純美な人情の一小景に涙ぐみ、
老いたる女中頭の世相に澄み切つた言葉ずくなの挨拶にまで
抱かれるやうな又抱くやうな愛をおくり、
この群集の一員として心からの熱情をかけかまひの無い彼等の頭上に浴びせかけ、
不思議な潑溂の力を心に育みながら静かに座を起つた。

八月の夜は今米久にもうもうと煮え立つ。

この詩においては、「自分でかせいだ金のうまさをぢつとかみしめる群集」、つまり、食うや食わずの極貧生活ではなく、つましいながらも、米久で牛鍋をつつくくらいの贅沢は自分に許し、それによって自己充足を得ることのできる群集が社会に存在している一方、「この群集の一員として心からの熱情をかけ」、「かまひの無い彼等の頭上に浴びせかけ」、「不思議な潑溂の力を心に育みながら静かに座を起つた」わたしと友がいます。

つまり、高村光太郎の世界性意識と隔絶性意識は、それほどに葛藤することなく、ある種の調和的な環境社会を設定しえたかのように見えたのです。

ひとことでいえば、作者の安定を感じさせる良い詩なのです。

ところが、昭和の時代に入り、社会的には階級対立、国際的には対外膨張という事態が生まれるようになると、大正末期のこうした調和はもろくも崩れていくのです。

「危機」の本質

その転換点となったのが、「のつぽの奴は黙つてゐる」（昭和二年作）であると吉本は見ます。

これは、高村光雲の喜寿祝賀会で、位人臣を極め、世間的に名声の頂点にあることを率直に喜ぶ庶民・光雲と、そうした世間的な名声には背を向けて、無為徒食に明け暮れる二代目・光太郎を、招待客の俗物的な視点から対比的に描いた詩で、「へえ、あれが息子達ですか、四十面を下げてるぢやありせんか、何をしてるんでせう。へえ、やつぱり彫刻。ちつとも聞きませんな。なる程、いろんな事をやるのがいけませんな。万能足りて一心足らずてえ奴ですな。いい気な世間見ずな奴でせう。さういへば親爺にちつとも似てませんな。いやにのつぽな貧相な奴ですな」という会話をイントロにして始まっています。

満堂の禿あたまと銀器とオールバックとギヤマンと丸髷と香水と七三と薔薇の花と。
午後九時のニッポン　ロココ格天井の食慾。
ステユワードの一本の指、サーヴィスの爆音。
もうもうたるアルコホルの霧。
途方もなく長いスピーチ、スピーチ、スピーチ、スピーチ。
老いたる涙。
万歳。
麻痺に瀕した儀礼の崩壊、隊伍の崩壊、好意の崩壊、世話人同士の我慢の崩壊。
何がをかしい、尻尾がをかしい。何がのこる、怒がのこる。
腹をきめて時代の曝しものになつたのつぽの奴は黙つてゐる。
往来に立つて夜更けの大熊星を見てゐる。
別の事を考へてゐる。
何時と、如何にとを考へてゐる。

この詩に対する吉本の解釈は次のようなものです。

　高村が、ほんとにいいたかったのは、終りの五行くらいだろうが、このたった五行をいうために、舞台を父光雲の祝賀宴にえらび、まず、せりふまわしによって、世間的な権威と名声のある父親と、世間的にさっぱり見ばえのしない同業の息子とを、やや誇張して対比させてみせ、こういう高村の父親コムプレックスのありかに、ことさらよってたかって酒などくらっているような俗物どもを、戯画化しなければならなかったところに、高村の内的世界のメカニズムをみないわけにはいかない。おそらく、この猛獣篇および猛獣篇以後の時代は、高村の「自然」法的な理念にとって、ひとつの危機であった。この危機が、社会的な動向からきたのか、あるいは個人的な環境からきたのかは別個の問題としても、智恵子夫人とのあいだに敷いた、人間関係の自然性にもとるまいとする生活的な軌道が、外から徹底的に破られそうになったことは確かであろう。（「詩の註解」）

吉本は別の箇所では、より具体的に、この「危機」の本質について次のように述べています。

　その「高村光雲の」閲歴がインテリゲンチャ意識からは否定すべき契機をはらんでいたとしても、高村にとっては、むしろ、親和感の源泉となりうるものであったはずだ。ただ、ここには、庶民的な権威と、生活意識と、社会環境とを、三位一体のように体現した人物があって、ヨーロッパ帰国後の高村には、ほどこすすべがなかったのである。すくなくとも、高村の世界性意識は、父光雲の環境に反撥をしめすほど幼稚なモデルニスムスではなかったにもかかわらず、その孤独性の意識は、これに反抗せざるをえなかった。「のつぽの奴は黙つてゐる」の時期に、高村は、はじめて、光雲に体現されたものを許容するようなゆとりをかなぐりすてて、自身の世界意識と、孤絶意識とのあいだに、どのような環境社会を設定すべきかを、理念としてつきつめえたのであろう。(同)

社会的動向への妙なシンクロ

では、こうした「危機」を光太郎にもたらしたのは、智恵子夫人との個人的環境だったのでしょうか、それとも、社会的動向のほうでしょうか。吉本は、後者のほうの影響が大きかったと考えます。

同時代の影響ほどおそろしい力をもつものはない。高村の強固な自然法的な理念を、まず底のほうからゆさぶってみせたのは時代的な動向であった。日本の資本制社会は、大正期の安定飽和を急速にとおりぬけて、膨脹、不安定、階級対立の激化にむかいつつあったのである。内的な世界はあたかも天体が運行するように自然の理法にしたがい欲求をもちながらも、社会的な動向は、たくさんの断層をもうけて高村の無装備な生活意識に迫ったのである。(同)

吉本は続けて、この時期の高村光太郎の詩に、プロレタリア詩運動の発想と方法への親近感が現れていることに注目し、この大きな変化のよってきたるところをこう分析します。

産業恐慌についで金融恐慌がやってきて、空前の混乱がおこり、産業破壊、失業、争議、弾圧がくりかえされる社会状勢のなかで、高村は、おそらくはじめてじぶんの出生としての庶民に意識的な自省をくわえたのであった。インテリゲンチャ意識のうえにたって庶民に親和感をしめすという道程、道程以後の時代のデモクラシスムは自己破壊されたため、環境社会意識なしにいとなまれた自然にもとるまいとする生活は、底をつかざるをえなくなった。高村がプロレタリア詩の発想にちかづいたとすれば、それは政治的な転換であるというより、自己のインテリゲンチャ意識から出生としての庶民意識の徹底化への転換であった。(同)

つまり、「米久の晩餐」にあったような、「自分でかせいだ金のうまさをぢつとかみしめる群集」に対して、否定も肯定もせずに、インテリゲンチャの余裕から、「不思議な潑溂の力を心に育みながら静かに座を起つた」高村光太郎は、この時期に至って、その余裕を失い、一種の「庶民返り」を示しはじめたのです。

しかし、それだけだったら、四十歳を超えた、庶民上がりのインテリによくある原点への回帰なのですが、問題は、そうした「庶民返り」が、高村光太郎においては、対外膨張路線を取った日本の社会的動向と妙にシンクロしていたことなのです。

この点について、吉本は強い関心を示し、ある意味、高村光太郎論の白眉ともいえる次のような鋭い分析を行っています。

> 興味ぶかいことに、高村は、まったくおなじ時期に、「北東の風、雨」、「のんきな会話」、「非ヨオロッパ的なる」など、やがて中日戦争期の戦争詩へとつながる一連の詩をかいて、中国市場を収奪しようとして、米英の帝国主義と相剋する日本の権力の動向にふかい関心と傾倒をしめしている。高村にとって、おそらくこの時期のもっとも中心的な課題は、つきつめられたじぶんの出生としての庶民意識を、いかにして時代の大衆的な動向と調和させるかにあったにちがいない。このとき、高村がえらんだみちは、時代的な大衆の動向を、「自然」の運行のように必然とかんがえることによって、じぶん自身の「自然」法的な思想をすてることなしに庶民がえりする道であった。いいかえれば、かつて智恵子夫人との個人的な生活の軌道のうえにえがいた「自然」法的な理念を、高村なりに時代の大衆的な動きの方向に社会化しようとこころみたのである。（同）

この吉本の指摘で重要なことは、高村光太郎が、その出自ゆえに、戦争へと向かう社会の大衆的な動向へと、庶民返りした意識を同調させたということではありません。そうしたインテリの庶民返りによるファシズムへの傾斜は、高村光太郎に限ったことではなく、この時期のインテリに多かれ少なかれ観察された現象だからです。
吉本が重視しているもの、それは、高村光太郎のそうした方向転換が、智恵子との夫婦生活を続けていく過程で編み出された自然法的な理念を、大衆的動向に合わせて社会的に横滑りさせることによってもたらされたという点なのです。この一点において、高村光太郎は、他のプロレタリア詩人とは大きく異なっているのです。

高村のこの時期の、大衆意識への共感と、戦争へと流れこんでゆく時代的動向への同時的な傾斜とは、高村にとって自分の庶民意識を徹底化することと、「自然」法的な思想を社会化することとが、おなじことを意味したことによっている。高村のこの時期の動向を、たとえば、プロレタリア詩人の動向とはっきりと区別しているのは、この点であった。プロレタリア詩人の場合には、大衆運動が破壊され、勢力をうしなったのち、はじめて権力の動向へと首をたれて屈従していった。いわば内的意識の必然によらず、政治意識の必然によっていたかれらは、大衆が戦争の方向へなだれてゆき、権力の弾圧にさらされたとき、孤立にたええなかったのである。かれらの転向を決定したのは、大衆的な動向が、かれらの政治イデオロギーをすてたときにあたっていた。高村の場合には、いったんじぶんの出生として庶民を意識化すれば大衆的な動向は、すでに「自然」の進行のように必然であった。高村が、大衆的動向と権力的動向とを区別する現実認識の方法をもたなかった、というのは、あたっていないので、すでに大衆的動向がじぶんの動向にほかならなかったのである。戦争期に、プロレタリア詩人たちは、いずれにせようしろめたさをかんずるか、または便乗するかして戦争讃美の詩をかくほかはなく、四季派やモダニズムの詩人たちは、ナショナリズムによるか、あるいは伝統がえりしたうえで、戦争讃美の詩をかいたとき、高村がひとり、内的世界の必然をたどるように、確信にみちた足どりで、戦争へとあゆんでいったのは、高村にとってそれが、「自然」の運行するような必然の道とおもわれたからであった。（同）

これは、高村光太郎論の最も重要な一節であり、吉本隆明の功績はあげてこの一点にあるといっても過言ではありません。

では、なにゆえに、吉本は、高村光太郎における、こうした自然法的な理念の戦争への滑走に気づいたのでしょうか。

それは、吉本自身に、多分に、高村光太郎的な精神の傾きが存在していたからだというほかありません。日中戦争を契機とした高村光太郎の変身は、まさに、若き日に、吉本隆明自身が経験することになる精神の歩みを予告しているのです。

第6章

高村はなぜ戦争礼賛詩を書いたか

昭和十二年の「格差社会」

俗に「戦前真っ暗史観」といわれるものがあります。戦前の社会というものは、天皇制ファシズムの全体主義的な抑圧政策で覆いつくされていて、いっさいの個人的自由も贅沢も許されず、欧米的な個人主義や物欲はすべて非難の的になったというものです。

こうした社会認識は、太平洋での戦局が暗転し、海外からの物資の輸入が途絶えた昭和十八年以降にはたしかに当てはまるのですが、それをもう少し前の時代、たとえば日中戦争期などに適用しようとすると、ただちに破綻を来すことになります。

それを検証しようと思ったら、なんでもよいから、この時期のグラフ雑誌を手に取り、そこで扱われている広告に目をとめてみるといいでしょう。

驚いたことに、広告ページはモノ、モノ、モノで溢れているのです。

たとえば、日中戦争で海軍機の渡洋爆撃が敢行された頃の新聞には「空爆にキャラメル持って！」（森永ミルクキャラメル）、南京陥落時には「南京陥落、三楽で乾杯」（清酒「三楽」）というように、広告ページは、軍需景気で沸き返り、時局便乗広告を巧みに載せてモノを売ることに努めています。「贅沢は敵だ」であるどころか、「贅沢は素敵だ」なのです。ようするに、そこでは物欲と消費という資本主義の原則は断罪の対象では決してなく、むしろ、謳歌されているのです。

とりわけ、この傾向が強いのが、昭和十二年（一九三七）、なかんずく日中戦争が勃発する直前の時期です。前年に二・二六事件が起こっているのでファシズムの禁欲主義が社会の基調となっているかと思いきや、新聞・雑誌を見る限りでは、その反対で、日本の資本主義はこの時期に爛熟期に達し、物欲と消費に拠る「商業の歌」が高らかに響いているのです。

しかし、こう書いても実感が湧かないでしょうから、一つ、この年の特徴となるような新聞記事を挙げておきましょう。「読売新聞」五月二十六日号の社会面に載った「月の稼ぎ千五百円、フロリダの五姉妹」という記事です。

青葉の初夏…うすものが妖しく踊る…微笑が、朗笑が、そして青春の吐息が…尖光とジャズにむせ返るダンスホールは〝船のない港〟帝都の浮標だ、現在八カ所、近郊のものを加えると十二カ所、そこに咲く〝壁の花〟はザッと八百の数、そのうちにフロリダの五組を筆頭に、実に三十組の〝脚のあねいもうと〟がセッセと稼いでゐる。

ここは霞ヶ関に近く、エトランゼの出入りも多いので景気も帝都随一、この五組の〝脚の姉妹〟が一月に稼ぎ出す円の額はザッと千五百円。稼ぎ高では鎌田姉妹で六百円、脚一本についてジッに百五十円の割だ。六法全書と首引きの秀才が、大学を出て十年たつても、どうかと思ふ金高だ。四月は連夜二百枚の超記録をつくつた橘歌子嬢もゐる。踊り約三分のチケツト一枚代は金二十五銭也ようするに、ダンスホールの雄「新橋フロリダ」では、連日連夜、店が用意しているダンサー目当ての客が押し寄せ、一枚二十五銭のダンスチケットがとぶように売れて、売れっ子の橘歌子嬢などは、一晩に延べ二百人もの客と踊り、鎌田姉妹などは月に六百円もの稼ぎを挙げているという記事です。

これは、現代に譬えてみれば、六本木の「フェアリーテイル」あたりのキャバクラにヒルズ族のような成金が押し寄せ、売れっ子のキャバ嬢が一晩に二百回の指名を勝ち取ったとでもいうような感じではないでしょうか。

つまり、この昭和十二年には、満州事変以来の軍需景気と満州国建設であぶく銭を手に入れた成金がおおいに羽振りをきかせ、緑酒紅灯の巷には酔客が溢れていたということです。

その景気の良さは、「文藝春秋」の菊池寛が昭和八年に発刊していた『話』という雑誌の昭和十二年八月号（つまり、日中戦争勃発直前の号）に載った「デパート中元売出し合戦」という記事を見るとよくわかります。

書き入れ時である中元セールのために出された「臨時雇の女店員八百名デパートの大量求人」という新聞記事を枕において、記者は、デパート戦争がいかにものすごいものになっているかを興味津々の筆で描き出していきます。どのデパートも同業者の内情を探るためにスパイ合戦を展開すると同時に、新聞広告やちらしを駆使した宣伝合戦が繰り広げられます。そして、最後は「何が売れるか」という見出しの元、日本橋Tデパートの某氏の言葉が拾われています。

何と云っても贈答品が第一です。まず、洋品雑貨食料品ですね。呉服ものは、季節がら浴衣地が、最も大量に出ますすね。団体（銀行会社など）のお客様ですと、ネクタイ靴下ハンカチなど、主に数もの、御註文が多く、個人のお客様は、食料品食器類呉服ものなど実用的なものをお選びになります。一等便利なのは商品券でしょう、これは平常月の五、六倍は売れます。（『昭和十二年の「週刊文春」』菊池信平［編］文春新書）

まさに、万々歳の中元セールだったのです。

では、社会全体に景気が良かったのかといえば、物価高騰の中の賃金横ばいに象徴されるように、中以下の民衆の生活水準はかなり下がっていました。それは、この時代にしばしば新聞や雑誌の記事にされた木賃宿のルポルタージュを読めばよくわかります。

ひとことでいえば、繰り返された経済恐慌と軍需景気の交替により、以前よりもひどい格差社会が到来し、金持ちはますます金持ちに、貧乏人はますます貧乏にという、不況後の好景気に特徴的な傾向、当時の用語でいえば「跛行（はこう）景気」が現れていたのです。

この「跛行景気」をよく表現しているのが、『話』の中の「巷の騒音」という投書欄に出ている同名の意見です。

先日江東地方へ行って、一寸料理屋を覗いたら、忘年会の満員で大した景気だ。新聞に依ると、熱海、伊東などの各温泉は正月の予約で超満員とのこと！　一体これは何うしたこと

なんだ！　今年の暮くらい、苦しい歳の瀬はないのに（洋品商投）

こうした社会状況の中で勃発したのが七月七日の盧溝橋事件です。豊台駐屯の歩兵第一連隊第八中隊が盧溝橋で夜間演習中、なにものかによって銃撃を受け、点呼を行うと、兵士一名が行方不明になっていたため、一木大隊長が天津にいる牟田口大佐に報告すると、大佐は増援部隊を率いて五里店に急行し、中国軍と交戦状態に入ったというものです。

事件自体は偶発的なもので、近衛内閣も初めは不拡大方針を取りましたが、軍部強硬派の「暴戻支那膺懲（ようちょう）論」に押されて、次第に現状追認の方向に流れていってしまいます。

しかし、真に注目すべきは、この日中戦争の勃発が民衆の間に引き起こした異常な興奮です。民衆たちは、政府よりも、いや軍部よりもはるかに強烈にナショナリズムの情熱に燃え、戦争への流れを大歓迎したのです。ジャーナリズムもまた、戦争記事を書けば部数が伸びるということから、当初の慎重論を一転させ、好戦論へと転換してゆきます。

「想像の共同体」が持つ精神の浄化作用

では、格差社会の加速化によって貧困化を余儀なくされていたはずの民衆が戦争反対を叫ぶどころか、逆にこれをもろ手をあげて歓迎したのはいかなる理由によるものなのでしょうか？

この問題は、高村光太郎がこの時期に示した大きな転換と密接に関わってくるものであると同時に極めて今日的な問題でもあるので、少し腰を据えて考えたほうがいいでしょう。

すなわち、格差社会から疎外され、シングル・セル化した下層大衆（社会的弱者）はなぜ、社会主義や共産主義に向かわずに、対外膨張的なナショナリズムに吸い込まれていったのかと問いかけてみましょう。

このナショナリズムの問題に、最近、クリアかつシンプルな答えを用意しているのが内田樹（たつる）です。

社会的弱者たる民衆というのは、いずれの社会集団（共同体）にも帰属していないがゆえに、金もなく、コネもなく、手に職もなく、社会的上昇の可能性もない人々ですので、本来ならむしろ、属すべき社会集団（たとえば労働組合や社会主義政党）を求めて行動するのが当然なのですが、現実には、労働組合や党を作って待遇改善を試みるようなことはせず、一気にナショナリズムに飛びついてしまいます。それはなぜかと問うて、内田樹はこう答えます。

ナショナリズムを彼らが選ぶのは「原子化された個であることの不利」を共同体に帰属することで解消したいが、共同体に帰属することで発生する個人的責務や不自由についてはそれを引き受ける気がないからである。
エゴイストとして自己利益を確保しながら、かつ共同体のフルメンバーであることの「分け前」にもありつきたいと望む人たち。
そういう人々がナショナリストになる。（『ひとりでは生きられないのも芸のうち』文藝春秋）

これは、オタク化し、オレサマ化し、集団に帰属せずに、自己利益を単独で追求しようと考えている現代の若者について言われたものですが、じつは、昭和十二年の日本のプロレタリアート化した都市労働者についても、そのまま当てはまる言葉です。なぜなら、度重なる不況で疲弊し、余剰人口を抱える余裕のなくなった農村（村落共同体）を離れることを強いられ、都市の日雇い労働者となった昭和十二年の民衆は、今日の派遣労働者、フリーターとよく似た状況にあったからです。ようするに、「原子化された個であることの不利」を抱えながら、かといって新たな集団に帰属することを選べず、大都会の孤独の中で自己利益を追求しようともがいている点では同一の構造にあるからです。

こうしたシングル・セル化した民衆は、「米久の晩餐」に登場していた大正十年前後の「出来たての洋服を気にして四角にロオスをつつく群集」「自分でかせいだ金のうまさをぢつとかみしめる群集」ではもはやありません。プロレタリアート化しながら、帰属集団を持てぬままに都市の底辺を漂流している大衆なのです。

では、こうした孤立した大衆は、ふたたび、受益機会に恵まれた別の集団（たとえば大衆政党、労働組合）に帰属しようとするでしょうか？　内田樹はこう答えます。

> とにかく何らかの共同体に帰属していないと「バスに乗り遅れる」ということだけは彼らにもはっきりとわかったのである。
>
> でも、そのときに彼らがメンバー登録しようとするのは、家族でもないし、同業者集団で

もないし、政党でもないし、地域社会でもない。

彼らがメンバーになろうとするのは「想像の共同体」である。

なぜなら「想像の共同体」は干渉しないし、抑圧もしないし、苦役も課さないからである。

あまりに宏大な共同体であるせいで、他の成員と顔を合わせる必要もないし、固有名を名乗る必要もない。誰も頼ってこないし、誰の尻ぬぐいをする必要もない。

想像の共同体に帰属しているのなら、ひとりでいるのと変わらない。（同）

この指摘は重要です。

都市の底辺で、日雇い労働（現代ならフリーターや派遣社員）を強いられて、金満家階級に対するルサンチマンを溜め込む一方で、「ひとりでいるのと変わらない」が、ある種の共生感を与えてくれる「想像の共同体」、つまりナショナリズムに帰属しているという意識を持つのは、精神の浄化作用においてかなりの満足感を与えてくれるはずです。

おまけに、日中戦争の初期（いわゆる日支事変、日華事変）においては、戦争は、「正義の戦争」だという認識が日本人全体に共有されていました。

それは、開戦直後の『話』（昭和十二年九月号）に寄せられた投書を集めた「人民投票スペシャル国民の声——支那へ与える日本人の言葉」を読むとよくわかります。

静岡　酒井平一郎（商業）

小児病的対日認識を改めよ、日本恐るるに足らずとの自惚れを止めよ、今次事変と共に疾風迅雷的の挙国一致の国民性を注目せよ。

私の商売柄（原料の大半は支那産）君達とは東洋平和の為に仲良くしたいが、我は日本国民であり、天皇の赤子である。昨日まで仲良くした君達には分からない日本魂を以って行動するであろう。（以下略）

愛知　加藤義春（官吏）
悉く日本の誠意を誤解してる支那に忠告するよりも寧ろ腹が立ってきます。日支お互の為の経済提携を経済侵略と考え、文化事業を文化侵略と考える馬鹿さ加減、今にしてわれらの誠意を認識せず、西に向って敵愾心を起すべきを忘れ、東に向って太陽を射らんとする姿勢の間違いを悟らない限りは所詮弟子は師の半芸に及ばず、幸い日本には挙国一致の大勢が整うている。紫電一閃鞘走ると言いたくなります。

東京　錦織基（無職業）
外国依存の精神を捨て我国の平和主義を正解し相提携して東洋の平和を図るべし。
自国の力をも顧みずに妄りに抗日を唱え我に敵対するの愚を止め当分は国力充実に努むべし。

東京　中原一

ここ数年来、支那は何等然る可き理由をもつことなく、「排日」「抗日」と叫びまわることが口癖になって居た。かゝる謂われ無き感情は次第にその興奮を増して、今や「対日開戦不可避」とさえ豪語するに至った。驕る平家は久しからず。墓穴を掘る者は、君達自身ではないのか。

これは作為的に抽出した投書ではありません。どの投書も基本的にはすべて同じなのです。すなわち、国民党のもとに統一国家をつくりつつある中国は、自国の国力充実を図り、日本とは手を携えて、欧米列強に向かうべきであるのに、日本の親切（投資・文化輸出）を勘違いして捉え、一部の抗日戦線に躍らされて反日を叫んでいる。これはまるで子供のような態度ではないか。まことに残念だが、しかし、開戦となったら、ここは日本の実力のほどを見せてやって、彼らに挑発の愚を悟らせるべきである、われわれは打って一丸となり、大和魂を見せつけてやるだろう、云々。ようするに、危急時における日本人の団結力の強さを発揮して、「暴戻支那」を「膺懲」すべしということなのです。

もちろん、今日的な観点から見れば、これらの投書は政府や軍部が新聞・ラジオを通じて組織したプロパガンダを真に受けたものと解するむきもあるでしょう。しかし、プロパガンダというのは、それを受け入れる下地が民衆のうちにあってこそ、威力を発揮するものと考えるなら、これらの投書は、かなりの精度で、民衆の声を代弁していたものと考えるべきなのではないでしょうか？　ひとことでいえば、民衆のほとんどは、日本の誠意を理解せず、一部の抗日家に躍らされて戦いに走る中国に対しては、「鎧袖一触」の要領で早めにガツンと一発お見舞いして「膺懲」すべしという意見だったのです。

高村のメンタリティの回路

さて、以上、少し詳しすぎるほどに昭和十二年七月七日の盧溝橋事件前後の社会状況を見てきましたが、それでは、我らが高村光太郎は、こうした動きにどのように反応したのでしょうか？

この問題に取り組むに当たって、吉本隆明は、盧溝橋事件の直前に書かれた「堅氷いたる」と直後に書かれた「秋風辞」を比較して、前者、とりわけその前半においては、ナチス・ドイツの焚書や退廃芸術弾圧に憤り、スペイン内戦介入に抗議している「急進派的ヒューマニストの地点で確保された高村の主体的な世界が、全貌を明らかにしているということができる」としますが、後者においては、高村光太郎の民衆的怒りへの同調は明らかだとして、「秋風辞」の一部を引用しています。

「秋風辞」では、「南に急ぐ」わが同胞の隊伍、「南に待つ」砲火のまえに、「街上百般の生活は凡て一つにあざなはれ、涙はむしろ胸を洗ひ」、

昨日思索の亡羊を歎いた者、
日日欠食の悩みに蒼ざめた者、

巷に浮浪の夢を余儀なくした者、
今はただ澎湃たる熱気の列と化した。

というように、その主体性は、庶民の熱狂のなかに崩れてしまっている。そして、すでに「太原を超えて汾河渉るべし黄河望むべし」と主張されるにいたっている。発表の月のへだたりは、「堅氷いたる」と「秋風辞」では、中日戦争の勃発を間に にして、わずか九ヵ月にすぎないのである。この九ヵ月のあいだに、高村の戦争肯定のモラルとロジックが用意されていなければならないのだ。(「戦争期」)

では、高村光太郎は、先に引用した投書の書き手のように、日本は正しい、中国はけしからんと考え、戦争礼賛詩を書くにいたったのでしょうか？
どうも、そうではないらしい、というのが、吉本の答えです。つまり、高村光太郎は、一般民衆とは異なったメンタリティの回路によって、同じ結論に達したのです。
では、その高村光太郎の異なったメンタリティの回路というのは、いったい、どのようなものだったのでしょうか？

デカダンスとピューリティの対比

光太郎の転換の根本的動因と見なされる「つよい超越的な倫理感」が現れている「堅氷いた

る」の後半とは次のようなものです。

漲る生きものは地上を蝕みつくした。
この球体を清浄にかへすため
ああもう一度氷河時代をよばうとするか。
昼は小春日和、夜は極寒。
今朝も見渡すかぎり民家の屋根は霜だ。
堅冰いたる、堅冰いたる。
むしろ氷河時代よこの世を襲へ。
どういふほんとの人間の種が、
どうしてそこに生き残るかを大地は見よう。

現代風のイメージで括れば、これは、物欲の塊である人類によって汚された地球に、再び氷河期が訪れるなら、汚らしい人間どもは一掃され、美しい地球が蘇るだろうとするエコロジスト的な夢想といえます。実際、エコロジストの過激派は、こうした夢想を共有しているにちがいありません。この意味で、高村光太郎は過激派エコロジストの元祖といえるのです。

では、この「堅冰いたる」の後半について、吉本はなんと言っているのでしょうか？

堅氷というのは、高村のすきな言葉のひとつで、後に「七月の言葉」のなかで愛読書のひとつである「維摩経」の思想を要約するためにつかっている。そこでこの論旨をおしつめてみると、氷河時代がもう一度おそっていいかものを絶滅してしまえというような超越的な倫理感は、現実把握の機能が低下したとき高村をおとずれる、ほとんど体質的な意味をもった思想的「故郷」なのである。それは高村の擬アジア的な思考をかたちづくっていて、その底をさぐるとどうしても高村の庶民意識にゆきあたらざるをえない。すでに猛獣篇時代に、その独特の自然調和の思想を社会化して、戦争の予感のほうへ流れてゆく庶民の動向を「自然」の運行のように必然とかんがえ、自分の出生としてある庶民を徹底して意識化していた高村には、ナチスの擡頭も西安事件の発生も、ひとしなみに歴史的な事件というよりも自然の数学のように必然とみえたのである。（「戦争期」）

この部分は、高村光太郎の思想の体質を知る上でも、また吉本が、その高村光太郎体験から導き出した思想を検討する上でもきわめて重要です。

第一に注目すべきは、「堅氷いたる」の後半に現れた、氷河期到来による人類絶滅祈願という「超越的な倫理感」は、彼が世界性と孤絶性の間の葛藤を回避して、環境社会意識の構築を拒否するために編み出した自然法的な理念（セックスを始めとする人間関係をすべて自然性にもとらないという観点から律していこうという姿勢）から、ある種、必然的に導き出されたものであったということです。

ここで想起すべきは、光太郎の自然法的な理念は、帰国後にデカダンスに陥ったとき、長沼智恵子と出会うことで、健康な「性のユートピア」を垣間見て生まれたものだということです。つまり、傷つき汚れた（と感じていた）自我が、長沼智恵子との出会いによって「清められた」と感じたとき、光太郎は、媒介なしでの「自然」と直結したという清々しい印象を抱いたにちがいありません。重要なのは、デカダンス（汚れ）とピューリティ（清浄）の対比なのです。

ところで、問題なのは、光太郎が長沼智恵子との出会いによってデカダンスを克服し、ピューリティを獲得したと思い込んだ大正末期には、デカダンスもピューリティも純粋に彼の個人的なレベルのものでしかなかったということです。つまり、デカダンスが存在したのは彼個人の中であって社会の中ではない。また、ピューリティが生まれたのも、彼個人の中であって社会の中ではないのです。外部の社会は光太郎のデカダンスともピューリティとも関係のないものだった、あるいはそう意識されていたのです。

ところが、日中戦争が勃発した昭和十二年という時代を見ると、もはや、個人と社会をきっぱり切り離して、デカダンスとピューリティを彼個人の中に限定しておくことはできなくなっていました。

なぜなら、社会もまた、遅まきながら、かつて高村光太郎が歩んだような自我の拡大路線を歩み出していたからです。言い換えると、光太郎個人限定であったデカダンスとピューリティの対比が社会的なものにまで拡大していったということです。

これは、第一次世界大戦後に、日本経済が好景気と不景気を繰り返すうちに、資本の集中が進んで極端な格差社会が生まれ、一部に派手に金を撒き散らす新興成金がいるかと思うと、他方には、その日の食いぶちも確保できない貧困層が存在するようになった事実と深く関係しています。

吉本少年にとっての二・二六事件

こうした状況において、経済的には中産階級よりも少し下だが、意識的には（具体的にいえば学歴的には）まさに社会の中核を担っていると自負するインテリ予備軍（そのおおくは地方ないしは下町出身の学生および下級サラリーマン）は、往々にして、利潤追求に血眼になるデカダン人間に激しい敵意を燃やし、腐敗堕落した社会からデカダンスを一掃して一気にピューリティの方向に持っていきたいと願うようになります。

同時に、それまでは農村共同体や下町共同体といったセーフティ・ネットに守られていた民衆も、これらのセーフティ・ネットの解体で根無し草化したため、自分たちの抱えるルサンチマンを幻想的に託することができるようなピュアな英雄（語の正しい意味での革命家）の出現を待望するようになります。

このように、自分は社会の繁栄から取り残されたと感じる「負け組」は、ともに、ピューリティという一点において共同戦線を張り、その狙いをデカダンス（腐敗した特権階級）の一掃に絞っていきますが、こうした状況において彼らの共同幻想の中に現れるのが、上から下まで禁欲と誠実という衣装で全身を固めた、西郷隆盛のようなヒーローです。

昭和期の日本において、そうしたピューリファイされたヒーロー像を具体的に描くとしたら、それは天皇しかなかったわけですが、しかし、天皇は資本家の意のままに動く重臣（君側の奸）に周りを囲まれてしまって身動きがとれません。

ならば、その君側の奸に象徴されるデカダンスを一掃できるピュアな代理人がいないかということになるのですが、こうしたピューリティ待望の世論に乗って登場したのが、当時、陸軍の改革志向集団「皇道派」の親玉であった荒木大将や真崎大将でした。

ですから、これらの皇道派の親玉に、もう少し政治的な嗅覚やマキャヴェリズムが備わっていたなら、ピューリティで一つに固まった皇道派革命は成功し、民衆やインテリ予備軍の圧倒的支持を集めていたかもしれません。

ところが、昭和十一年の二・二六事件の失敗で、皇道派は権力の座から遠のけられ、民衆は自分たちのルサンチマンを託すべき対象を失ってしまったのです。

こうした昭和十二年の時点におけるピューリファイ革命願望の民衆およびインテリ予備軍の心情を最も巧みに表出しているのは、ほかならぬ吉本隆明です。

わたしが、右翼、軍部共演のファシスト・テロ事件を、はじめて意識的にながめたのは、昭和十一年の二・二六事件からであった。これは、少年のわたしに強烈な印象をあたえた。断っておかなければならないが、日本のマルクス主義政治運動も文学運動も、余燼があったはずなのに、まったく精神的な影響を印していない。貧富の差からくる不合理にたいする反抗心は、急進ファシストが身をもって代弁してくれるようにおもわれた。学校で儀式ごとに植えつけられた天皇崇拝観念は、おなじように急進ファシスト中のある分子が、もっとも純粋な形で代弁していた。少年のわたしは、これらの右翼テロリストたちに共感のほか何もかんじなかった。これら、農村、地方出身の独学インテリゲンチャ、青年将校は、典型的に、貧困と社会的不合理に抑圧された青年期の心情を、独断的な知識を寄せ集めて論理づけ、これを偏執的な熱狂心に結びつけている。いわば、充分に成長しきれない内的な世界を強烈な実行によって覆っている封鎖的な亜インテリゲンチャの青年を代表している。わたしは、いくらか成長するにつれて、これら右翼テロリストたちの行動から異常な革命的エネルギーを感じながら、同時に、暗い偏執の匂いをかぎとり、異和感（ママ）をもたざるをえなくなったが、しかし、かれらの行動は、天皇制教育下に成長したわたしたち都市下層庶民の少年の、純粋意識と反抗心におおきな影響をあたえた。（「敗戦期」）

こうした下層中産階級出身のインテリ予備軍における、ピューリファイ願望に基づく親ファシスト感情というものは、資本主義が加速して格差社会が生まれるときには、時代を問わず必ず現れるもので、現在とて基本的には変わっていません。しかし、平成二十年の日本と、昭和十二年の日本とでは、決定的に異なっていることが一つあります。昭和十二年の日本では、それは、アジア的な後進性を色濃く残した「日本的なるもの」の存在です。ひとたびナショナリズムへの揺り返しが起きると、火山の噴火で地中のマグマが噴出するように、ルサンチマンを抱えた彼らの心の底に押し込められていた「日本的なるもの」が力強く蘇ってきたのです。

明治以来、日本の近代社会は、政治機構から生活の末梢にいたるまで、西欧の科学、技術、文化、生活様式の圧倒的な影響をうけ、それと伝統の様式、思考方法との矛盾、衝突、混合をくりかえし体験しながら、いわゆる「日本化された近代」をつくりあげてきた。しかし、この西欧化と伝統との混和状態は、現実的な危機に直面すれば、ただちに固有の様式に分裂状態がおこらざるをえないものであった。ほとんど、西欧的な発想の影響をうけていない右翼テロリストたちの土着の思想が、太平洋戦争に突入して行く全体制の編成におおきな力を及ぼしたのは、おそらく、日本の全階級の人民が、西欧に対する劣勢意識をうらがえした点で、かれらに共感し、復讐の機会をみたからである。(同)

唯一無二の解決策

では、昭和十二年の時点で、デカダンスを露呈するようになった社会に対してピューリファイの願望を抱えながら、その一方で、右翼ファシストの主張する「日本的なるもの」への傾斜を深めていた下層中産のインテリ(その象徴が吉本少年)と、高村光太郎はいかなる点が違っていたのでしょうか?

一つは、下層中産インテリとは異なり、高村光太郎には階級的なルサンチマンがまったくないことです。吉本のいう「貧富の差からくる不合理にたいする反抗心」は光太郎とは無縁なものです。光太郎は、父・光雲の庇護のもとで暮らし、長沼智恵子との結婚による貧困も自ら選び取ったものですので、人間のすべてに抑圧的に覆いかぶさってくる類いの貧困を感じているわけではありません。

しかしながら、腐敗堕落し、デカダンに満ちた資本主義社会をピューリファイしたいという浄化願望は、吉本少年などときわめてよく似ているのです。

それでは、貧富の差からくるルサンチマンがないのに、なにゆえに光太郎はピューリファイの願望を抱いたのでしょうか？

それは、当然ながら、例の自然法的な生活理念から来ています。すなわち、世界性と孤絶性の間で引き裂かれ、それらを調和させるべき環境を見いだし得ないと感じた光太郎は、長沼智恵子との出会いによって可能となった（かのように思われた）性のユートピアを介して、ヴェルハーレン的自然法思想へと向かいますが、この自然法的な理念こそ、彼をして、すべての資本主義的な貪欲からの解放を祈願させたものなのです。いいかえれば、吉本少年が「社会的」にピューリファイの願望を抱いたとすれば、光太郎は「生理的」にピューリファイの願望を抱くことになったのです。

しかし、きわめて理念的なかたちで作り出された智恵子との「性のユートピア」は、その現実性の欠如ゆえに急激に破綻をきたすことになります。

その最大の原因は、いうまでもなく、智恵子の発狂とそれに続く困難な生活です。智恵子との「性のユートピア」において、デカダンスと無縁な、生理的にも精神的にもピュアな生活を送ろうと思っても、肝心の智恵子が発狂してしまったのでは、それも困難になります。光太郎の「生理的」なピューリファイ願望は、ここで挫折を見ることになったのです。

しかし、光太郎と智恵子の結婚生活を子細に調べてみると、智恵子の発狂がなかったとしても、結婚生活がそのまま無事に続いて、光太郎のピューリファイ願望が実現できたかどうか疑問に思えてくるところがあるのです。

というのも、光太郎のピューリファイ願望が実現するには、一つの条件があったのですが、現実には、その条件は満たしようがなかったからです。

その条件とは何なのでしょう?

智恵子は、日本人の皮を被った、日本語を話すフランス人でなければならないということです。光太郎にとって、個人的レベルにおけるデカダンスを断ち切り、ヴェルハーレンにインスパイヤーされた自然法的な「性のユートピア」を実現して心身の同時的ピューリファイを断行するには、智恵子は糠味噌臭い日本人女性であってはならず、かといって、本物のフランス人女性であってもならなかったのです。いずれの場合でも幻想が喚起されないからです。

いいかえると、智恵子夫人こそは、世界性と孤絶性の間で引き裂かれた光太郎の自我を、「外見=日本人=孤絶性、中身=フランス人=世界性」というハイブリッド性によってソフト・ランディングさせうる「唯一無二の解決策」ではなかったのかということです。より正確にいえば、光太郎が幻想の中で、そう思い込んだということです。

しかし、光太郎にとっての「唯一無二の解決策」は、真の意味での世界性と孤絶性の止揚、吉本隆明の用語でいえば「世界意識と孤絶意識とのなかに環境社会を奪回する」試みの代理物とはなり得なかったのです。

なぜなら、このアクロバットは、光太郎にとっては「唯一無二の解決策」でしたが、智恵子にとっては「ありがた迷惑な思い込み」としか映らなかった可能性があるからです。そして、まことに不幸なことに、光太郎自身がこの思い込み（別名・愛情）の交錯の不毛性に気づいていたのです。

具体的にいえば、「外見＝日本人＝孤絶性」の智恵子夫人の中に、「中身＝フランス人＝世界性」を見て、そこに「性のユートピア」を築こうとした光太郎の姿勢に無理があったのです。

これは、まったくの想像なのですが、ヘンリー・ミラー並に強い性欲の持ち主であった光太郎は、日本人の外見をしたフランス人であるはずの智恵子夫人に、フランス人と同等のボルテージの性欲の強さを期待し、その強烈に燃え上がる性欲の相互性によって、まさにヘンリー・ミラー的（ヴェルハーレン的）な「性のユートピア」のピューリティを垣間見ようとしたのではないでしょうか？

しかし、光太郎がいくら「中身＝フランス人＝世界性」と一人決めしても、日本人である智恵子夫人の性の力はそこまでついていてはいけません。ヘンリー・ミラーに対するところのモーナ（ジューン・マンスフィールド）のようにはいかないのです。その結果、智恵子夫人は、光太郎の性欲の強さに脅えを感じるようになります。それを端的に示すのが、大正十四年六月十七日に書かれた「狂奔する牛」という詩の最後の一節です。

あなたがそんなにおびえるのは
どつと逃げる牝牛の群を追ひかけて
ものおそろしくも息せき切つた、
血まみれの、若い、あの変貌した牡牛をみたからですね。
けれどこの神神しい山上に見たあの露骨な獣性を
いつかはあなたもあはれと思ふ時が来るでせう、
もつと多くの事をこの身に知つて、
いつかは静かな愛にほほゑみながら――

『近代の詩人四　高村光太郎』（潮出版社）の解説で中村稔が北川太一の暗示を踏まえて指摘しているように、「高村光太郎と智恵子との夫婦間において性生活が破綻していた」のです。ですから、もし、智恵子夫人が昭和六年から発狂の兆しを見せなかったとしても、そのまま光太郎夫妻の性生活が順調に続いていたとは考えることができません。いずれ、「性の不一致」というかたちで同じ結末を迎えていたはずです。

では、光太郎は、智恵子夫人の発狂は自分の責任、より具体的にいえば、自分の「あの露骨な獣性」のせいではないかと疑ったのでしょうか？

自然法的な理念の破綻

その答えは否というほかありません。光太郎は、自分の「露骨な獣性」が智恵子の発狂をもたらしたとはいささかも考えなかったにちがいありません。というのも、この部分（性欲）を自己否定してしまったのでは、高村光太郎は高村光太郎でいることができなくなってしまうからです。言い換えれば、光太郎は、智恵子夫人が「性のユートピア」の犠牲となって発狂したのではなく、むしろ、その逆であると結論したがったようなのです。

なんのことかといえば、智恵子夫人はあまりにもピュアでありすぎたがために発狂したのであるという論法です。言い換えると、自分たちの「性のユートピア」には、ピュアさが足りなかった。金銭だとか食べることの心配だとか不純なものが入り込みすぎた。それは、自分が不純だったことが関係している。智恵子はピュアだったが、自分はピュアではなかった。したがって、自分はよりピュアな方向を目指さなくてはならない、云々。

こうして、智恵子夫人が死に近づくのと軌を一にするようにして、高村光太郎は、自分が新たに敷き直したピューリファイ路線を突き進んでいくことになるのです。

そして、そのピューリファイ路線の先に現れてきたのが、自分ばかりか、社会も汚れているから、これを純化し、汚れなきものにしなければならないというピューリファイ路線の社会化戦略です。こうして、あの「堅氷いたる」のエコロジスト的氷河期待望が出てくるのです。

以上が、光太郎がヴェルハーレン的な汎性欲主義に基づく自然法的理念から、智恵子の発狂を自分に都合がいいように納得させ、ピューリファイ路線を取るに至った経路ですが、しかし、吉本隆明にいわせると、このピューリファイ路線の社会化にはもう一つ、高村光太郎の「出生としてある庶民意識」も重要な要因として作用してくるということになります。

高村のイデオロギーは、出生意識を掘り下げることによって得た、都市庶民のイデオロギーを尖鋭化した典型にほかならない。(「敗戦期」)

では、ヴェルハーレン的な汎性欲主義に基づく自然法的理念に乗って、智恵子の発狂をうまく自分に納得させたはずの光太郎がなにゆえに、またどんな回路を通って、「都市庶民のイデオロギーを尖鋭化」するに至ったのでしょうか?

この問題は、ある意味、『高村光太郎論』の勘所なので、ひとつじっくり考えてみたいと思います。

吉本隆明は、『道程』中期から「猛獣篇」成立ごろまでの高村光太郎の心の操作についてこう述べています。

個人的生活の上に自然理性の思想をおき、そこからはみだす内心の鬱屈を詩から切りすてて肯定的なヒューマニズムを粧ったところに問題は萌していたのである。もともとこの詩人は、江戸職人的であり、庶民的であり、ヒューマニストというよりも、もうすこし人間にたいして非情であったから、いくらか雰囲気をつけずにはすまないヒューマニズムなどには馴らされない狂暴さをもっていた。まるで無限の競合いのように、自然調和をしんじようとす

　　るこころと、それをつきくずそうとする欲求のあいだの確執は内心でつづけられたはずであった。そして、この自然調和をつきくずそうとするこころを切り捨てようとしたため、直接には『智恵子抄』に象徴された生活史が、夫人の狂死をもって破産したにもかかわらず、美的な衣裳によってそれをおしかくさざるをえない破目におちいり、高村の内的な矛盾はそのまま「猛獣篇」時代の作品となって吐き出されるにいたったのである。(同)

　たしかに、『智恵子抄』にまとめられる系列の自然法的な理念の詩は、頭の中で勝手に考えた「自然体の夫婦」の理想を追い求めようとする姿勢、吉本の言葉でいえば、「自然調和をしんじようとするこころ」だけが突出し、およそリアリティに欠けるものとなっているばかりか、むしろ理念のみが空回りしている印象を受けます。ひとことでいえば、無理しているなあという感じです。

　ところで、この「無理しているなあ」という印象は、その分、抑圧が強く、抑え込まれた無意識の衝迫（押し上げる力）が強烈であるということを意味します。

もとをただせば、高村光太郎の自然法的な理念というのは、フランス留学のときに抱え込んだ世界性と孤絶性の間の断絶を解決しようとして、その止揚の方法を智恵子というハイブリッド的な人間に求めようとしたときに生まれたものです。つまり、智恵子を発見した（と思い込んだ）とき、光太郎は、世界性と孤絶性を激しく戦わせることをしないで済む方法を見いだしたと考えたのです。自然そのもののようにピュアな智恵子に従っていさえすれば、世界性と孤絶性の葛藤をあえて解決せずとも、無理なく生きていくことができると考えたのです。

ところが、この無理しないようにしようという姿勢それ自体に無理があったのです。自然に悖らぬよう振る舞おうとするその気持ちが不自然だったのです。なぜなら、智恵子は、光太郎が考えたような純度百パーセントのピュアな存在などではなかったからです。その結果は、智恵子の発狂でした。

吉本は、この智恵子の発狂こそは、高村光太郎の自然法的な理念の破綻の象徴であったと見なします。


『道程』ではあきらかに高村の西欧憧憬を軸にして、日本の社会が批判され、欧米留学中に純粋培養した文化的エディプス・コムプレックスをたてにして、日本のふるい人情ははげしく嚙みくだかれている。しかし、この日本的な現実との嚙みあいは、白樺派の進出と平行して放棄され、自然理性のうえにたった孤立した人間肯定に転化していったのである。高村にとって、自我を確立してゆくことは、社会との通路を意識してたちきり、庶民の生活から も環境からも自己を隔離させることにほかならなかった。(同)

つまり、智恵子夫人と自然法的な理念生活を送るために、光太郎は、庶民の生活から自分たちを切り離して、隔離しなければならなかったのですが、それは、大正末期のような資本主義の上昇期には可能であるように見えても、昭和初期のようなその下降期には、非常に不自然で、危ういものとなっていったのです。

　高村は、しばしば雑文や詩のなかで、芸術を美の監禁に手渡すことの理不尽についてかいているが、生活を庶民社会の通念に狃れさせ、自己の芸術を通念に狃れている所依とたえず対決させながらしか均衡を保てないような芸術と生活との日本的な関係に反して、あくまでも生活と芸術との一元的な結びつきに固執し、自我を確立することが社会通念を拒否することと同義であったような高村の発想が持続できないことは当然であった。どこかで、その閉じられた生活は、破けなければならなかったのである。（同）

「生活」という社会の介入

　では、智恵子の発狂というかたちで破綻を見た光太郎の理念生活において、その無理の原因となった無意識の衝迫とはいったいなんなのでしょうか？

　一つは、理念では食えないという生活上の不如意です。智恵子夫人が健康で、光太郎とともに芸術創造に勤しみ、たとえ貧しくても共に働いているなら、生活上の不如意は感じられないかもしれませんが、智恵子の精神がおかしくなり、光太郎がその看病と世話に追われるようになれば、金銭的にも苦しくなります。いわゆる介護疲れというやつです。

　もう一つは、どんな孤高の芸術家でも、寝て、食べて、排泄してという「生活」を送っていくには、社会とのかかわりを断つことは絶対にできないということです。この場合、社会とは民衆のことであり、そのかかわりというのが「生活」ということです。換言すれば、芸術家だろうと、消化器系を持っている以上、生活の全部を理念で埋め尽くすことはできず、消化器系と直結した生活意識を抱え込まなければならないということです。芸術家も、「生活」という一点において社会とつながっているのです。

ところで、光太郎においては、智恵子の発狂によって自然法的理念生活が破綻すると同時に、この「生活」を介しての社会の介入が始まります。それは長いあいだ光太郎が抑圧してきた中産下層庶民の生活意識でした。抑圧されていた分、それは強烈に作用したにちがいありません。もっと単純にいってしまえば、あまりに繕いすぎた建前を、強烈な本音が突き破ってしまったということになります。

以上の点をまとめると、次のような構図になります。

すなわち、光太郎は、自らが設定した智恵子との自然法的理念生活が、さまざまな要因（智恵子の気質、彼の勝手な思い込み、強すぎる性欲、抑圧された庶民意識、等々）で破綻したとき、その要因は、智恵子の純粋さを救いえなかった自分の不純さにあると思い込み、デカダンを廃絶するピューリファイ願望をいだきますが、その一方では、理念生活を続けるために抑圧してきた庶民という出自からくる生活意識が意識の表面に上がりはじめ、それによって次第に精神をつき動かされるようになってきたということです。

吉本は、この構図は光太郎にのみ固有なものではないが、光太郎には示唆的に現れているとして、こんな風に整理しています。

なぜ、日本でだけ、内部世界を確立し、たもちつづけるために至難の持続力が必要とされるのであろうか。そして、戦争期に、近代的自我も、人道主義も、共産主義も、もろにくずれていったのは、なぜであろうか。高村の崩壊の過程には、ひとつの暗示があるとおもう。それは、近代日本における自我は、内部にかならず両面性をもたざるをえない、ということである。それは一面では近代意識の積極面である主体性、自律性をうけつぐとともに、近代のタイハイ面、ランジュク性をよぎなくうけつがざるをえない。他面、かならず、自己省察の内部検討のおよばない空白の部分を、生活意識としてのこしておかなければ、日本の社会では、社会生活をいとなむことができないのだ。おそらくこの両面性は日本の近代社会の矛盾した両面性にアナロジカルである。これから動乱期の現実のはげしい力は、この内部の両面性にくさびをうちこむとともに、社会が要請してくる倫理性は、近代のタイハイ面を否定するようにはたらき、同時に、生活意識としてのこされた内部の空白の部分を、日本的な庶民の生活倫理から侵されざるをえなくなる。いわば、内部が、思想的な側面と、生活意識の側面から挟撃されるというのが、動乱期の日本的自我につきまとう宿命に外ならなかった。戦争期に、日本的な近代意識のタイハイ面の批判者としてあらわれたのは、日本的ファシズム、民族主義であり、実生活意識から批判者としてあらわれたのは、日本の庶民そのものである。(「戦争期」)

日中戦争が勃発した昭和十二年夏、日本のインテリゲンチャの自我は、吉本がここで要約しているような左右からの挟撃に等し並みに襲われ、ほとんど全員が屈服・転向を余儀なくされました。

光太郎も、その一人のように見えましたが、しかし、彼の場合、その様態は、他のインテリとはかなり位相を異にしていました。

　共産主義者はおおく擬ファシズム的に転向して、日本的近代の批判者として更生（！）するか、または、擬ローマン的にうつぶして、庶民意識の変種にすぎない内部世界を露呈するにいたった。
　高村の場合、思想的にも生活意識的にも、単純な庶民的屈服となってあらわれずに超越性としてあらわれたのはいうまでもなく、自然児的な理想意識が近代性のもつタイハイ面を抑制していたからであった。（同）

つまり、光太郎においては、純粋すぎて発狂した（と信じる）智恵子に殉じるかたちで、ヴェルハーレン譲りの自然法的なピューリファイ路線をさらに追求し、より一層の純化を「すでに」目指していたので、擬ファシストのサイドからする近代批判、知識人批判にはほとんど動じる必要はありませんでした。また、庶民サイドの実生活意識からする批判（たとえば、「オマエはお坊ちゃん育ちの世間知らずだ」の類いの批判）に対しては、自らのルーツが江戸庶民そのものですから、それを掘り下げていけば、庶民よりも庶民的な原庶民の核に突き当たりますので、どんなドスの効いた恫喝にもひるむことはなかったのです。

高村への違和感の遠因

この点に関して、吉本は、光太郎はあまり葛藤することなく、自然法的なピューリファイ路線を「原庶民」意識に接続することができたとして、その道筋を次のように説明しています。

　高村にとって、おそらくこの時期のもっとも中心的な課題は、つきつめられたじぶんの出生としての庶民意識を、いかにして時代の大衆的な動向と調和させるかにあったにちがいない。このとき、高村がえらんだみちは、時代的な大衆の動向を、「自然」の運行のように必然とかんがえることによって、じぶん自身の「自然」法的な思想をすてることなしに庶民がえりする道であった。いいかえれば、かつて智恵子夫人との個人的な生活の軌道のうえにえがいた「自然」法的な理念を、高村なりに時代の大衆的な動きの方向に社会化しようとところみたのである。高村のこの時期の、大衆意識への共感と、戦争へと流れこんでゆく時代的動向への同時的な傾斜とは、高村にとって自分の庶民意識を徹底化することと、「自然」法的な思想を社会化することとが、おなじことを意味したことによっている。（「詩の註解」）

この部分は、これまでずっと追跡してきた吉本による高村光太郎論の「結論」と言い切ってもかまわないだけの迫力を持っています。というのも、吉本の高村光太郎論は、敗戦時に読んだ「一億の号泣」への違和感からスタートしていたからです。言い換えると、ここにおいて、吉本は高村光太郎に対するその違和感のよってきたる遠因をついに突き止めることに成功したのです。以前に引用した箇所ですが、念のため、吉本が「一億の号泣」に対して違和感を感じたと告白している箇所をもう一度読んでみましょう。

いまでは、こんなことをいっても誰も信じまいが、わたしの異和感は、高村の天皇崇拝が、骨がらみであるのを知ったためでも、天皇の降伏放送にたいして、懺悔を天皇個人に集中しているのが異様だったためでもない。わたしがもっていた天皇観念は、高村と似たりよったりであった。わたしには、終りの四行が問題だった。わたしが徹底的に衝撃をうけ、生きることも死ぬこともできない精神状態に堕ちこんだとき、「鋼鉄の武器を失へる時　精神の武器おのづから強からんとす　真と美と到らざるなき我等が未来の文化こそ　必ずこの号泣を母胎として其の形相を孕まん」という希望的なコトバを見出せる精神構造が、合点がゆかなかったのである。高村もまた、戦争に全霊をかけぬくせに便乗した口舌の徒にすぎなかったのではないか。あるいは、じぶんが死ととりかえっこのつもりで懸命に考えこんだことなど、高村にとっては、一部分にすぎなかったのではないか。わたしは、この詩人を理解したつもりだったが、この詩人にはじぶんなどの全く知らない世界があって、そこから戦争をかんがえていたのではないか。（「敗戦期」）

この「じぶんなどの全く知らない世界」というのが、まさに吉本が発見した光太郎の自然法的なピューリファイ路線だったのです。光太郎は他の戦争協力詩人とはまったく異なるポジションから戦争を考えていると吉本が感じたのは、光太郎がこの自然法的なピューリファイ路線を延長して、戦争そのものをピューリファイの極致と見なすに至ったためだったのです。

戦争期に、プロレタリア詩人たちは、いずれにせようしろめたさをかんずるか、または便乗するかして戦争讃美の詩をかくほかはなく、四季派やモダニズムの詩人たちは、ナショナリズムによるか、あるいは伝統がえりしたうえで、戦争讃美の詩をかいたとき、高村がひとり、内的世界の必然をたどるように、確信にみちた足どりで、戦争へとあゆんでいったのは、高村にとってそれが、「自然」の運行するような必然の道と思われたからであった。（中略）愚劣な生活を存分に洗ってくれるものは、ついに高村にとって戦争の予感につながっていったのである。この意識は、ほとんど時代の大衆的な心情と一致するものであった。すくなくとも、日常社会の問題にかんするかぎり高村が、じぶんの自然法的な現実肯定にくわえた変革は、高村をかつてない環境社会にたいする新しい洞察にまでみちびいていったのであるが、いったん現実の問題にむすびついたとき戦争に同化してゆこうとする民衆の動向が、まるで自然の運行のようにたしかなものとされ、世界の鉄と火薬とそのうしろの巨大なものの方向に誘われていったのである。（「詩の註解」）

吉本の言葉を受けて、敢えて極論するならば、智恵子が発狂し、おのれのピューリファイ願望のレフェランスを失った光太郎は、その狂った智恵子に代わるピューリファイイング・ソースとして戦争を選びとったのです。

今日のわれわれからすると、ちょっと信じがたいようなオプションですが、しかし、日本人というものは、状況が切迫すると、えてしてこうした戦争による浄化を希求してしまう民族的エートスを持っているのです。

高村光太郎は、決して例外ではないのです。

二つのターニング・ポイント

吉本隆明の『高村光太郎』を私なりに要約するなら、それは次のようになります。

すなわち、父・高村光雲によって象徴されるような江戸庶民の伝統を色濃く受け継ぐ、下層民衆の濃密で心優しい封建的環境に育った光太郎は、ある意味、無葛藤で成人したのですが、彫刻修業のためにフランスに留学し、ロダンの芸術に触れたのを契機にして、一気に近代的な世界共通性（普遍性）原理を啓示されることになります。そして、その世界共通性の認識を獲得したことで、自らの出自たる下層庶民的な「家」の本質（孤絶性）と対決することを余儀なくされます。

しかし、その下層庶民社会の封建的優性を、光太郎は簡単に切り捨てることはできませんでした。ために、光太郎は留学の途中から、世界共通性と孤絶性の葛藤に苦しみますが、結局、帰国後も、その相克を未解決のまま放置して、精神的漂流を続けます。

　その過程で、「日本人の顔と体をしたフランス人」の如きハイブリッドな存在である長沼智恵子と知り合い、いわば智恵子夫人の中に、世界共通性と孤絶性の葛藤を止揚する一つの方法論を発見したと信じることになります。いいかえると、智恵子夫人は、光太郎にとって、自然と自分とを無媒介的に結ぶことのできる生活、ロダンやヴェルハーレンから学んだピュアな「自然」概念の実践を可能にする方法論的存在と映ったわけです。

　しかし、現実には、それは、光太郎のあまりに身勝手な思い込みに過ぎませんでした。それもあってか、智恵子夫人は発狂し、光太郎は、ピューリファイ願望のレフェランスを失ってしまうことになります。

　ちょうどそのころ、智恵子夫人と交替するかのように「戦争」というものが現れ、これが下層民衆のルサンチマンによって強く支持されるようになりました。すると、光太郎は、この「戦争」を智恵子夫人に代わるピューリファイイング・ソースと見なし、戦争にまっしぐらにのめり込んでいくのです。

　ところで、このように光太郎の生涯を要約してみると、その最大のターニング・ポイントは二つあることがわかります。一つは、フランス留学中に世界共通性の原理と遭遇し、それまでなんら疑いを持つことなく接していた江戸庶民的な情緒の世界に違和感を覚えた時点で、もう一つは智恵子夫人の発狂です。しかし、前者がなければ後者もありえなかったわけで、重要度からいったら、留学こそが決定的な意味を持っています。いいかえると、もし、光太郎がフランス留学をせず、無葛藤なまま高村光雲の跡を継いで二代目となり、母親と同じように自我意識の薄い妻をもらい、それなりの技量で彫刻に勤しんでいたなら、なにも問題は起こらなかったはずなのです。ことほどさように、根っからの庶民派であった光太郎にとって、すべての問題は、フランス留学に端を発しているのです。

漱石の留学との比較

では、こうした光太郎の留学は、同時代の他の日本人の留学と比較して、どのような点が異なっていたのでしょうか？　吉本隆明は、この問題を解くため、夏目漱石のイギリス留学を補助線として導入しています。『高村光太郎』に収録されている小論「崩壊の様式について」の冒頭において、吉本は、漱石が最晩年に書いた「硝子戸の中」の一文を引用してから、出自に関する漱石の関係性を次のように整理して見せます。

生まれたことが、両親にとって恥と嫌悪であったため、生まれるとすぐに里子にやられ、実家にひきとられるとまた養子に出され、養家の女出入りからまたひきとられて家にかえるが、両親を祖父母とおもいちがえしている。或る日、下女に真相をきかされて、祖父母とおもっていたのが、じつは父母であることを正されるといったことを、抑制した文章で書いているが、その印象は暗い。「それから」、「門」、「彼岸過迄」、「行人」、「こころ」などの作品で執拗に固執されている漱石の小説の主人公の疑惑は、つまるところ両親にうとまれ、たらい回しのように里子や養子にやられて、幼児期をもっとも強く支配する父母との関係を、虚偽を媒介にしてしかもち得なかったという漱石の内省に根ざしているとみることもできよう。
この世の根源にあるのは〈虚像〉の関係であり、どこまでつきつめていってもただ〈虚像〉の薄皮をひとつずつ剥がしてゆくだけで、剥がしおわったとおもったとき、じつは何も残らないのではないかという、漱石の幼時体験からの内省は、漱石に作品のモチーフとして、執拗な疑惑を与える。そしてこの疑惑は、漱石の作品を彩色するとともに漱石の生活をも彩色するのである。かれは「道草」の健三のように、日常の生活の苦しまないでも済まされる妻との関係に、苦しみをなめる。もともと何も出てくるはずのない日常の夫婦の生活にメタフィジカルな〈欠如〉をもとめる。（「崩壊の様式について」）

吉本は、別のところで、「漱石は社会にたいしてよりも、自己にたいしてよりもさきに、まず〈家族〉にたいする不信から、人間にたいする不信を導かれたにちがいない」と指摘しています。では、不幸な漱石の出自と比べて、光太郎のそれはどのようなものだったのでしょうか？　吉本は、光太郎が幼時体験を綴った「揺籃の歌」というエッセイを引用してから、それを漱石と比較してこう述べます。

高村光太郎にとって事情は逆にちかい。貧乏長屋に生まれたといっても、かれは一家から〈祝福された〉子であった。当時、いまの台東区佐竹通りのあたりから御徒町にかけて、また谷中天王寺の墓地の近在にかけて、下町は江戸の自然と心情を色濃く保存していた。高村にとってここへ還るのは自然であった。いわば下町の下層庶民の情緒と意識に還るのは。（同）

同じような下町の出身ながら、両親から愛されず、疎まれながら育ったがゆえに、人間に対して根強い不信をいだきながら成長した漱石と、一家から祝福されて生まれ、下町情緒と意識を違和感なく受け入れていた光太郎とでは、初めから厳しい人間関係に耐性のある存在とそうでない存在との違いがありました。そして、それは、留学という試練を経ることで、さらなる相違となって現れたのです。

漱石がじぶんの幼時体験の内省から得た疑惑は、いわば公的な意味に転化することができるものであった。その最初の体験は、ロンドン留学の時期に決定的にやってきたとおもえる。かれは、いくら研究をかさねてみても〈虚偽の英国人〉という役割しか演ずることができない〈英語研究〉に、執拗な疑惑の心を燃やした。そのとき駈け足で西欧文化をわずかの間に通り過ぎようとしているわが国の近代文明の開化が虚偽であることに気付くが、じぶんがその虚偽を何くわぬ顔をして通り過ぎれば、わが国の文化の近代的先達の顔を押し通すことができることに納得することができない。

漱石はロンドン留学の体験をへて、じぶんの〈家族〉的な幼時体験を、公的な意味と連関させることができたかとおもえる。ただ漱石にとっては、じぶんは西欧文明の中心にあっても〈虚偽〉の存在であり、また社会そのものが〈虚偽〉である日本に還っても、〈真〉をエゴそのものに托すよりほかに方法はなかった。（同）

これは、漱石のロンドン留学に関して交わされている議論をご破算にしてしまうような、きわめて興味深い考え方です。両親から愛されずに育った漱石は、その幼時体験ゆえに人間関係の欺瞞性に対する鋭い嗅覚を身につけていたが、その特異な嗅覚は、日本では異常でも、自我と自我がぶつかり合うロンドンの社会ではむしろ正常と感じられたというのです。おそらく、漱石が研究を命じられていた英文学に頻繁に現れる自我の衝突というテーマは、漱石にとっては昔からなじみあるものだったのでしょう。

吉本が、「じぶんの〈家族〉的な幼時体験を、公的な意味と連関させることができた」と述べているのはこのような意味においてです。日本では、私的で特殊だと思っていた自分と他人の関係が、ロンドンでは、決して特殊なものではなく、かなり一般的なものであり、公にも通用しているものだと察知したにちがいありません。

この意味では、ロンドンの漱石は未知の異文化といきなり遭遇し、衝突したのではなく、すでに「自分の中にあった」ものを「外的に認識した」のです。封建的で濃密な親子関係という特殊で日本的なものと無縁であったがゆえに、漱石はわれわれが考えるほどの文化的衝撃を受けてはいなかったのかもしれないのです。

しかし、いくら違和感なく英文学や英語に習熟したとしても、日本人である漱石がイギリス人そのものになれるわけではありません。また、仮にそれが可能だとしても、その姿勢の欺瞞性は払拭できるわけではありません。しかも、それは文明開化の日本の置かれた立場そのものでもあったのです。漱石は、ロンドンで「じぶんの〈家族〉的な幼時体験を、公的な意味と連関させることができた」がゆえに、逆に、自分と日本の立場の欺瞞性に敏感にならざるをえなかったということになります。

しかしながら、たとえ、そうした欺瞞性、虚偽性が強く認識されていたとはいえ、ロンドンの漱石は、自分が幼年時に抱え込んだ他者との特殊な関係性を、外部的にも認識できたがゆえに、ある決定的な経験も持ったともいえるのです。つまり、ロンドンで漱石は自己を再発見することができたということです。したがって、漱石のロンドン留学は、非常にねじくれてはいるものの「納得の旅」であったということになります。

〈家〉からの離脱という難事

この点について、吉本は同じく『高村光太郎』に収録された「〈自然〉の位置」において、漱石と光太郎の留学を比較検討して、次のように述べています。

> 漱石の不愉快が、乏しいあてがいぶちで、異国の大都会ロンドンの真中にほうりだされた心細さからやってきたにしろ、いくら研究してもイギリス人以上にはなれるはずもないし、

なったら薄気味わるくてしかたがないといった性格を先験的にもっている〈英語〉研究を命ぜられて、やればやるほど判らないことが殖えていくといった苛立ちに原因がかくされていたにしろ、漱石がいくらか官命の留学テーマをずらしながらむきになって二年間で自己の焦燥に真正面からたちむかっていったその方法と姿勢とは、かれの内面に渦まくものの必然にちがいなかった。（「〈自然〉の位置」）

では、高村光太郎の場合はどうだったのでしょう？　漱石の留学とは、どこがどう違っていたのでしょうか？

しかるべき江戸前の娘さんを嫁にもらい、父光雲の芸術的な門閥にかこまれて、洋行がえりの二代目の若師匠として門戸を張ることは、父母の理想でもあり、また高村光太郎にとってもやろうとすればすぐにも実現される、居心地のよい境涯であったにちがいない。しかし、この居心地のよさにさいなまれながらも、拒絶の態度を高村に択ばせたのは、漱石とおなじように、欧米留学の体験であった。（「崩壊の様式について」）

欧米留学によって、高村光太郎が決定的に変わった一つの要因は、ロダンの彫刻と出会うことで「世界共通性（普遍性）」の認識を得たことです。すなわち、ホモ・サピエンスとして生まれた以上、フランス人だろうと日本人だろうと芸術性の認識は共通しているという考え方です。これを得るために、彫刻家である光太郎は漱石よりもはるかに恵まれたポジションにいました。

高村もまた漱石とおなじように、彫刻の概念が西欧と日本とではまるでちがうことをみた。しかし文学における漱石のように、〈西欧彫刻〉を学ぶためにやってきたのではなく、〈彫刻〉を学ぶためにやってきたのである。いいかえれば、人類が自然の具象的な形態について〈視る〉ことができるならば、〈彫刻〉はかならず可能であったし、可能であるという根源について普遍性をもつ芸術を学びにきたのである。〈言語〉が介在するのではなく〈視覚〉が介在する芸術について学びにきたのである。そこでの西欧と日本との差異は、ただ意識として、また思想として〈職人〉的であるか〈芸術家〉的であるか、という一点に還元することができる。(同)

したがって、もし、光太郎が、その出自において、世界共通性(普遍性)原理を信奉するインテリ家庭に育ったのだとしたら、こうした葛藤も生まれることなく、普遍性原理だけで人生を過ごすことができたかもしれないのです。

ところが、漱石とはまた別の意味で、光太郎も出自に大きく影響されていました。つまり、幼年時代に、とくに父母との関係においてあまりに無葛藤で、江戸庶民的に情緒と感情にどっぷり浸かっていたがために、世界共通性原理の認識を得たあとでは、これとの対決が、人生の全重量をかけても行わなければならないほどの難事となって現れたのです。

だから高村にとって〈家〉を離脱することが、内心では必死であり、〈我とは我〉であるという意識も、西欧文化に触れてはじめて可能になったほど困難であった。漱石のいう自活自営は、高村にとっては、日本の社会通念のもたらす公的な権威や習俗の全重量を破ることと同義であった。（同）

光太郎の出自への親近感

このようにして、光太郎のフランス留学を漱石のイギリス留学と比較して捉えてみると、双方の相違がクッキリと浮かび上がって見えてきますが、じつをいえば、吉本隆明論を書いているわれわれにとっては、狙うべき標的は、漱石でも光太郎でもなく、当然、吉本隆明その人なのです。この点を忘れてはいけません。

言い換えると、われわれにとっての問題設定は、光太郎と漱石の留学の比較を介して、吉本はなにを自己表出したかったのかということになりますが、しかし、その前段階として、吉本は、漱石と光太郎のどちらの出自と自分のそれが近いと感じていたのかというかたちで問題を立ててみる必要がありそうです。

答えは、当然、光太郎です。光太郎の出自との親近感こそが、吉本をして「高村光太郎は自分だ」と感じさせ、その特有の問題を自身の問題として引き受けようと決意させたにちがいありません。いいかえると、光太郎（吉本）にとって、出自たる江戸的下層庶民の環境は、その吸引力が強烈で、少しでも油断すると吸い込まれてしまう恐れがある環境であり、それゆえに、そこからの離脱が大きな問題となってくるのです。

では、光太郎（吉本）に特有の強い吸引力の下層庶民的環境とはいかなるものだったのでしょうか？　それを示すのが次の箇所です。以前に一度引用した箇所ですが、非常に重要な箇所なので、もう一度引いてみましょう。

日本の庶民社会の「家」は、高村の場合に典型的につぎの構図をしめす。代々下町に住んでいる小職人または遊び人渡世である。父親は仏像彫刻の職人であるが、抜群の技量をもって大成している。家のなかで絶対の権威をもち、頑固であるが、旧式の情感に富み、親分的受容性をもつ。母親は、親方が嫁がせたもので、古風で没我的、盲目的な献身性をもつ。兄弟姉妹がおおい。父親には絶対服従である。父親の情感は、「家」全体を包みこんでいる。おそらく、この典型は、庶民社会のなかでは、下層的である。高村が留学した時期には、生活的には下層的でなかったかもしれないが、「家」の構図としては、下層的であったはずだ。（中略）高村光太郎にとって、その「家」は、濃密な優情で後髪をひいたはずである。「家」の中、ひとりの悪党なし、というのは下層庶民社会の特徴である。高村は、こういう環境からの離脱意識を、一足とびに、西欧社会の実体にふれることによって触発された。（「『道程』前期」）

純粋に家庭環境的に見れば、漱石の出自もこれと似たようなものだったかもしれません。しかし、漱石の場合には両親から愛されない子供だったという幼児体験があったため、環境からの離脱はすでに用意され、留学は、外見的にはどうあれ、むしろすでに自分の中にあったものを再発見するというソフト・ランディング的なかたちを取ることになります。対するに、光太郎の場合、留学は逆にきわめてハードなランディングを余儀なくされることになったのです。

　圧倒的な社会的、文化的な優位をもってせまる西欧社会のなかにあって、日本の庶民社会の「家」を凝視したとき、とうてい自然主義文学者のやったような、現実密着のまだるこしい方法で、排理想、排道徳にいたりうるものとはかんがえられない、劣性な社会であったにちがいなかった。(同)

光太郎の有名な「根付の国」という詩は、まさにこうしたハード・ランディングな出会いによって生まれたと考えるべきものなのです。

頬骨が出て、唇が厚くて、眼が三角で、名人三五郎の彫つた根付の様な顔をして
魂をぬかれた様にぽかんとして／自分を知らない、こせこせした
命のやすい
見栄坊な

小さく固まつて、納まり返つた
猿の様な、狐の様な、ももんがあの様な、だぼはぜの様な、麦魚(めだか)の様な、鬼瓦の様な、茶碗のかけらの様な日本人

この「根付の国」の強烈な自己嫌悪は、フランス留学によって獲得した世界共通性の認識との対比で意識化されることになった自己の下層庶民的出自に対する強い愛着から生じてきたものであり、まさに愛ゆえの爆発であったのです。

高村光太郎にとっては、近代日本の社会はそのものとして優しくよびかけ、和やかにさせ、曖昧に眠らせる〈故郷〉であった。だからこそ勇気をふるって個我の意識を持続しなければ、絶えず同化を強いるものであった。(「崩壊の様式について」)

その「同化」を拒むために光太郎が選び取ったのが、長沼智恵子にほかならなかったのですが、しかし、その姿勢自体に無理があったため、智恵子は発狂し、光太郎は、支えを完全に失って、江戸庶民的なものに回帰すると同時に、デカダンな生活をピューリファイするものとして「戦争」の力に縋らざるをえなくなったのです。

そして、父光雲の死、夫人の精神異常と死という、相つぐ個我の支柱の欠落は、しだいに

　高村光太郎を江戸庶民的な共同我へと同化させていったのである。戦争へ傾斜してゆく時代動向と「執拗な生活の復讐」が高村の崩壊をたすけた。（同）

　では、高村光太郎のように世界共通性と孤絶性の融和点としての長沼智恵子を得ることもできず、そのまま戦争に突入していかざるをえなかった吉本隆明自身の精神の軌跡はどのようなものだったのでしょうか？

　次章からは、より吉本に近いと思われる「四季派」の戦争体験の分析によって、この問題に接近してゆきたいと思います。

第7章

抒情詩と戦争詩のあいだ

どうしても避けて通れない問題

以前にも触れたことですが、私たち団塊の世代が中学校の国語教科書で読んだ詩を百十一編収録したアンソロジーを、二〇〇七年の暮れに、『あの頃、あの詩を』と題して文春新書から出しました。

このアンソロジーを編む過程で、非常に興味深かったのは、最も多くの教科書で作品が採用された詩人が、高村光太郎、北原白秋、宮沢賢治といったビッグネームではなく、丸山薫、千家元麿、大木実、田中冬二といった詩誌『四季』に依っていた詩人たち、つまり「四季」派の、それも、どちらかといえばマイナー・ポエットだったことです。しかも、選ばれていたのは、小市民として都市に暮らす彼らの日常生活の中のささやかな喜び、まだ日本のいたるところに残っていた自然の美しさに対する率直な感動などを歌った抒情詩がほとんどでした。

これはいったい何を意味するのだろうと考えた末に出した結論が、次のようなものでした。

それは、おそらく明治の末から大正ヒトケタにかけて生まれて戦争をくぐり抜けてきた世代の編者たち（つまりわれわれの親の世代）が、自分たちが思春期（大正末から昭和一〇年前後にかけての時期）に感銘を受けた詩を、まだ未来が輝いているように思えた昭和三〇年代に、自分たちの感情や思想を伝える言葉として子供の世代に託そうと思い、一生懸命に選別し、編集し、教科書に載せたものであったということです。

思えば、私たちの中学校教科書を実際に編集した（というのは監修者として名の載っている十九世紀生れの有名な文学者は、編集作業をしてはいないからです）編者たちは、まさに十五年戦争に青春を吸いとられた世代です。心ならずも戦場に行き、九死に一生を得て日本の土を踏んだ彼らは、昭和三〇年代に自分たちが教科書の編者を任されたとき、二度と戦争があってはならないという思いから、自分たちの心の原点であった昭和初期の平和な時代の詩を重点的に選んだのです。（『あの頃、あの歌を』まえがき）

すなわち、極端に要約してしまえば、昭和三十年代の中学国語教科書の編者たちにとって、自分たちの子供に示すべき理想の詩とは、彼らの心のふるさとであった「四季」派の抒情詩であったということなのです。

ところで、このこと自体には誤りはないのですが、「四季」派の抒情詩を扱うとなると、どうしても避けて通れない問題があります。それは、私が先の「まえがき」では敢えて触れなかったある事実のことです。われわれの親の世代を感動させ、われわれの世代へのプレゼントとしようとしたアンティームな抒情詩の作者たる「四季」派の詩人たちもまた、戦争中には、高村光太郎と同じように、戦争詩を書いていたということなのです。

『高村光太郎』において、光太郎の戦争への傾斜の本質をえぐり出すことに成功した吉本隆明が次に解明すべく筆を進めたのは、まさにこの「四季」派の戦争協力問題でした。

一九五八年に初稿が書かれた「『四季』派の本質」は、「四季」派の詩人たち、なかんずく、その中心であった三好達治がいかなる心の経緯をたどって「測量船」から「捷報臻る」に達したのか、この一見するといかにも解きがたい問題に正面から対峙した渾身の力作です。初出から十年遅れて、一九六八年に『抒情の論理』でこれを最初に読んだとき、私は、「うーん、吉本隆明はすごい!」と、その分析の透徹さに驚愕したことをよく覚えています。私にとって「『四季』派の本質」は、初期吉本の頂点をかたちづくる論文の一つのように感じられたのです。

「四季」派の抒情詩の背景にあるもの

では、吉本隆明は、「『四季』派の本質」をどのような問題設定から始めているのでしょうか?まず、彼の個人的追想に耳を傾けてみましょう。

記憶をたどってみると、この時期には、三好達治・丸山薫・中原中也・立原道造などの初期詩集がさかんに流布されるとともに、太平洋戦争の突発をさかいにして、「四季」派の戦争詩もまたジャーナリズムをにぎやかにしはじめた。年少のわたしの眼には、「四季」派の戦争詩は、おおむねつまらない便乗の詩とみえたが、かれらが十年代前期に生んだ抒情詩は、苛酷な戦争の現実から眼をそらしたい疲労をかんじたとき、一種の感覚的安息所のような役割を果していた。戦争の苛酷さを、もっとも直かに身にうけとめていると思い上っていた二十歳頃のわたしには、「四季」派の抒情詩の世界が、戦争下の日々の現実体験とまったくかかわらないことが、かえって物珍らしく、そういう詩の世界を理解する内的な瞬間があることを、かなり貴重なもののようにかんがえていたらしいのである。もちろん、「四季」派の詩人が、初期の頃かいた優にやさしい(?)抒情詩の世界と、当時、かきつつあった戦争詩とのあいだに、どんなつながりがあり、どんな断絶があるかを検討する余裕などは、さらになかった。

吉本はつづけて、神保光太郎のような浪漫的英雄主義者が戦争詩を書くなら話はわかるが、「愛する神の歌」や「父のゐる庭」を書いた津村信夫までが戦争詩に手を染めるなんて、と慨嘆した思い出を語っています。戦争なんかは、どうせ死んでしまう自分たちに任せておいて、あなたたちは、現実離れした抒情詩の世界をとことん追求して、自分たちに一瞬の安逸を与えてくれればいいのにと思っていたというのです。

戦後、吉本があらためて「四季」派の抒情詩と戦争詩の関係を考えてみようと思い立ったとき、意外にも、問題となって現れてきたのは、「四季」派の抒情詩の背景になっている感性的な秩序の構造でした。戦前の資本主義体制、あるいは戦中のファシズム体制と、「四季」派の抒情詩がいかなるかたちで関係しているのか、それが大きな問題であるように思えたのです。

いま、「四季」派の本質を理論的に検討してみようとするとき、現実社会の動きとは何のかかわりもないようにみえる「四季」派の抒情詩の本質が、社会の支配的体制と、どんな対応関係にあったのか、かつて単なる便乗としかおもえなかった「四季」派の戦争詩は、かれらのどんな現実認識から生みだされたのか、等々の問題が、重要な課題のようにおもわれてくる。こういう問題の出し方が、あながち詩とは無縁のものだとはかんがえない。こういう問題が解けないかぎり、詩は恒久的に、その時々の社会秩序の動向を、無条件に承認したうえで成立する感性的な自慰にしかすぎないからである。(「『四季』派の本質」)

このようにして問題を設定するとき、吉本の頭にあったのは、「上部構造のイデオロギーは、下部構造を歪んだかたちで反映している」というマルクスの理解の仕方ではなかったかと思われます。言い換えると、「四季」派の抒情詩のような上部構造は、戦時下体制のような下部構造を、直接的というよりも、「構造的」に反映している、あるいは構造的な対応関係を持っているのではないかということです。

そのことを吉本は次のように表現しています。

詩を構成する感性的な秩序は、詩人の現実認識そのものをしめすことはありえないとしても、現実認識の秩序と構成をおなじくするものだということができる。詩の感性的な秩序はもっとも端的にあらわれた場合、形式そのものに転化してあらわれるが、普通には、形式をささえる内在的な感性の構造としてあらわれてくるとかんがえられる。おそらく、現実社会の秩序が機能的に批判または否定されないところでは、詩を構成している感性の秩序は、現実社会の秩序と構造をおなじくする外はないのである。このようなかんがえかたは、詩と社会的現実との関係という概念のかわりに、詩と社会的現実との構造的な対応というかんがえを導入することによって、容易にみちびくことができよう。（同）

抽象的な概念を凝縮して述べているので、非常に難解な表現になっていますが、具体的に例を当てはめて考えてみれば、それほどわからない文章ではないのです。

たとえば、「四季」派の抒情詩は、昭和の十年前後という社会的な激動期に書かれながら、まったくそんなものは存在していなかったかのようなノンポリ的な感性に貫かれていますが、だからといって、彼らの現実認識から生じる感性の秩序が、当時の社会秩序と完全に無関係だったというのではないのです。むしろ、構造的には、おおいに対応するものを持っていたということなのです。

このことを吉本は次のようにパラフレーズして、問題設定を立て直しています。

「四季」派の抒情詩が、一見すると社会からの逃亡であるようにみえるとか、社会的動向とは無関係な世界を構成している、というようなことは、かれらの現実認識をかんがえようとする場合、何らの障害ともなりえない。かれらの抒情詩の感性的な秩序が、昭和十年代の危機とファシズムの時代に、支配的な社会体制と、おおくの点で構造的な対応をしめし、おおくの点で、支配体制下の詩的庶民の意識構造に投ずる要素をもっていたことだけが、問題提起の前提となりうるものとかんがえられる。（同）

吉本は、「問題提起の前提」という言葉を用いていますが、このようなかたちで問題が提起されたということは、ほとんど解答の半分が与えられてしまったようなものだといえます。換言すれば、「四季」派の現実認識から生じた感性的な秩序は、一見、好戦的な庶民意識と無縁のように見えながら、その実、きわめてよく似た構造を有しており、それが、ファシズムの時代の支配体制の構造と相似的なものを持っていたということになります。

では、具体的には、どのように構造的に対応していたのでしょうか？

三好達治の先祖返り

吉本は、この問題を分析する対象として、ランボーやボードレールなどのフランス象徴詩の翻訳者・紹介者であり、清新なリリシズムを漂わせた詩集『測量船』の作者でありながら、戦時下には「捷報臻る」などの戦争礼賛詩を書いた三好達治を取り上げることにします。

まず俎上に上げられるのが、三好達治が「鐘鳴りぬ」で頻用する擬古語、擬古律です。

われはゆかん
牧人の鞭にしたがふ仔羊の

あしどりはやく小走りに
路もなきおどろの野ずゑ
つゆじものしげきしののめを
われはゆかん
ゆきてふたたびかへりこざらん
いざさらばうからつねの
日のごとくわれをなまちそ
つねならぬ鐘の音声
もろともに聴きけんをいざ
あかぬ日のつひの別れぞわがふるき日のうた――（終り三節を抽出）

吉本は、「つねならぬ鐘」が太平洋戦争の暗示であり、「牧人の鞭にしたがふ仔羊の／あしどりはやく小走りに」が戦争の危機に処する内心の焦燥と意志の表現であるとは、西欧近代文学の移植者だった三好達治にしては、なんという先祖返り的な表現かと慨嘆したあと、昭和十八年に山本五十六連合艦隊司令長官がニューギニア上空で撃墜死したときに三好が書いた「山本元帥を悼む」の次のような伝統的詩型と詩概念に注目するよう呼びかけます。

しかすがにうみのをさきみあをぞらに戦死したまふ報あなさやけ

いにしへのふみにもあらぬうみのをさ戦死したまふ報あなさやけ
みんなみのうみにとどまりたまふらんきみのみたまをおろがみまつる
ひのもとのそらにとどまりたまふらんきみのみたまをおろがみまつる（抄出）

引き写していても意味が取れないほど万葉的な雰囲気の短歌ですが、これに対する吉本の分析はこうです。

このような完全な先祖かえりの語法と形式によっては、「連合艦隊司令長官」という軍事職制は、「うみのをさきみ」という時代錯誤の情緒的表現によってしか行われない。この短歌の発想自体が、すでに連合艦隊司令長官を、連合艦隊司令長官と呼ぶことを許さないのである。そして、この人物の戦闘死の実体は、「はや」とか「あなさやけ」とか「おろがみまつる」とかいう、原始人の詠嘆のコトバによってしか触れられない。このような完膚なきまでの「四季」派の先祖かえりは、日本人の伝統的な感性秩序にふかく根ざしているとともに、ファシズムの完全な制圧下における日本の支配体制の本質とふかく照応している。（同）

時代を覆いつくした伝統回帰性

三好達治の先祖返り的な語彙と語法に対する分析は非常によくわかりますが、最後の部分は、いささか唐突なので、説明を要します。

吉本によれば、それは次のようなことになります。

すなわち、戦前の日本の社会構造は、西欧型の資本主義とアジア型の後進性との結合として理解することができますが、しかし、その結合の仕方は普通に考えられているよりもはるかに複雑で、西欧型の資本主義がどんどん推し進められていけば、アジア型の後進性が自動的に消滅するというふうにはできていないのです。むしろ、前者が徹底されるに従って、後者もまた強化される、しかも、その両端の先鋭化が権力機構によって推し進められたという点に戦時下の社会の特徴があります。

大体において、天皇制下における金融・産業資本からなる日本の支配権力は、自体のなかに奇妙な前近代性をはらみながらも、高度な資本主義支配の特質をもち、しかし巧妙なことに大衆の意識感情を組織するにあたり、その極度におしすすめられたアジア的後進性の側面を組織した。大衆のなかにある近代的意識を組織したのではなかった。太平洋戦争下の日本の支配体制を、たんに前近代的なもうまいの支配とかんがえることも、高度の資本制支配とかんがえることも誤解であろうとおもわれる。極端にまでおしすすめられた近代的要素と、封建的要素との奇妙な併存ということをぬきにして、戦争下の社会的特質をかんがえることは不可能である。（同）

この吉本の言葉を多少、私なりに補うとすれば、同じ戦時下でも、昭和十二年七月の日中戦争勃発以前と以後では、高度資本主義的特質とアジア的後進性の結合の仕方がかなり変わってきています。それは、前に援用したことがある『昭和十二年の「週刊文春」』（文春新書）をざっと捲ってみるだけで充分です。

昭和十二年七月までは、戦前の日本の社会はこれほどまでに資本主義化（アメリカナイズ）されていたのかと驚くのですが、盧溝橋事件を境に、あれよあれよというまに、アジア的後進性、つまり神憑り(かみがか)的な伝統回帰性が前面に出てきて、やがてすべてを覆いつくしてしまうのです。それは、国家権力が、戦争に大義名分を与えるためにそのように指導したという面もありますが、マスコミが大衆の無意識に存在するアジア的後進性をくみ取って、それに便乗しながら拡大に努めたという面も少なくありません。

言い換えると、高度資本主義的特質とアジア的後進性の同時的な先鋭化は、権力と大衆の両方による共犯だったわけですが、では、こうした状況において、本来ならノンポリの心優しいインテリであったはずの「四季」派はどのようにおのれの意識ポジションを調整していったのでしょうか？

「四季」派が、抒情概念のなかに最初からもっていたモダニズム意識と、伝統的な永続感性との混合された要素が、極度の近代性と極度の封建性の特質をふたつとも膨脹させた戦争期の支配体制に順応してゆくためには、権力意識にとって都合のよくないモダニズム的要素を失っていけばよかった。日本のナショナリズム―ファシズム支配が、イデオロギイとしてどんなに「四季」派にとって相容れないものであったとしても、ナショナリズム―ファシズム―キャピタリズムが組織しようとこころみた支配感性は、「四季」派の詩的な伝統感性と、けっして無縁ではありえなかったのである。かれらが新古今的な中世意識に最後の拠点をもとめようが、万葉的な古代社会意識に拠点をもとめようが、戦争期の支配体制にとっては問題ではなかった。それは、詩的にいえば、「花鳥風月」的な美意識か、「防人」的な美意識かのちがいにすぎず、「四季」派が、伝統的な詩意識を固定してかんがえているかぎり、かれらの詩が、ひとしく大衆の後進性のカテゴリイにくりこまれて、組織されるべき感性的な秩序にしかすぎなかった。

戦争期の支配体制と「四季」派の感性のなかに、このような固定した伝統意識の照応があるかぎり、初期においてまったく現実社会の動向とは無関係なところに、詩的な世界をきずきあげてきたというような「四季」派の外観的な特長などは、何ものをも意味するものではなかった。かれらの社会的無関心は、たちまち、おそるべき戦争讃歌と密通することが可能であった。(同)

ふーむ、と唸らざるを得ない鋭い分析です。「四季」派は、初期の西欧的なモダニズムや社会的なノンポリ性「にもかかわらず」戦争讃歌を奏でるようになったのではないのです。西欧的モダニズムと社会的ノンポリ性が伝統的詩意識となんの葛藤もなく、無矛盾で併存して「いたがために」、権力と大衆がともにアジア的後進性へと突き進んでいくにつれて、それと歩調を合わせるように、あるいは、それに組み込まれるようなかたちで、しかし、さらに過激に伝統的詩意識を突き詰めていったのです。

では、「四季」派の初期の西欧的モダニズムと心優しいノンポリ性は、「四季」派の伝統的意識の掘り下げの妨げとなったから、戦争期には放棄され、顧みられることがなくなっていったのでしょうか？

吉本はいったんこの考えを承認した上で、次にはそれを否定して、さらに鋭い分析を加えます。

「四季」派の抒情詩人たちは、一見すると権力のプロパガンディストとしての外貌を呈しているが、ほんとうは逆であった。権力のプロパガンダを、自身の固定した伝統意識においてうけとめ、たとえば、庶民大衆が動かされた地点よりも、もっと根深いところで、日本的な原始社会感覚を、掘りおこしていったのである。かつて、昭和十年代の前半に、かれらがモダニズム的な教養として得た論理と論理とが通じあう世界は、こんどは封鎖的な伝統感覚を掘り下げるために使用された。かれらの抒情感性と、庶民大衆の感性とを区別するものは、伝統感覚を論理的に掘りさげる能力と、伝統感覚を組織させられた生活感覚とのちがいであった。（同）

「ほぼ、これで決まり！」といいたくなるような分析ですが、吉本の追求はこれでは終わりません。もっとすごいものが用意されているのです。

根っこにある民衆特有の残忍さ

「四季」派というのは、西欧的なモダニズム意識と日本の伝統的な詩的感性という二つの要素がなんらの社会的・政治的な軋轢を生み出すことなく、無矛盾、無葛藤、無対立の状態で同時併存しているところに特徴があります。

これは、彼らが一つ前の世代である高村光太郎とは少し違った意識ポジションにいることを意味しますが、それを社会史的な観点から見ると、次のようなことが指摘できるように思えます。

一つは、第一次世界大戦を機に、日本社会の近代化（西欧化）が、とりわけ都市部のインテリ階層においては、今日のわれわれが想像する以上に進み、高村光太郎の世代のようにわざわざ留学をしなくとも、西欧的な価値観やライフスタイル、それにモダニズムなどに触れる機会を多く持てるようになったことがあげられます。

具体的にいえば、日本橋の丸善や神田神保町の中西屋にいけば、それほどのタイムラグもなく、欧米の書籍や雑誌に触れることが可能になり、西欧への窓は大きく広げられたのです。いいかえると、日本にいながらにして、西欧的なものを理解し、享受し、満喫することができるような社会になったのです。

しかし、反面、この新しい世代は、留学によって西欧的な価値観との正面対決を強いられ、西欧を取るか日本を取るかという二者択一的な選択を迫られることもなくなりました。つまり、インテリたちが、西欧的なものと遭遇しても、反発も同化もせずに済むようになったのです。

「四季」派が、政治的・社会的にノンポリであり、西欧的モダニズム意識を抱くと同時に、日本の伝統的な詩的感性を育むことができたのも、社会の西欧化が進み、二者択一的な選択が消滅したためにほかなりません。

それは、日本の社会がその分、豊かになり、包容力を増したことを意味しますが、一方ではまた、新たな変化要因が出現し、それが高村光太郎のような前世代との差異を生み出す結果になりました。

なんのことかといえば、西欧的な知識や教養に触れることのできる社会層の下への拡大です。一般的にいって、永井荷風(一八七九-一九五九)や高村光太郎(一八八三-一九五六)の世代で留学が許されたのは、都市部のアッパー・ミドルおよび地方の名望家の子弟だけでした。換言すれば、永井荷風や高村光太郎の世代が青年期に達した時代(一九〇〇-一九一〇)には、彼らの社会層よりも下の階層の子弟にとっては、留学など夢のまた夢だったのです。さらにいえば、よほどの幸運に見舞われるか、あるいは超人的な刻苦勉励をする以外には、高等教育にアクセスすることさえかなわなかったのです。

ところが、「四季」派の中心をなした三好達治(一九〇〇-一九六四)や堀辰雄(一九〇四-一九五三)の世代になると、アッパー・ミドルよりも下の階層、すなわち都市部の下層中産階級や地方の中層農民でも、工夫をこらせば高等教育にアクセスすることが可能になったばかりか、それを契機にして知的上昇を遂げ、主に書物を介して西欧的なモダニズム意識を身につけることができるようになったのです。

こうした出身階層の問題は、われわれが思っているよりもはるかに重要です。その証拠に、「四季」派同人の経歴を閲(けみ)してみると、われわれは、西欧への留学を行っている者が極端に少ないという事実に気づきます。高等教育へのアクセスや書物を介してのモダニズムの吸収は可能でも、実際に留学するということは、三好達治や堀辰雄の実家が属していた階層(下層中産階級)ではまだまだ難しかったのです。

こうした、留学を経ずして西欧的なるものにいきなり触れることができるようになった「四季」派の下層中産階級的ポジションが、吉本隆明の指摘する「西欧的近代意識と日本的伝統意識とが、あまり矛盾・対立・葛藤を経ずに、原始的な形で併存していた」という内部意識のかなりの部分を形成していたことは確かなように思われます。

吉本隆明自身は、私が持ち出したような「四季」派の社会階層の問題にはほとんど触れていませんが、しかし、そのことを十分に意識していたことは明らかです。というのも、吉本は、三好達治の後期の戦争詩が次第に残忍な戦闘意識を見せ始めたことに関して、次のような指摘を行っているからです。

> 今日において、わたしたちを愕然とさせるのは、「この賊はこころきたなしもののふのなさけなかけそうちてしつくせ」というような残忍な戦闘意識が、無意識のうちに表現されていることである。ここに表現された残忍さは、たとえば、東京裁判において「文明の名」により処断されたナチス流のメカニカルな残忍さとは、まったく異質である。（中略）「四季」

派の詩人たちが、詩形と詩意識との先祖かえりを敢行したとき、必然的につきあたったのは、日本の恒常民衆の独特な残忍感覚と、やさしい美意識との共存という現象であった。（同）

「日本の恒常民衆の独特な残忍感覚」という言葉に注目しましょう。三好達治が「この賊はころきたなしもののふのなさけなかけそうちてしつくせ」というような残忍な感情を平気で詩歌に託すことができたのは、功利主義的なプラグマティズムに貫かれた戦争遂行権力によって発揮される残忍さではなく、ガイジンなんか情け容赦なくリンチしてしまえと叫びながら自ら手を下す民衆特有の残忍さであるというのです。

いいかえると、ボードレールやランボーを翻訳する西欧的インテリであるはずの三好達治の心の根っこには戦争捕虜のリンチに熱狂する類いの下層中産階級的メンタリティが残っていたということです。そのため、彼が「詩形と詩意識との先祖かえりを敢行」するやいなや、その基層につきあたったというわけです。

「四季」派的なものと対決する道

吉本は、三好達治（および「四季」派同人）のこうした側面に関して、東大仏文同級生である小林秀雄（一九〇二–一九八三）が彼の戦争詩について、河上徹太郎（一九〇二–一九八〇）を相手に座談会で語った言葉（「三好は結局日常生活詩人だからね。（中略）三好がワイフに勝ち、子供に勝ち、貧乏に勝ったところから来る」）を引いて、こう断言しています。

「ワイフに勝ち、子供に勝ち、貧乏に勝つた」という小林秀雄の奇矯ないい方は、三好もまた、日本の達人的な生活者が、「家」や「社会的諸関係」のなかでたどる発想を、自分の詩の方法としていることを洞察したコトバに外ならない。このような日本的な達人的生活者が、日常社会のなかでもろもろの事柄に「勝つ」過程は、人間対人間の葛藤の本質を見きわめて、主体的自我を確立することでもなければ、貧乏やワイフや子供に勝つことが、どうして達人的な生活者になる由縁であるかを、社会的な構造の特質にからめて洞察することでもない。一方では人間対人間の社会的な諸関係を、情緒的なナレ合いに転化しながら、一方では、他人のことなどかまっていたらきりがない、人生は戦いだというような没社会的な生活認識を徹底させてゆくことにすぎないのである。このような日本的な生活認識が、日本の社会構造の特質にまつわる「恒常民」的な認識に、どこかでつきあたるのは当然である。三好が、その戦闘詩でつきあたった残忍感覚と、情緒的な日常性の併存というものも、生活意識的な面からかんがえればおそらくここに由来するものであった。（同）

この一節は、世代こそ一回り違うとはいえ、高等教育へのアクセスによって出身階層から離脱したという面でも、また、その離脱によって西欧的な価値観へと接近し、それと同時に一種の知的な疎外感を味わうようになったという点でも、「四季」派同人と極めて均質的な要素を有していた吉本隆明その人でなければ分析できなかったような鋭さを含んでいます。

言い換えると、吉本隆明は、下層中産階級から離脱し、インテリ化し、文学青年化したにもかかわらず、その階層特有のメンタリティを保ちつづけ、戦後においては、「ワイフに勝ち、子供に勝ち、貧乏に勝つ」といった日本的な達人的生活者となる道を自らも選びとることになったという点においては、「四季」派同人たちと基本的に同じであり、それゆえに、彼らの心の動きを正しく理解できるポジションにいたのです。

しかし、だからといって、それは、吉本が、「四季」派同人たちの「貧乏やワイフや子供に勝つ」過程を肯定したということを意味しません。自らも下層中産階級出身のインテリ詩人であるがゆえに、こうした位置における詩人たちが晒される危険性というものに敏感にならざるをえなくなったのです。

吉本が、「四季」派を「一方では人間対人間の社会的な諸関係を、情緒的なナレ合いに転化しながら、一方では、他人のことなどかまっていたらきりがない、人生は戦いだというような没社会的な生活認識を徹底させてゆくことにすぎない」と切り捨てたのは、一歩間違えば、自分もそこに陥ちこんでゆく穽(おとしあな)が見えたからにほかなりません。

吉本は、「四季」派の詩人たちと同質的な要素を自分が持つがゆえに、情緒的ナレ合いではなく、「人間対人間の葛藤の本質を見きわめて、主体的自我を確立する」道を選ばなければならないと感じたのですし、また「貧乏やワイフや子供に勝つ」ことができたとしても、それが「どうして達人的な生活者になる由縁であるかを、社会的な構造の特質にからめて洞察すること」をしなければ、インテリ化しなかった下層中産階級出身者と同じ反応を示すほかなくなるだろうと危惧したのです。

ひとことでいえば、吉本は、ここで、自分の中に含有されている「四季」派的なものを抉り出し、それと対決する道を模索し、その方法を自らに問うているのです。

ボードレールを暗唱しているクマ公、ハチ公

では、「四季」派との違う道を取ることを決意した吉本にとって、「四季」派が「主体的自我を確立する」に至らず、自らの生活者的オプションの選択を「社会的な構造の特質にからめて洞察する」ことができなかった原因はどこにあると考えられたのでしょうか？

それは、次のような点にあります。

「四季」派の抒情詩は、たとえば擬古語と現代語の問題、詩における定型と非定型の問題、抒情の質の問題、等々、種々の方向から検討することができるであろう。しかし、「四季」派の抒情詩の感性的秩序が、現実社会の秩序を認識しようとする場合、はっきりした自立感と遠近法をもたず、したがって現実の秩序と、内部の秩序とが矛盾・対立・対応がなされる以前に融合してしまっているところに、問題があるとかんがえなければならない。かれらは、自然や現実を、自己認識と区別できない平板上にとらえて、少しも疑おうとしていないのである。かれらのうちでは、自然もまた社会と同質な平面上の認識の対象であり、日常社会のメカニズムも、自己意識を拡大することによってとらえられた対象にしかすぎないのだ。

（同）

これは、「『四季』派の本質」という論稿におけるまさに「本質」です。「四季」派の詩人たちは、階級離脱してインテリ化したにもかかわらず、そのインテリ化はあくまで感性的なレベルに止まり、自我および現実の関係を俎上に載せるような認識論的なレベルにまでは至っていませんでした。それがゆえに、彼らの根っこにある下層中産階級特有の視野狭窄的な世界観は少しも変わってはいないのです。

ようするに、ものすごく簡単な表現を用いてしまうなら、彼らは、所詮、ボードレールを暗唱しているクマ公、ハチ公にすぎなかったのです。

ですから、ひとたび戦争が始まったとしても、その戦争というのは、長屋の横丁での切った張ったと基本的に変わりなく、そのレベルのものと認識されてしまっているのです。

では、どうして、このような底の浅い戦争認識が、西欧的なモダニズムを咀嚼したはずの「四季」派に現れたのでしょうか？

一つには、「四季」派の詩の方法そのもの、感性的秩序そのものが、現実社会の秩序と対立し、その構造を否定するようにできていなかったことがあげられます。そのため、時代が軍国主義に向かい、西欧的なモダニズムの回路が閉ざされると、彼らの感性的秩序と詩の方法は、もう一方の核である伝統的な感覚を掘り下げるためにのみ使われ、そのあげく、彼らの作品は、ある種のおとぎばなし的な現実離れの様相を帯びてくるのです。

かれらは、狭い孤島に、数年間外界と遮断されてとじこめられたまま、伝統的な感性の秩序をせっせと論理的に掘りさげていった。かつて身につけたと信じた西欧的な感性や発想は、庶民の生活感覚と、支配体制のプロパガンダによって集中的に攻撃されて、しだいに疑わしいものに視えてきたにちがいない。このような経路を、側面から助長したのは、おそらく「四季」派の抒情概念が、主として、かれらの内的な世界と、自然物との接触点によって成立っている特長であった。「おやすみ　やさしい顔した娘たち　おやすみやはらかい黒い髪を編んで　おまへらの枕もとに胡桃色にともされた燭台のまはりには　快活な何かが宿つてゐる（世界中にはさらさらと粉の雪）」（立原道造「眠りの誘ひ」）といったような具合に、いつもかれらの感性の「世界中にはさらさらと粉の雪」が降っていたのである。かれらの抒情は、異質であった中原中也を除いては、すべて人間社会の日常的な葛藤・矛盾・対立さえも、詩概念のなかに導入することができなかった。ましてや、権力社会と権力社会とのインターナショナルな対立・抗争などは「海賊の子」とか「紅毛賊子」が、「神州」の「ますらを」と抗争しているという概念によってしか、詩のなかに導入するすべがなかったのである。（同）

もう一つは、「四季」派の自然認識の問題です。吉本にいわせると、「四季」派の自然認識というのは、クマ公、ハチ公の自然認識というよりも、むしろ、万葉集の時代の恒常民のそれに近いということになるのです。

「四季」派の詩人たちが、太平洋戦争の実体を、日常生活感性の範囲でしかとらえられなかったのは、詩の方法において、かれらが社会に対する認識と、自然に対する認識とを区別できなかったこととふかくつながっている。権力社会もかれらの自然観のカテゴリイにくりこまれてくる対象であり、権力社会と権力社会との国際的な抗争も、伝統感性を揺り動かす何かにすぎない。原始社会人が、日常生活の必要から魚獣や他の部族を殺すことを、自然に加える手段の一部とかんがえているにすぎなかったように、殺りくも、巨大な鉄量の激突も、思想的対立も、すべて、かれらの自然認識の範囲にはいってくる何かにすぎないのである。「神州のくろがねをもてきたへたる火砲にかけてつくせこの賊」こういう三好の詩に、鉄器をもてあそぶ原始社会人のシャーマニズム自然観の痕跡をみとめないとすれば、おそらく「四季」派の抒情詩の提出する意味を究極的に理解するのはむずかしいのではないかとおもわれる。かれらが、詩的な認識のはてに、ついに到達した日本の「常民」的認識の特質を解明することこそ「四季」派の抒情詩が提出するもっとも重大な課題ではあるまいかとおもわれる。（同）

「大衆の原像」論へのジャンピングボード

こうした「四季」派の「原始社会人的」自然認識を、われわれ日本人は絶対に笑うことができません。

その証拠として、昭和二十年八月十五日の「敗戦」を「終戦」と言い換えた事実をあげることができます。

一般にこの言い換えは、「退却」を「転進」と言いくるめるたぐいの「負け惜しみ」「責任逃れ」と見なされることが多いようですが、私にはどうもそうは思えません。

日本人の多くにとって、昭和二十年八月十五日の玉音放送によって、たしかに、戦争は「終わった」のです。そう、台風や豪雨、旱魃や地震などの自然災害がいつしか「終わる」ように、戦争もまた、主体を欠いたまま「終わった」のです。

いいかえれば、日本人にとって、東京大空襲も、さらには広島・長崎の原爆でさえ、それを投下したB29のアメリカ人兵士や投下を命じたアメリカ大統領などの主体がまったく意識されないままに、「自然災害」の別ヴァージョンと認識されていたのです。

でなければ、なにゆえに、厚木基地に降り立ったマッカーサーを熱烈に歓迎し、最後には、日本占領のお礼のための勲章を贈ろうとしたりしたのでしょうか？

吉本隆明は、『四季』派の本質」を締めくくるに当たって、三好達治の「昨夜香港落つ」の詩を掲げたあと、次のような断定を添えています。

　これが、大学においてフランス文学を習得し、フランス文学を日本に移植し、また、モダニズム文学の一旗手であった詩人の「西欧」認識の危機における、かけ値なしの一頂点であったことを、わたしたちは決して忘れてはならない。日本の恒常民の感性的秩序・自然観・

現実観を、批判的にえぐり出すことを怠って習得されたいかなる西欧的認識も、西欧的文学方法も、ついにはあぶくにすぎないこと――これが「四季」派の抒情詩が与える最大の教訓の一つであることをわたしたちは承認しなければならない。

この言葉は、「四季」派と極めて近いポジションにいた吉本隆明自身にとっての自戒の言葉であり、彼が、「日本のナショナリズム」で展開することになる「大衆の原像」論へのジャンピングボードとなるものです。

「日本の恒常民の感性的秩序・自然観・現実観を、批判的にえぐり出すこと」以後、この目的に向けた大衆の原像論が吉本隆明にとって最大の課題となっていくのです。

「盗っ人猛々しい」言説

個人的な思い出を語るなら、私が一九六八年当時に吉本隆明の著作を読んで最も感銘を受けたのは『抒情の論理』収録の「『四季』派の本質」と『自立の思想的拠点』収録の「日本のナショナリズム」ですが、正直なところを言えば、十八歳の私の未熟な頭脳では、この二つの論文の本当の価値は理解できないままでした。「吉本はすごい」と感じてはいましたが、どこがどうすごいのか、それを説明することは不可能だったのです。いいかえると、自分の所有している語彙と観念と関係性に、吉本特有のそれらを翻訳・転換してみせるということができなかったのです。

これに対して、ひどくスッキリとわかったように感じられたのは、『抒情の論理』収録の「前世代の詩人たち——壺井・岡本の評価について——」でした。というのも、一九六八年という時代においてさえ、壺井繁治・岡本潤的な思考法、表現法をする人たちは存在していたので、吉本が罵倒しているものがどんな構造をもった思考法・表現法であるのかが手にとるようにわかったからです。

では、いったい、壺井・岡本的な思考法、表現法とは、どのようなものだったのでしょうか？「前世代の詩人たち」の冒頭において、吉本は、日中戦争から太平洋戦争にかけて書かれた壺井繁治の詩は「戦争にたいする日本の文学者の抵抗の姿をその美しさと限界とのままに記念碑的に定著している」とする小田切秀雄の文章を引用し、自分はそれとはまったく逆の評価、つまり「うしろめたそうな戦争詩人」という評価しか下せなかったのだが、それはたんなる世代的な違いであろうかと問いかけ、戦後、日本共産党とその支持者によって展開された平和革命論の根底的誤謬は、まさに壺井・岡本的な思考法そのものに内在しているとして、徹底的な批評を試みます。

とりわけ、吉本がカチンときたのは、壺井が高村光太郎を批判した次のような言葉でした。

　しかも戦争が終って、日本の進歩的な部分が、民主革命への道に向って必死の戦を続けている今日、今度の戦争を通じて自分の果した反動的な役割に対して、いささかの自己批判を試みようとはしない。彼の詩人として受けた自己の悲劇と誤謬をなお悟らず、相変らずの詩（週刊朝日および潮流）を発表しているが、それらの詩には最早詩人としての高村光太郎の代りに、一人の反動的な俗物に成り下った高村光太郎以外の何者をも見出すことが出来ぬ。
(「前世代の詩人たち」)

おそらく、戦後に、敗戦によって茫然自失の状態であった吉本隆明を表現へと駆り立てたものは、右の壺井の言葉に代表されるような、自分の罪科はほおかむりしておいて、他人の罪科を一方的に責め立てる「盗っ人猛々しい」言説だったにちがいありません。なんという図々しい破廉恥野郎だという義憤が彼を文学者の戦争責任の摘発へと進ませたのでしょう。

吉本は次のように書いています。

「盗賊の手口」とは、こういう批評をさしていうのだが、もちろんここで、自己批判しなかったのは高村ではなく(高村はその後『暗愚小伝』をかいた)壺井であり(壺井は抵抗詩人づらをやり通した)、「自己の悲劇と誤謬」を悟らず、相変らずの詩をかいたのは壺井であるというところに、民主主義的喜劇の典型があった。(中略)わたしは当時、こういう手合いが民主主義者づらをしていることを、断じて許容しまいと、こころにちかったのをおぼえている。(同)

擬ファシズム的扇動と擬民主主義的情緒

では、吉本が「盗賊の手口」と呼んだ壺井の破廉恥なほおかむりとはどのようなものだったのでしょうか。

吉本は、それを証明するために、戦争期に壺井によって書かれた「鉄瓶に寄せる歌」と戦後に書かれた「鉄瓶の歌」を対比させて見せます。

まず、「鉄瓶に寄せる歌」。

（前略）お前は至って頑固で、無口であるが、真赤な炭火で尻を温められると、唄を歌い出す。ああ、その唄を聞きながら、厳しい冬の夜を過したこと、幾歳だろう。だが、時代は更に厳しさを加えて来た。俺の茶の間にも戦争の騒音が聞えて来た。（中略）さあ、わが愛する南部鉄瓶よ。さよなら。行け！　あの真赤に燃ゆる熔鉱炉の中へ！　そして新しく熔かされ、叩き直されて、われらの軍艦のため、不壊の鋼鉄鈑となれ！　お前の肌の落下する無数の敵弾を悉くはじき返せ！

ついで、戦後の「鉄瓶の歌」。

まっ黒で、無愛想で、頑固なやつ、
古道具屋に売れば、
二足三文（ママ）の値うちしかないのに
みんなに可愛がられる南部生れの鉄瓶よ。

お前は立派な、うちの家族の一員だ。(中略)
長い日本の冬の夜ばなしは
なかなかつきず
まっ赤な火に尻をあぶられて
沸騰する湯気の中から
木々をゆすぶる木枯しの中から
ぼくらの長い冬の夜ばなしの中から
やがて春がやってくる
わか者にも年寄りにも
みんなの胸に、こころに

この戦中と戦後に書かれた二つの南部鉄瓶の歌に対して、吉本が下した判定は、次のような決定的なものでした。

戦時中にもっていた南部鉄瓶は、くず鉄として献納したはずだから、新しく買ったのかもしれないし、あるいは献納する詩だけかいて、しまっておいたのかもしれぬ。(おお、庶民的抵抗よ!)わたしの関心は、この二つの詩が、意識的にか無意識的にか、おなじ発想でかかれ、その間に戦争がはさまっているという事実だ。この事実をもとにして、二つの詩のちがいをあげれば、一方は、擬ファシズム的煽動におわり、一方は、擬民主主義的情緒におわっていることだけだ。わたしは、詩人というものが、こういうものなら、第一に感ずるのは、羞恥であり、屈辱であり、絶望である。戦争体験を主体的にどううけとめたか、という蓄積感と内部的格闘のあとがないのだ。極論すれば、壺井には、転向の問題も、戦争責任の問題もなく、いわば、時代とともに流れてゆく一個の庶民の姿があるだけである。また、もしこういう詩人が、民主主義的であるなら、第一に感ずるのは、真暗な日本人民の運命である。

（「前世代の詩人たち」）

この評価が「決定的」であるといったのは、壺井繁治、およびそれと似たような「民主主義詩人」は、以後、だれからも相手にされなくなってしまうからです。「頂門の一針」とはまさにこうした批判のことをいうのでしょう。この論文が『中央公論』の昭和三十九年十月号「特集戦後日本を創った代表論文」に採録されたのもむべなるかなです。

ところで、吉本は言及していませんが、壺井繁治という詩人の評伝に当たってみますと、吉本がここで指摘しているその特徴は、さらに悲劇的、というか悲喜劇的（トラジコミック）な様相を帯びることになります。

なんのことかといいますと、林芙美子を始めとする同時代の文学者が異口同音に証言しているように、壺井繁治はきわめて善良で優しい人であったということです。壺井繁治は、吉本が暴露した事実に照らせば、「盗っ人猛々しい」、破廉恥な卑劣漢になるのですが、実際には大変な善人であり、心底、真面目な優しい日本人だったのです。

そして、まさに、その「善人さ」「真面目さ」「優しさ」により、壺井は、破廉恥な卑劣漢であった場合よりも幾層倍も悲劇的かつ喜劇的な日本人として醜態をさらすことになるのです。せめて、悪人であってくれたら救われるのでしょうが、これほどの善人であっては、その言動は本当に「羞恥であり、屈辱であり、絶望である」のです。

吉本は、こうした意味も込めて、壺井繁治について、その評価を次のように確定しています。

壺井は、ダダイストとして出発したとき、すでに崩壊すべき運命にあった。なぜならば、壺井のダダイズムとは、内部的危機の爆発的表現ではなく、庶民的、盲目的叫喚の詩的表現にすぎなかった。それゆえ、時代の動向とともに、そのままコミュニズムに移行し、時代の衰退とともに、庶民的抒情へ退行し、庶民的擬ファシズムへ転換したのは当然である。

ダダイズムからコミュニズムへ、コミュニズムからファシズムへ、そして再び、ファシズムからコミュニズムへ。壺井の「遍歴」は、魂の遍歴というよりも、庶民的な単純素朴さという幹の上に接ぎ木されたさまざまなイズムの交替にしかみえません。

「日本庶民のひとりとして」という最高の武器

しかし、こうしたさまざまなイズムの交替は、なにも壺井にだけ観察されたのではありません。

ダダイズムの同人誌『赤と黒』の同人であった岡本潤にも同じような現象がみられるのです。

吉本はまず、岡本潤が昭和三十年に書いた『現代日本詩人全集』の「自伝」の中の「戦後の私の思想的転換は、戦争中にひそかに培われたものといっていいと思う。かつて理論的というより気分的に対立したコミュニズムに、しだいに接近するようになった」という言葉を取り上げ、「これは、まったく奇異といわねばならない」とからかい気味に批判してから、『文化組織』昭和十七年三月号の「蠟人形」の中の詩論を紛うことなき証拠として持ちだします。

昭和十六年十二月八日の感激は、凡そ日本国民である者のこれを等しくしたことはいふまでもあるまい。その感激が深く精神の奥底を揺すぶりかへしたものであればあるだけ、それは在りあはせの言葉などに翻訳することはむつかしいのである。

ようするに、岡本潤がいっているのは、皇軍の勝利があまりに見事なので、これを表現すべき言葉を詩人として持ち合わせていないということなのですが、最後には堂々と、自らを変革する意志さえあれば、皇軍の栄光を表現する新しい言葉が見いだされるだろうと結んでいるのです。

こうした自己否定、自己変革による飛躍という岡本の議論を、吉本は典型的な擬ファシズム文学論であると断言し、岡本潤的な文学者の特質を次のように規定します。

岡本の戦争期におけるアナキズム的な立場は、その骨格をかえずに、ただちにファシズム理論へ移行できるところに特徴があった。それは岡本が、内部世界を、外部の現実と相わたらせ、たたかわせることによって成熟させ、その成熟させた内部世界を、外部の現実とたたかわせる相互作用によって思想を把握したのではなく、内部的未成熟のうえにイデオロギイを接木したため、現実の動向によって密通的に動揺できるものだったためである。したがって、岡本の立場は、永久に、「日本庶民」プラス「イデオロギイ」であり、確立され、論理化された内部世界が、現実と思想との間を、実践的に媒介することはないのだ。(「前世代の詩人たち」)

岡本潤に対するこの規定は、ほとんど決定的と言っていいものです。いや、「内部的未成熟のうえにイデオロギイを接木した」という点においては、岡本潤に限らず、民衆的出自を持つか、あるいは途中でドロップ・アウトして今日でいうフリーターの道を選び取ったすべての文学者について、この規定が当てはまります。しかも、それは、岡本潤や壺井繁治の時代ばかりではないのです。二十一世紀の今日においてさえ、岡本潤・壺井繁治的な、『『日本庶民』プラス『イデオロギイ』』の悪扇動アジテーターは絶えることはないのです。

吉本に切り返された岡本の反論

ところで、こうしたタイプのアジテーターというものは、「内部的未成熟」であること、いいかえると「日本庶民」のままでいることを恥じていないどころか、むしろ、それを誇りにし、インテリを恫喝するのに最高の武器として、この「日本庶民のひとりとして」という言葉を用いたがります。

この点について、吉本は、岡本潤が書いた勇ましい戦争詩「世界地図を見つめてゐると／黒潮はわが胸に高鳴り／大洋は眼前にひろがり／わが少年の日の夢が蘇ってくる／われ海に生き海に死なんと／海軍兵学校を志願し／近視の宣告で空しくやぶれ去った／わが少年の日の夢が――／万里　波濤を蹴り／わが鋼の艦は行く。（後略）」を例にひきながら、次のようにいいます。

戦争期に岡本のような「少年の日の夢」を蘇らせたことは、「日本庶民のひとり」として、もっともなことであった。

しかし、いままた、「日本庶民のひとりとして、人権侵害の抗議をせずにはいられぬのだ。」と居直るとき、岡本の内部世界は、とうていわたしのいう「半封建的」という規定をまぬがれえない。なぜなら、はじめから岡本は、自己の内部にある「半封建的」なものとたたかうことを放棄すると、宣言しているにひとしいからだ。（同）

ここで多少の注を加えておけば、岡本が吉本に対して「日本庶民のひとりとして、人権侵害の抗議をせずにはいられぬのだ」と書いたのは、吉本が「高村光太郎ノート」の中で岡本の戦争詩「路」の数行を引用したことに対する反応のことです。岡本は、隠しておきたい過去を「週刊新潮」的に暴かれたと思い、逆上したのです。さらに、吉本が高村光太郎を論じて「日本的庶民意識」という言葉を用いたことに関して、岡本が、戦争中でも庶民は厭戦的なサボタージュを行ったり、落書きを書いたりして「抵抗」をしたことを例に挙げ、吉本のいう「日本的庶民意識」にはこの種の抵抗はカウントされていないと反駁したのです。

これに対して、吉本は「日本的庶民意識」を定義し直してから、次のように反論に出ます。

わたしは日本の社会的なヒェラルキイにたいして、論理化された批判や反抗をもたない層の意識という程の意味で、「日本的庶民意識」というコトバをつかった。

このような層の意識構造は、原則的にいえば、社会構造を、そのまま反映している。

(中略)

さまざまな要素が、庶民の意識にあらわれるのは、まったく、社会構造と庶民の意識構造との同型性によるのであり、岡本がどのようにアイマイにしようとも、このさまざまな要素は、原則として分析可能なのだ。

戦争権力の残忍さ、非人間さが、庶民の意識に反映してあらわれるのも、えん戦的サボタージュや、ラクガキで、「面従腹背」的抵抗があらわれるのも、岡本がいうような相反する要素ではなく、わたしのいう「庶民意識」から発したものに外ならない。

したがって、「こういう日本の庶民の抵抗要素は、吉本の『日本的庶民意識』ではスッパリ切りすてられているのだ」などとは、コッケイな云いがかりにすぎない。(同)

ここで注目すべきは、吉本が、日本的庶民意識というものは日本の社会構造と同型であり、原則的には、日本の社会構造をそのまま反映していると述べていることです。つまり、社会構造の中に政治権力への同一化があれば、それはそのまま庶民意識の中に政治権力への擦り寄りとして反映されるし、また政治権力への反発があれば、それもまたそのまま庶民意識に現れるということです。

これは、別にいえば、庶民意識というものは、社会構造の生み出したある種の「自然」であり、それ自体では悪でもなければ善でもなく、ゆえに、自分が庶民意識を持っているからといって、誇る必要もなければ恥じる必要もないということになります。

しかし、「自然」であるがゆえに、庶民意識の中に、権力への抵抗的要素があろうとも、それが社会を変革する要因にはなり得ないというのもまた事実なのです。これについて、吉本は、次のようにはっきりと言い切っています。

わたしのかんがえでは、庶民的抵抗の要素はそのままでは、どんなにはなばなしくても、現実を変革する力とはならない。

したがって、変革の課題は、あくまでも、庶民たることをやめて、人民たる過程のなかに追求されなければならない。

わたしたちは、いつ庶民であることをやめて人民でありうるか。

わたしたちのかんがえでは、自己の内部の世界を現実とぶつけ、検討し、理論化してゆく過程によってである。この過程は、一見すると、庶民の生活意識から背離し、孤立してゆく過程である。

だが、この過程には、逆過程がある。

論理化された内部世界から、逆に外部世界へと相わたるとき、はじめて、外部世界を論理化する欲求が、生じなければならぬ。いいかえれば、自分の庶民の生活意識からの背離感を、社会的な現実を変革する欲求として、逆に社会秩序にむかって投げかえす過程である。正当な意味での変革（革命）の課題は、こういう過程のほかから生れないのだ。（同）

この文章が書かれたのが昭和三十年（一九五五）十一月三十日発行の『詩学』であったことは、その後の吉本の思想的展開を知るわれわれにとっては驚異的なことのように思われます。なぜなら、ここには、吉本が「転向論」や一九六〇年の安保闘争を経た後に全面展開することになる大衆の原像論のエスキースが明確に描かれているからです。すでに、この時点から、吉本隆明は吉本隆明であり、その後、ほとんどブレることはなかったのです。

もっとも、吉本とて、マルクス主義全盛の風潮を免れてはおらず、「庶民」と「人民」という言葉を対立的に使用していますが、しかし、この変革（革命）のプログラムが、日本共産党の描くそれと異なることはもちろん、黒田寛一などの革共同の前衛党理論とも根本的に異なっていることは刮目して見るべきでしょう。

また、ここに要約されたプログラムは、吉本が大衆の原像論を書き綴る過程で必然的に取り上げざるをえなくなるインテリゲンチャ論もその内に含んでいます。

したがって、われわれの論稿も、すべては、このプログラムを原理論的なレフェランスとして進んでいかなければならないのです。

第8章

「大衆の原像」から「自立の思想」へ

吉本にとっての「知識人」と「大衆」

昭和四十一年(一九六六)十月に刊行された『自立の思想的拠点』(徳間書店)は、六〇年安保闘争の挫折を踏まえて吉本隆明が新たに作り出した思想を含むという点において『言語にとって美とはなにか』と並ぶ初期吉本の金字塔といっても差し支えない評論集です。

というのも、そこでは、知識人と大衆という、「転向論」以来の吉本の永遠のテーマがより深化されているばかりか、この二項対立的な概念の関係を正しく把握するには、言語そのものをもう一度捉えなおす必要があるという一段上の問題意識が現れてきたからです。もちろん、この問題意識が『言語にとって美とはなにか』と結びつき、そしてそれが次には『共同幻想論』へと発展することになるのですが、その深化の過程は本稿の埒外にあるのでひとまず措き、さしあたって、この時期に、吉本が知識人と大衆についてどのような見方をするに至ったかについて探っていきたいと思います。

吉本が知識人と大衆という二項対立にからめて「大衆の原像」という用語および概念に直接的に言及した文章を『自立の思想的拠点』に求めるとするなら、それは「情況とはなにかI——知識人と大衆」ということになるでしょう。

ここで、吉本はまず、「知識人あるいはその政治的集団である前衛」によって「大衆」という言葉が用いられるとき、それは「現に存在しているもの自体」ではなく、「かくあらねばならぬ当為か」、さもなければ「かくなりうるはずだという可能性」としてしか扱われていないという事実を指摘します。つまり、知識人および前衛は、自らの希望ないしは願望にしたがって、大衆は平和を愛好する「はずだ」とか、大衆は権力に抵抗する「はずだ」とか、好き勝手に大衆というものを自分の色に染めているのにすぎないのです。そして、そう捉えられているがゆえに、彼らにとって、「はずである大衆」は、「まだ真に覚醒をしめしていない存在」であると見なされることになるのです。

吉本は、こうした捉え方は、その「はずだ」を反対方向の「はずだ」に置き換え、大衆は平和を「好まないはずだ」とか、大衆は権力に「抵抗しないはずだ」という「否」の構造において捉えても同じことなのだから、まったく無意味であると断定し、次のように言明します。

あらゆる啓蒙的な思考法の動と反動はこの**はず**である存在を未覚醒の状態とむすびつけることによって成立する。（「情況とはなにかⅠ」）

では、吉本は、自らのイメージする大衆をどのように捉えていたのでしょうか？

わたしが大衆という名について語るとき、倫理的なあるいは政治的な拠りどころとして語っているのでもなければ、啓蒙的な思考法によって語っているのでもない。あるがままに現

・に存在する大衆を、あるがままとしてとらえるために、幻想として大衆の名を語るのである。

（同）

それでは、吉本によってあるがままに捉えられた「あるがままに現に存在する大衆」の「幻想（イメージ）」とはいかなるものなのでしょうか？

たとえ社会の情況がどうあろうとも、政治的な情況がどうであろうとも、さしあたって「わたし」が現に生活し、明日も生活するということだけが重要なので、情況が直接にあるいは間接に「わたし」の生活に影響をおよぼしていようといまいと、それをかんがえる必要もないし、かんがえたとてどうなるものでもないという前提にたてば、情況について語ること自体が意味がないのである。これが、かんがえられるかぎり大衆が存在しているあるがままの原像である。（同）

少し文章的に錯綜したところがあるので、私なりに整理すると、おおよそ次のようになると思います。

すなわち、大衆とは、自分と家族が今日を生き、食べ、排泄し、安眠し、そして、ときには遊んだり、交合したり、子供をつくったりして、明日もまた同じように暮らせることだけを望む存在です。政治情況や経済状況が自分たちの生活に直接・間接の影響を与えていようといまいとそんなことはどうでもいいと考え、第一、そんなことを考えたからどうにかなるわけではないので初めから考えないようにする存在、つまり、自分たちが生活する範囲以外のことには徹底して無関心であり続ける存在ということになります。

なんとシンプルでかつ強力な定義でしょう。実際、私が育った下層中産階級の家庭では、両親も姉妹もまさに生活以外のことにはいっさい無関心なこうした大衆の一員でした。

吉本は、このような大衆の存在様式を次のように定義します。

> 大衆は社会の構成を生活の水準によってしかとらえず、けっしてそこを離陸しようとしないという理由で、きわめて強固な巨大な基盤のうえにたっている。それとともに、情況に着目しようとしないために、現況にたいしてはきわめて現象的な存在である。もっとも強固な巨大な生活基盤と、もっとも微小な幻想のなかに存在するという矛盾が大衆のもっている本質的な存在様式である。(同)

これが、吉本のイメージする「大衆の原像」です。

いっぽう、知識人(およびその予備軍たる学生)ないしはその政治的集団である前衛というのは、政治的・社会的な情況にかかわることが、自分たちの存在にとって不可欠なものであるという前提に立ち、生活圏からその外側に出て、生活と無関係な事柄(政治的・社会的情況)にまで考えを巡らし、自分とはなにか、人生とはなにか、国家とはなにか、あるいは革命とはなにか、世界とはなにか、という具合に、最終的には普遍的な次元にまで達するような知的幻想の過程に入り込んでゆく存在と見なすことができます。

吉本は、その本質的な存在様式を、先の大衆のそれと対比して次のように定義します。

知識人あるいは、知識人の政治的な集団としての前衛は、幻想として情況の世界水準にどこまでも上昇してゆくことができる存在である。たとえ未明の後進社会にあっても、知識人あるいは前衛は世界認識としては現存する世界のもっとも高度な水準にまで必然的に到達すべき宿命を、いいかえれば必然的な自然過程をもっている。それとともに、後進社会であればあるほど社会の構成を生活の水準によってとらえるという基盤を喪失するという宿命を、いいかえれば必然的な自然過程をもっている。このような矛盾が、知識人あるいは政治的な前衛がもっている本質的な存在様式である。(同)

「知識人化」に伴う罪悪感

私は、一九六八年に、この知識人の定義を読んで、文字通り「ガーン!」となったことをはっきりと覚えています。

では、なぜ「ガーン!」となったのでしょうか?

それは、吉本が、知的過程に入り込んだ者は、いったん大衆の引きこもる生活領域を離脱したら最後、最終的には「世界認識としては現存する世界のもっとも高度な水準にまで必然的に到達すべき宿命を」もっているし、その宿命はまったくの「必然的な自然過程」であるとしたことです。

これは、いかなる大衆であれ、条件が整えば、知的過程に入り込み、世界性や普遍性へと上昇を遂げてゆくことは、自然的過程であるということを意味します。いいかえれば、大衆が知識人となることは、それ自体として「良いこと」でもなく、また「悪いこと」でもない、「自然の過程」なのです。

私は一九六八年当時、大学生となって、自分の生活領域以外のさまざまな事柄に触れ、それなりに知的な過程に入り込もうとしていましたが、そのいわゆる「知識人化」は、正直に告白すれば、ある種の優等意識と、それと表裏一体の罪悪感を伴っていました。すなわち、大学で同級となった知的エリートたちと会話することで次第に知的な上昇過程を駆け登ってゆくことに快感を感じ、自分も知的なエリートの一員に加わることができたのだという「優等意識」を感ずる一方で、そうした贅沢が許されるのは、大衆である両親が働いて稼いだ金のおかげではないか、つまり、おまえは両親という「大衆」の犠牲のもとで、大衆からの離脱を図っているプチブル・インテリにすぎないのではないかという罪悪感に襲われたのです。知識人階級出身の学生なら、こうした二律背反的な意識に悩むことはなかったでしょうが、寒村の貧乏酒屋という下層中産階級出身の私は、どうしてもこの手の罪悪感にさいなまれずにはいられませんでした。

おまけに、左翼の党派の学生は、そうしたプチブル・インテリの罪悪感を巧みに衝いてきて、それを党派の論理に引き込む手掛かりにしようと待ち構えていたのです。曰く、しょせん中間階級たるプチブル・インテリにすぎない学生に存在意義があるとしたら、それはプロレタリアを啓発し、その自立を助け、自ら進んでプロレタリアを主体とした理想社会建設の礎となること、つまりプロレタリアに奉仕する前衛党の一員となるしかない、云々。

しかし、私はこうした党派の学生のオルグの演説を聴いていて、どこか変だと感じました。というのも、私のようなプチブル階級出身のインテリ予備軍が本質的に矛盾を抱えた存在であって、その存在自体に曖昧さが残る「悪」であるということが事実だとしても、もし、私が前衛党員となってプロレタリアをオルグし、彼らプロレタリアとしての存在を自覚させ、知的過程に入れて、知識人への歩みを始めさせるとしたら、そのプロレタリアの知識人化は「悪」ではなく「善」になるのか？　プチブル・インテリが知識人になるのは「悪」で、プロレタリアが知識人になるのは「善」であるというのは変ではないか？

第一、プロレタリアが知を獲得して知識人になったとしたら、それはもうプロレタリアといえないのではないか？　また、プロレタリア独裁というが、それは知識人となってしまった「元プロレタリア」の独裁ということにならないか？

私はこの種の疑問をそれとなく左翼党派の人間にぶつけてみましたが、彼らは教条的に答えるばかりで、これといった解答を出すことはできませんでした。

そんなときに、この吉本の大衆と知識人の定義を読んだのですから、「ガーン！」とならざるを得ませんでした。

すなわち、吉本は、知的上昇は自然的過程であり、同時に、生活領域から出ない大衆からの乖離もまた必然的な自然過程であると断定しているのです。私が知的上昇によって、自らの出自である下層中産階級から離脱することも、また、そこから乖離し、疎遠になっていくことも、「自然過程」である以上、「悪」でもなければ「善」でもないというわけです。

この点に関して、吉本はまず、先に引用した「大衆の原像」を掲げてから、知識人となった人間との必然的な乖離をこう描いてみせます。

　この大衆のあるがままの存在の原像は、わたしたちが多少でも知的な存在であろうとするとき思想が離陸してゆくべき最初の対象となる。そして離陸にさいしては、反動として砂塵をまきあげざるをえないように、大衆は政治的に啓蒙さるべき存在にみえ、知識を注ぎこまねばならない無智な存在にみえ、自己の生活にしがみつき、自己利益を追求するだけの亡者にみえてくる。これが現在、知識人とその政治的な集団である前衛の発想のカテゴリーにある知的なあるいは政治的な啓蒙思想のたどる必然的な経路である。（同）

これは、ロシア革命の中心であったレーニンとトロツキーが痛切に感じたことであると吉本は指摘します。つまり、知的上昇によって大衆から離脱した知識人たるレーニンやトロツキーは、大衆が知識人とともに蜂起しない限り革命は成就しないと考えましたが、しかし、大衆が自ら進んで生活領域（経済的要求）の外側に出ることはありえない以上、知識人の政治的な前衛である共産党がマルクス的な世界認識を外部から大衆に注入し、これを啓蒙する以外にはないと考えたのです。

しかし、吉本によれば、レーニンやトロツキー、ひいてはロシア共産党の根本的な誤りは、まさにこの点、すなわち、大衆を生活領域的思考から世界認識的思考へと引き上げること（大衆の知識人化）に大いなる「意義」があり、そこにこそ革命成就の道があると考えた点に胚胎しているということになります。


わたしが到達しえた考察の範囲では、レーニンとトロツキーが、大衆がみずからの生活範囲でしか社会とかかわろうとせず、もっとも小さい幻想の領域でしか思考しないといった地点から、知識人の存在様式のほうへ知的に上昇し、情況への視野を拡大するとともに現実から離れるといった経路を、有意識的な過程であり、そのためにはすくなくとも世界にたいする情況認識を獲得した知識人が、外部からその世界認識を注入しなければならないとかんがえたところにこの思惑をこえた問題が集中的にあらわれたとおもえる。（同）

大衆迎合論者の大いなる誤解

さて、これからが、吉本の「大衆・知識人」論、および前衛党論の白眉ともいえる考察になりますから、注意して読んでいただきたいと思います。

大衆がその存在様式の原像から、知識人の政治集団のほうへ知的に上昇してゆく過程は、レーニンやトロツキーの考察とはちがって、じつはたんなる自然過程にしかすぎない。したがって「倫理的威容」の問題ではない。もしすべての現実的な条件がととのっていると仮定すれば、大衆から知識人への上昇過程は、どんな有意義性ももたない自然過程である。なによりもレーニンが知識人の政治的集団としての前衛を障害の条件のないところであらわれる幻想的な自然集団とかんがえずに、ひとつの有意義集団としてかんがえ、大衆にたいする政治的な啓蒙と宣伝と組織づけの機能を本質であるかのように提出したとき、おそらくはロシアの座礁とロシアを模倣した「社会主義」国家の座礁が根拠をもったのである。

もし、知識人の政治的集団を有意義集団として設定したいとすれば、その思想的課題は、かれらとは逆に大衆の存在様式の原像をたえず自己のなかに繰込んでゆくことにもとめるほかはない。それは啓蒙とか外部からのイデオロギーの注入とはまったく逆に、大衆の存在の原像を自らのなかに繰込むという課題にほかならない。（同）

このあと、吉本の論述は、レーニンとトロツキーが構想した「知識人の政治集団としての古典インターナショナル」の問題に移っていくのですが、しかし、それはまた別の課題として稿を改めて考えることにし、ここでもう一度、吉本が提起した「大衆の存在様式の原像」の問題に立ち返りたいと思います。

なぜなら、この問題は、吉本思想の核である「自立の思想」に通じる最重要な課題であると同時に、もっとも誤解を受けやすいクリティカル・ポイントともなっているからです。

では、なにゆえ、「大衆の存在様式の原像」は誤解を受けやすいのでしょうか？

それは、知識人への上昇過程が自然過程であるにもかかわらず「有意義性」を持つものと見なされがちなのと同様に、「大衆の存在様式の原像」もまた、自然過程であるのに「有意義性」を持つものと見なされがちであるからです。大衆が生活領域を出ることがないことは、知的過程に入ることが「偉い」わけでもなんでもないのとまったく同様に、「偉く」もなんともない、「自然」のことなのです。ところが、「大衆」という言葉に擦り寄って、それを隠れ蓑にしたい大衆迎合論者は、まさに「大衆イコール偉い」と思い込みたがり、その結果、贔屓の引き倒しの原理で、吉本を自分の仲間と見なして大いなる誤解をすることとなるのです。また、その反対に、知的上昇過程を「偉い」と思いたい人たちは、「大衆の存在様式の原像」にこだわる吉本を「大衆迎合論者」と切り捨てることになるのです。

もちろん、吉本が「大衆の存在様式の原像」という言葉を用いるとき、それは大衆迎合論者とはまったく正反対の立場からの発言ということになります。また、吉本が大衆蔑視論者であるというわけでもありません。それは先の引用した言葉をもう一度参照してみればわかることです。


わたしが大衆という名について語るとき、倫理的なあるいは政治的な拠りどころとして語っているのでもなければ、啓蒙的な思考法によって語っているのでもない。あるがままに現に存在する大衆を、あるがままとしてとらえるために、幻想として大衆の名を語るのである。

二つの言語の間にある「捩れの構造」

しかしながら、「あるがままに現に存在する大衆を、あるがままとしてとらえる」ことほど難しいことはありません。そのことは、吉本自身が他のだれよりもよく分かっていたはずです。

この困難を理論的に例証してみせたのが、『自立の思想的拠点』に収録された同名の論文です。すなわち「自立の思想的拠点」において、吉本は、「わたしたちはいま、たくさんの思想的な死語にかこまれて生きている」と書き出し、古典マルクス主義の用語である「プロレタリアート」とか「階級」とかいう言葉がどんな現実にも触れないただの名辞として流布しているにすぎない現状を概観してから、これらの言葉を流通させてきた古典マルクス主義やその補完物であるサルトルの実存主義ないしはプラグマチズムなどの「尖鋭的言語」も同時に有効性を失ったと説き、次いで、日本においてはこうした短命で移ろいやすい言語とは反対に、なかなか死滅しない土俗的な言語（その象徴は「天皇制」）があり、これが思いのほかにしぶとく生命を保っているのだとテーマを転換します。

しかし、吉本は、その一方では、この土俗的言語に注目しただけでは決して尖鋭的な言語が提起する問題には行き着くことはないとして、こちらの土俗的言語だけの立場に立つことも拒否します。なぜなら、この二つの言語の間には「捩（ねじ）れの構造」があり、線的な媒介関係は見つからないため、どちらか一方では、問題の核心には至らないと考えるからです。

土俗的な言葉に着眼し、それをおしすすめて思想の原型をつくろうとしても、尖端的な課題にゆきつくことはできないし、また逆に世界の尖端的な言語から土俗的な言語をとらえかえすことができないという結節や屈折の構造があり、戦前から戦後にかけて、大衆的な課題を視界にいれようとした思想は、この不可視の結節をかんがえることができなかったために虚構の大衆像をとらえざるをえなかった。

では、こうした「不可視の結節」「捩れ」を解きほぐし、土俗的な言語が言わずして言っていること、あるいは逆に、言っていながら言っていないことを捉えるにはどのような方法に拠ったらいいのでしょうか?

戦後プラグマチズムがとらええなかったもの

吉本隆明が、同じ先鋭的な言語でも、講座派と労農派に代表されるような古典マルクス主義の言語思想よりも、鶴見俊輔に象徴される戦後プラグマチズムの言語思想を少しだけ高く評価するのは、俗謡や歌謡曲のような土俗の言葉に着目してきた点にあります。

たとえば、『隆達小唄集』に収録された「つれなのふりや／すげなの顔や／あのやうな人が／はたと落つる」のような俗謡があるとしても、古典マルクス主義の言語思想の基準では、次のような否定ないしは矯正の対象として扱われる以外にはありません。

この俗謡には、まだ目覚めていない状態の大衆の情緒が、封鎖された色恋ざたの主題のなかにこめられて唄われていることになる。この古びたうずくまった情緒を開明的な感覚にまで変革することが言語思想の課題であるという問題意識はうまれても、俗謡自体として探るという踏み込みはうまれにくいのである。（「自立の思想的拠点」）

これは、演歌や歌謡曲の「嫌いな」インテリの反応というものを思い浮かべてみればよくわかります。すなわち、演歌や歌謡曲に歌われているような色恋沙汰などを虫酸の走るものとして俗悪の一言で切り捨て、せめてシャンソン程度の個人的主体性に基づく「恋愛」が歌われない限り日本の大衆文化はいつまでたってもダメだと考えるようなインテリの反応です。

これに対し、演歌や歌謡曲の「好きな」インテリというのもまた存在するのですが、吉本のいう戦後プラグマチズムの言語思想の取り組み方は、この種のインテリに近いものがあります。

こういう俗謡は、戦後プラグマチズムの言語思想からは、つれないふり、すげない顔をしていた男女が、急に相手を好いてしまった思いがけぬ男女のあいだを唄ったもので、土俗的な色恋ざたの実相がえがかれているものとなる。そしてこの庶民の色恋ざたの機微をとりあげること自体に無量の思想的な重みがこめられるのである。土俗のあいだをしずかに常住に流れてゆく情感を掘りおこすというそのことに思想の意義が発見される。何となく被支配者的であり、また何となく原型的であり、そしてこの何となくということに大衆の発生期の状態（ナッセント・ステート）と可能性が想定される。（同）

私が、この吉本の指摘を読んで連想するのは、網野史学と呼ばれる網野善彦の歴史的著作です。網野史学とは、古典マルクス主義にアナール派的方法論を接ぎ木した歴史学ということになっていますが、私の印象では、むしろ、吉本が戦後プラグマチズムの言語思想と呼んでいるものに近いような気がします。なぜなら、「庶民の色恋ざたの機微をとりあげること自体に無量の思想的な重みがこめられ」、「土俗のあいだをしずかに常住に流れてゆく情感を掘りおこすというそのことに思想の意義が発見され」るのですから。

そして、私が網野史学に接したときに感じる違和感も、吉本が戦後プラグマチズムに感じたそれと同質のものでした。

〔戦後プラグマチズムの言語思想は〕土俗的な言語が原型ではあるがそれ自体ではなにも意味しないこと、あるいはなにも意味しないが原型でありうること、という矛盾した構造をもつことをとらええなかった。そこでは、大衆的な言葉がそのまま大衆的な思想の現実であるかのようにあつかわれてきたのである。（同）

そうなのです。網野史学が中世の職人や芸人や娼婦などの漂流民を取り上げ、そこに可能性としての「アジール」を求めたのは、「何となく被支配者的であり、また何となく原型的であり、そしてこの何となくということに大衆の発生期の状態（ナッセント・ステート）と可能性が想定される」からなのでしたが、実は、そうした仮説は、職人や芸人や娼婦などの残した俗謡や芸能の言葉をそのまま、彼らの思想の現実であると解することで導き出されたものではないでしょうか？

しかし、吉本は、こうした戦後プラグマチズム（その後継者としての網野史学）的な大衆言語把握は、それ特有の結節や屈折や捩れや逆立ちというものを考慮に入れていないがために、失敗に終わらざるを得ないとして、次のように断言します。

　しかし、わたしの言語思想からは、人間がしばしば、その表現と現実とを逆立していることがありうるし、人間と人間との現実的な関係のなかでは、しばしば表現は、現実にある状態と逆立したり、屈折したりしてあらわれ、その逆立ちや屈折の構造のなかに言葉の現実性があることがみちびきだされる。そして言葉は、しばしばそこに表現された言葉そのものとしてみるべきではなく、この逆立ちや屈折や捩れによって、瞬間的に視える現実性の構造から縦深的に割りだされるプロセスの累積としてみるべきことが理解される。（同）

少し抽象的であるため、非常に難解に感じられる文章ですが、先に引いた俗謡に即して自らの言語思想を絵解きした次の言葉をたよりにすれば、理解は容易になるはずです。

　素っけないふりをしていた男または女が、急に相手といい仲になってしまったという表現は、はるかに人間のあいだの関係の意識が、逆立した契機をもって現実に存在していることへの認識と対応している。この俗謡が男女の関係のある機微をとらえているとすれば、ここに表現された機微なるものが、人間と人間が社会にあるばあいの普遍的な契機につながっていることを俗謡の言葉そのものが内包しているからである。(同)

これでも難解であるという向きには、しかたがないので、私なりにパラフレーズしてみましょう。

すなわち、素っ気ないふりをしていた男女が急にいい仲になってしまったという俗謡は、人間関係というものが見た目や外見からは察せられない複雑なものであり、現実には、そう見える(たとえば、愛しあってなどいないように見える)のとは逆の関係(愛しあっている)であることなどざらであるという、大衆のリアルな認識と対応している。また、この俗謡が、こうした男女関係の機微をとらえているとするなら、そこに表現された機微もまた、社会における人間関係の複雑な構造の一端であり、俗謡の言葉そのものが、そうした複雑な構造の象徴的な反映となっているのである、云々。

つまり、言葉というものをコミュニケーションのツールととらえて、額面通りに受け取るのは危険であり、そこに言葉があるから現実があると思い込むのはもってのほかだということになります。言葉として表現されているがゆえに、逆に現実ではそれが喪失されていることもあるし、逆に言葉として表現されずに沈黙としてしか現れてこないけれども現実には確固として存在するということもあるのです。また、表現としては単純だけれども、非常に捩れた関係や感情がそのもとに存在することもあるし、その逆もありえます。

大衆のナショナリズムは把握不可能か？

このあたりの鋭利で繊細な言語感覚は、自ら詩人であり、多くの詩を内在的に読み込んできた詩人批評家だけのことはありますが、しかしどうやら、吉本がこうした言語思想を持つ（というよりも、持たざるをえないと感じる）に至ったのは、古典マルクス主義や戦後プラグマチズムでは、天皇制に象徴されるような土俗的な言語の支配構造を絶対に把握しきれないと感じたからのようです。

このように捉えうる言語思想は、積極的な主題の表現がしばしば現実における主題の喪失に対応したり、土俗的な言語が、しばしば支配への最短の反映路であったり、〈階級〉意識の強調が、じっさいは〈階級〉概念の紛失に該当していたりすることをおしえる。わたしの知っているかぎりでは、こうした問題にたいしてはっきりした手続きをもっている言語思想は存在しないのである。

思想的な死語が、なぜ死語でしかありえないかといえば、論理的にはこの手続きをもたず、言葉が言葉として先験的にかんがえられているからである。わたしが古典的党派性の棄揚というとき、それがプラグマチズムとプラグマ＝マルクス主義にたいする決定的な対立の形をとらざるをえないのは、わたしどもが言葉をあたかもそう欲したためにそう表現されたものとみる、これらのべったりとした機能的な言語思想の渦中にあるからである。（同）

こうした独自の言語認識から生み出された著作の代表的なものが『言語にとって美とはなにか』なのですが、私は「大衆の原像」との関係から、むしろ、同じ『自立の思想的拠点』に収録された「日本のナショナリズム」との論理的なつながりを見たいと思います。というのも、「日本のナショナリズム」は、「沈黙という表現」しか持たず、ただ「存在」するというかたちで歴史を動かしてきた大衆のナショナリズムに接近するには、どのような言語思想によるべきかが明確に語られた論稿だからです。

吉本は、「日本のナショナリズム」の「前提」と題した章のなかで、ひとが「ナショナリズム」というときに語られるさまざまなかげりを一通り検討したあとで、自らがナショナリズムに接近するときの問題意識を次のように表現します。

わたしがもっとも関心をもつのは、決して「みずから書く」という行為では語られない大衆の「ナショナリズム」である。この関心は、「沈黙」から「実生活」へという流れのなかで消えてしまって、ほとんどときあかす手段がない。戦後になって、戦没学生の手記、戦没した農民の手記、疎開学童の記録、主婦の戦争体験といったものが公刊された。編者たちの作為をべつにしても、「書く」という行為と修練に参加したとき、すでにこれらの大衆にとらえられたナショナルな体験の意味は、沈黙の行為から実生活へと流れる大衆そのものの思考とはちがったものとなっている。ここから、日本大衆の「ナショナリズム」にたいする思考をくみとることは、ある保留を必要としているのである。

「書く」大衆と、大衆それ自体とのげんみつな、そして決定的な相違の意味は、生活記録論やプラグマチズムによってはよくとらえられていない。現実上の体験と、その体験を記録することのあいだには、千里の距りがあるということが、きわめて重要な意味をもつのだが、大衆の現実体験や体験思想の記録の編者たちは、おおく実用主義的であるため、これらの記録にあらわれた体験と思想を、そのまま大衆の体験と思想のようにかんがえて取りあつかおうとする。ここから、ある種の虚像がえられる可能性があたえられるのである。（「日本のナショナリズム」）

これはまさしくその通りであって、大衆である人間が「書く」ことを志向したとたん、その人はもはや大衆ではなくなって、「知識人に近づこうとする大衆」になってしまいます。そして、その擬知識人的大衆の綴る言葉は、沈黙と生活のみからなる大衆とは掛け離れたものになるのです。

では、大衆の考え、感じていること、とりわけ大衆のナショナリズムは絶対的に把握不可能なのでしょうか？　この問いに対して吉本は次のように答えます。

このようにして、大衆のナショナルな体験と、大衆によって把握された日本の「ナショナリズム」は、再現不可能性のなかに実相があるものと見做される。このことは、大衆がそれ自体としては、すべての時代をつうじて歴史を動かす動因であったにもかかわらず、歴史そのもののなかに虚像として以外に登場しえない所以であるということができよう。しかし、ある程度これを実像として再現する道は、わたしたち自体のなかにある大衆としての生活体験と思想体験を、いわば「内観」することからはじめる以外にありえないのである。(同)

吉本が受けたショック

この「内観」の一例として吉本が挙げるのが、昭和十三年（一九三八）一月三日、新協劇団の演出家で日本共産党の幹部でもあった杉本良吉こと吉田好正が、新劇女優の岡田嘉子と手を携えて、樺太（サハリン）の国境を越えてソ連領内に逃亡した事件によって喚起された印象です。

わたしが新聞を読めるようになった時期だから、小学生であったとおもう。これに前後して、ソ連赤軍の極東方面の陸軍大将が、ソ連国境を越えて日本へ逃亡した事件があり、これも当時の新聞紙に大きく掲載された。おなじように、小学生のころであったとおもう。このふたつの事件の印象を再現してみると、それは《暗いなあ》というものであった。この暗いなあは、日本の情勢が暗いなあという意味と、ソ連という国は暗いなあという意味が、ふたつともふくまれていたにちがいないが、前者は、通念として意識的なものではなかったから、

ソ連という国は暗いなあ、という印象だけが、子供心に、鮮やかに浮き彫りされた。(同)

ところが、戦後まもなく、『近代文学』派と日本共産党系文学者の間で「政治と文学」論争が始まったとき、前者の代表である平野謙が、この事件の報道に接したさいに「巧いことやりやがった」という印象を持ったと思い出を語っているのを読み、吉本は大きなショックを受け、これを一つの核として、思想を築きあげていく決心をしたようです。

わたしは、平野謙の昭和十年前後の生活体験や生活思想と、少年のわたしがいわば父親のもとで無意識にやっていた生活思想や体験が、ひどくかけ離れていたということをあまり信じていない。それにもかかわらず、暗いなあ、と巧くやりやがった、とのあいだには、鏡とそれにたいする像のように対極性が存在している。(中略)わたしを戦後つきうごかした思想的な衝動は、煮つめられた現実(戦争)のなかでべつだんちがった頭や行動をもっていなかったものが、こころの底に、このような対照的な核をかくしているという事実であった。(中略)杉本良吉の樺太越境事件を、巧くやりやがったと考える内奥の核は、これと対照的なソ連は暗いなあという思想の核を包括しなければならない。(同)

この最後に示された、弁証法的というか対偶的というか鏡像的というか、とにかく、まったく対極にあるはずのものを包括させる方法論こそが、吉本が「大衆の原像」「大衆のナショナリズム」を摘出するために用いた方法になります。

その具体的なサンプルは、後に、吉本ファンの間で語り種になる「戦友」の歌詞に対する分析です。

吉本はまず、テレビで、アイ・ジョージが歌う「戦友」を聞き、「そこにはいつも総体的な暗い感銘がある」と記します。そして、それはアイ・ジョージが、これを歌うと反動呼ばわりされるのではないかというような気遣いは一切なしに、「馬鹿げた理念からあたうかぎり遠ざかって、みずからよい曲と信じ、よい歌詞と信じ、またみずから通過した体験を核にして」歌っているところから生まれるとして、次に、真下飛泉による「戦友」三―六を掲げます。

ああ戦の最中に
隣りに居ったこの友の
にわかにはたと倒れしを
我はおもわず駈け寄って
軍律きびしい中なれど
これが見捨てて置かりょうか
「しっかりせよ」と抱き起し
仮繃帯も弾丸（たま）の中
折から起る突貫に

友はようよう顔あげて
「お国の為だかまわずに
後れてくれな」と目に涙
あとに心は残れども
残しちゃならぬこの体
「それじゃ行くよ」と別れたが
永の別れとなったのか

さて、この「戦友」の歌詞に対する吉本の分析は以下のようなものです。

これをそのまま、日本「ナショナリズム」の大衆的心情とかんがえると、誤解を生ずるとおもう。戦争はリアルなものであり、この歌曲とおなじ位相で、「友」を弾(たま)よけにして「我」は逃げるという場面が、戦争のなかでなんべんも繰返されるということを想定できるからである。しかし、知識人によってとらえられた日本「ナショナリズム」の大衆的「連帯」の理念はこのようなものであった。そこでは「お国の為」が、個人の生死や友情と矛盾し、それを圧倒し、しかしあとに余情が残るということが表現された。この表現には、いうまでもなく、その裏面に、他人のことなど、己れの生命のために構ってはいられない、また己れの利益のためには「お国の為」などかまっていられないという、明治資本主義が育てた理念を、

かならず付着しているものである。（同）

ふーむ、という感嘆詞が思わず口をついて出そうな見事な分析です。杉本良吉事件を「暗いなあ」と「巧いことやりやがった」という二つの印象を同時に包摂した観点から読み解くべしとした鏡像的・対偶的・弁証法的な解読法の具体的な用法がここには示されているからです。

スターリニズムの欺瞞性

しかし、吉本が本当に言いたかったのは、実はこの先なのです。

おそらく後年、昭和にはいってウルトラ＝ナショナリズムとして結晶した天皇制イデオロギーは、己れのためには「天皇」や「国体」なぞは、どうなってもしかたがないという心情を、その底にかくしていたのである。明治においてはじめにたんなる裏面に付着していたにすぎない個人主義が、ひとつの政治理念的自己欺瞞にまで結晶せざるを得なかった実体を、わたしたちは、「天皇制イデオロギー」あるいは「ウルトラ＝ナショナリズム」とよんでいる。このような自己欺瞞は、大なり小なり、理念が普遍性を手に入れるためにさけることができないものである。（同）

私はこれを読んだときに、長らく心にひっかかっていた、天皇制イデオロギーないしはウルトラ＝ナショナリズムの謎が解けたような気がしました。おそらく、吉本は、戦前、天皇制イデオロギーないしはウルトラ＝ナショナリズムに心底入れこんだ純粋右翼青年でありながらも、その理念のどこかにウソが、すなわち、個人主義的リアリズムの進化した形態として徹底利用主義が内包されていることをおぼろげに察知していたのでしょう。

つまり、天皇制イデオロギーやウルトラ＝ナショナリズムといった政治理念体制のトップにある支配者としては、まさか自分が先頭切って敵艦に体当たりするわけにはいかないから、若い人に特攻隊になってもらいたいという「弾よけ」の思想を必然的に持たざるを得ないわけですが、そのことにおいて、すでに政治理念的自己欺瞞は結晶していたのです。吉本は、いずれ自分も特攻隊に志願すると覚悟は決めていたものの、その覚悟の過程で、こうした欺瞞を見抜くに至るのですが、しかし、その過程もまた欺瞞を抱え込むという矛盾をはらんでいたのです。

「戦友」とおなじように、大衆のナショナリズムを一面からすくった心情の表現は、「広瀬中佐」（大正元年）、「水師営の会見」（明治四十三年）、「婦人従軍歌」（明治二十七年）などの唱歌によって流布された。現在、四十歳をこえる者は、大方これらの心情を、肯定または反撥として通過しているはずである。第二次大戦前の古典時代に、日本の知識人が、少年期をへて長じて社会意識に目覚め、左翼イデオロギーを獲取してゆくばあいは、ひとつには、このような意味で表現された大衆的「ナショナリズム」の裏面に、どれだけの虚偽が付着しているかに気付いてゆく過程としてあらわれた。いいかえれば、社会のリアリズムに目覚めていく過程として。そして、このリアリズムが、またどれだけの虚偽をスターリニズムとして含むものであるかを知らなかったのである。(同)

最後の言葉は含蓄のあるものです。なぜなら、戦後の吉本の歩みは、このスターリニズムの欺瞞性を見破ることから始まっているからです。

刻苦勉励の克己思想

六〇年安保闘争後の最初の力作である「日本のナショナリズム」は、筑摩書房の『現代日本思想大系4　ナショナリズム』の解説として書かれたものですが、これは、「大衆の原像」という初期吉本のキー概念を把握するのに不可欠な文献です。

とくに、この論稿の中で、吉本がこだわったのは「大衆ナショナリズムの原像」でした。たとえば、明治三十八年に作られた真下飛泉の「戦友」の場合、「あとに心は残れども」お国のためなら個人の生死や友情も犠牲にしなければならないという「建前」が歌われていたが、しかし、その裏面には、己のためなら他人のことなど構っていられるかという明治資本主義が育てた「本音」としての個人主義的リアリズムが付着している、ゆえに、その両面を総体的に視野にいれて分析を加えなければ、大衆のナショナリズムを見誤るというものでした。

ところで、「戦友」が政治に向かう大衆のナショナリズムの表現であったとするなら、社会に向かう大衆のナショナリズムがよく表されているのが、明治四十四年の「尋常小学唱歌」に取り入れられた二宮金次郎の歌です。

柴刈り縄ない草鞋をつくり
親の手を助け弟を世話し
兄弟仲よく孝行つくす
手本は二宮金次郎

骨身を惜しまず仕事をはげみ
夜なべ済まして手習読書
せわしい中にもたゆまず学ぶ
手本は二宮金次郎

家業大事に費をはぶき
少しの物をも粗末にせずに
ついには身を立て人をもすくう
手本は二宮金次郎

吉本は、これを引用しながら、現在でも小学校の校庭の片隅には、丁髷（ちょんまげ）の少年がたきぎを背負ったまま本を開いている銅像をみかけるかもしれないが、いまの小学生はその銅像が意味する刻苦勉励・立身出世の理念をもはや理解しなくなっているだろうと詠嘆し、次のように言います。

現在、日本の産業資本・金融資本を支配している人物たちは、大なり小なりこのタイプの人間であり、また、知識人は、ごく少数のものが、このモラルを信じているだけである。それにもかかわらず、潜在的には、すべての大衆と知識人は、この資本制上昇期の大衆「ナショナリズム」をみずからのうちにかくしていると、わたしにはおもえる。このような「ナショナリズム」の裏面に付着している不合理を自覚するという過程から生れた左翼イデオロギーは、ひとつには官僚主義イデオロギーとして逆の形で結晶し、またそれを意識の過程として所有したのである。

日本の左翼官僚主義組織のすべての支配が、現在まで、世間知らずの良家の優等生子弟の手に牛耳られており、大衆・労働者がこれに遺恨を抱きながらも、自己上昇してそれらに知的に接近することを択ぶか、逆にいわれのない劣勢意識に身をこがして対峙するというケースから逃れられないのは、かれらがナショナル＝ロマンチシズムの裏面に、インターナショナル＝リアリズムを発見するにとどまり、このインターナショナル＝リアリズムの裏面に、普遍ロマンチシズムの虚偽が付着していることに気づかないためである。わたしは、知的大衆としての知識人と大衆そのものが、この普遍ロマンチシズムの虚偽に気づく過程を、かり

に「自立」とよぶのである。（同）

ここには、「大衆の原像」から「自立の思想」へと至る吉本思想の中核ともいえるテーマがはっきりと出ているので、ある意味、『自立の思想的拠点』の中で最も重要な一節といえますが、同時に、最も難解な箇所でもあります。

したがって、なんとか、われわれの手の届くような語彙で、これを咀嚼する必要があります。まず、前提として確認しておかなければならないのは、吉本のいう「社会へと向かう大衆のナショナリズム」とは、二宮金次郎のように、刻苦勉励して節約家業に励めば、いずれは立身出世して、社会の上層に立てるという、克己をモラルの中核とした思想であるということです。思想史的にいえば、江戸期の石田心学に、明治期に人気のあったスマイルズの「自助論（セルフ・ヘルプ）」が加わってミックスされた、大衆の「艱難汝を玉にす」的な、どちらかといえば泥臭い克己思想です。

これは、戦後の風潮の中では次第に失われていったとはいえ、松下幸之助や田中角栄に代表されるように、昭和の高度成長期までは、その痕跡を功なり名を遂げた経済人や政治家のメンタリティの中に見つけることができました。

ところで、吉本が考えるには、この手の刻苦勉励の克己思想（社会に向かう大衆のナショナリズム）は、一見すると、戦後の若い世代においては、完全に払拭されたかに見えながら、その実、「潜在的には」、大衆と知識人とを問わず、すべてにおいて残っているというのです。

この点に関しては、なによりも雄弁な実例が身近にありました。それは、ほかならぬこの私、より厳密にいえば一九六八年当時の私でした。

四十年前のリアルな敗北感

あれは、一九六八年の夏のことです。

四月に東大に入って、たちまち左翼思想の洗礼を浴び、全共闘のシンパとしてときどきヘルメットまで被っていた十八歳の私は、半年ぶりに、湘南高校時代の親友二人と会うことになりました。一人は、私と同じ横浜の漁師町の酒屋の息子で、階級離脱的に小学校から私立に入れられながら、高校は県立の湘南高校を選んだH君。彼は、現役時には、私と同じく東大を受験しましたが、不合格で、このときには都内の予備校に通っていました。もう一人は、西洋史の大家の息子で、茅ヶ崎海岸の住宅地に住んでいたO君。彼もまた、東北大を受験しましたが不合格で、H君と同じ予備校に通っていました。

高校時代から、映画やジャズが大好きで、いつも三人そろって行動していた仲でしたので、夏休みになったのを機会に久しぶりに会おうということになり、O君の茅ヶ崎の家に集まったのです。

三人を階級的に色分けすれば、H君と私は、家庭に一人のインテリもいない純庶民的な出自でしたが、両親は周囲の漁民や農民に対していわれなき優越感を持ちながら、インテリに対しては無条件に平伏し、子供たちには階級離脱的な教育を施そうとする、いわゆる下層中産階級的なメンタリティの持ち主でした。一方、O君は、祖父母の代から教育者だったといいますから、すでに社会的上昇を果たしていたインテリ階級に属していました。経済的には、私やH君とO君とではほとんど変わりはありませんでしたが、O君の家に遊びに行くたびに、私もH君も、彼我を隔てる文化資本の大きさに愕然となったのをよく覚えています。

さて、背景説明はそれくらいにして、本題にはいりましょう。

半年ぶりに親友が再会したとき、私は、革命だとかプロレタリアなどという空疎な言葉を振り回す典型的な左翼学生になっていましたので、予備校で受験勉強に呻吟している二人に向かって意識の低さを非難し、日本の置かれている社会状況などを説明しようと試みたのですが、そのさい、二人を挑発するつもりで、こう尋ねたのです。

「君たちは、たとえば、松下幸之助なんていう大ブルジョワを憎いと思わない?」

すると、私と同じ酒屋の息子であるH君は、平然とこう答えました。

「全然憎いとなんて思わないね。むしろ、おおいに尊敬してるよ。おれもできるものなら、松下幸之助みたいになりたいと思っているんだから。大学受験なんてものは、自分は馬鹿じゃないってことを示す勲章みたいなものだから、大学に入ったからどうなるってものじゃない。おれは、商売をして金を儲けたいと思っているから、大学に受かったら、それでいいんで、卒業なんかしないで、自分がやりたいと思ってる商売を始めるよ」

私は、これを聞いたとき、一瞬、呆然として言葉も出ず、その後で、「負けた!」と感じました。そのときの敗北感というのは非常にリアルで、四十年たった今日でもはっきりと覚えています。

では、いったい、私はなにゆえに負けたと感じたのでしょうか？

それは、大学に入り、いわば下半身は、階級上昇を志向する下層中産階級特有の刻苦勉励・立身出世の「ナショナル＝ロマンチシズム」に置いたままでありながら、上半身は、周囲の左翼学生の言動にかぶれて、吉本のいわゆる「インターナショナル＝リアリズム」に取りつかれ、刻苦勉励・立身出世という「ナショナル＝ロマンチシズム」を田舎臭いもの、ダサいもの、馬の鼻先のニンジン的なものとして全面的に否定しようとしていたからなのです。

ところが、じつのところ、それは否定などではなく、ちょうど刻苦勉励・立身出世イデオロギーを裏返したようなかたちでの上昇願望、フロイト的にいえば「ナショナル＝ロマンチシズム」の反動形成としての自己嫌悪・自己否定にすぎませんでした。しかも、私は、自分自身でも、本当のところは、下半身の刻苦勉励・立身出世的「ナショナル＝ロマンチシズム」を脱してなどいないということに薄々気がついていたのですから、余計に始末が悪い。

いいかえると、私が大学に入ったとたん、泥臭い「ナショナル＝ロマンチシズム」からスマートな「インターナショナル＝リアリズム」に乗り換え、さも自分が周囲にいる、文化資本をたっぷりと蓄えたインテリ階級出身の左翼学生と同じように、合理的で理性的な思考法を身につけたように思っていたのに、H君によって言外に「それはウソでしょう。君は自分で自分を裏切っているよ」と言われたと感じたということになります。

「そうか、おれは、本当のところでは、依然として、H君と同じように、松下幸之助になりたいと思っていたのか。それなのに、その下層中産階級的な欲望を恥ずかしいもの、ダサいもの、みっともないもの、カッコ悪いものと感じて、これを抑圧していたんだ。そして、それを裏返しにするかたちで、欲望を知的な上昇願望にすり替え、始めからそうした刻苦勉励・立身出世の欲望を持たないインテリ階級出身の学生と同じように、抽象的な言語で、日本の現実とは直接関係ない普遍的なもの、世界共通的なものを志向し、それについて考えるようにつとめてきたんだが、実際のところ、そうしたインターナショナルな普遍性、世界共通性なんてものは所詮、完全に付け焼き刃で、革命も人民も、プロレタリアートも階級も、ただの名辞として口の端にのぼっている空虚な記号で、自分の実感している現実とはいささかのつながりも持ってはいないんだ。つまり、おれは、刻苦勉励・立身出世という出身階級のイデオロギーを抑圧したちょうどそれに見合った分だけ、インターナショナルな普遍性というものに対して無理をしている、ようするに自分にウソをついていることになるんだ」

もちろん、こうした考察は「後から」学んだ言葉による解釈にすぎませんが、しかし、それでも、このときに感じた二重に屈折した私の自己欺瞞からの覚醒をなんとか掬いあげていると思います。

このときに感じた衝撃を、吉本の研究対象との比喩でいえば、転向後に郷里に戻り、父親の孫蔵から「小塚原で骨になって帰るものと思て」いたと糾弾されたときの「村の家」の主人公・勉次の驚き、あるいは、高村光太郎がパリでガールフレンドとNEANT（ネアン）というカフェに出掛けようとしたときに、「身体を大切に、規律を守りて勉強せられよ」という父親・光雲からの手紙を受け取ったときの悪寒に相当するといえるでしょうか？

つまり、相撲で、こちらが腰高になっているところに強烈な蹴手繰(けたぐ)りを掛けられたような感覚だったのです。

「ナショナリズム」の裏面に付着したリアリズム

さて、以上で、自分は松下幸之助を尊敬していると堂々と言い切ったH君の答えを聞いたときの私の反応は分析できたかと思います。

実際、H君は、半年後に早稲田に合格すると、それを手土産にするように、あっさり大学を中退し、北欧への放浪の旅に出たのですが、帰国して喫茶店を始めるや、それこそ、文字通り刻苦勉励し、東証二部上場のレストランチェーンを築き上げました。

一方、O君は、いかにも育ちのいいインテリ階級の子弟らしく、東北大学から大企業に就職し、それなりに出世しながら、私生活では、演劇、映画、音楽といった趣味の道を追いつづけました。

というわけで、私自身の体験をサンプルにしたことで、吉本の難解な「大衆の原像」から「自立の思想」への歩みもすこしは理解が進んだかと思いますが、しかし、その移行が多少唐突だったかもしれませんから、ここでもう一度、「大衆の原像」についての理解を確認するためにも、明治の末年に作られた歌謡についての分析を掲げておくことにします。

すなわち、吉本は、明治期の大衆のナショナリズムの心情表現は、「主題に外化されたものよりも、大衆の心情そのものの核に下降した表現に、典型的な表芸があらわれ」ているとして、「青葉の笛」「すずめ雀」「七里ヶ浜の哀歌」を取り上げています。

一の谷の軍破れ
討たれし平家の公達あわれ
暁寒き須磨の嵐に
聞えしはこれか青葉の笛　（「青葉の笛」）

すずめ雀　今日もまた
くらいみちを　ただひとり
林の奥の竹藪の
さびしいおうちへ帰るのか　（「すずめ雀」）

真白き富士の根　緑の江の島
仰ぎ見るも　今は涙
帰らぬ十二の　雄々しきみたまに
捧げまつる　胸と心　（「七里ヶ浜の哀歌」）

吉本はまず、これらの唱歌には、大衆のナショナリズムの表面にある心情のルサンチマンがきわめてよく表象されているが、古典的モダニズム（スターリニズム＆プラグマチズム）の俗流主義者たちは、こうしたルサンチマンは日本の大衆にのみ固有のものであるというが、それはまったくの誤りである。ロシアだろうと中国だろうと、アメリカだろうと大衆のセンチメンタリズムは同じように存在するのであり、ただ、ナショナルな核に応じて質が違っているにすぎないとこう批判した上で、次のように断定します。

これらの歌曲は敦盛が、熊谷から首をかき斬られたとき、どのように血が吹き出したか、雀はその巣にかえるときどのように本能的なものにすぎないか、ボートが沈んだとき中学生たちは、いかにもがき苦しみ、われ先にと生きのびようと努めたか、という大衆の「ナショナリズム」の裏面に付着したリアリズムを忘却するように書かれている。しかし、忘却しているのではない。このようなセンチメンタリズムの表現こそは、銅貨の裏表のように、大衆の「ナショナリズム」のもつリアルな、狡猾で計算深い（知識人などのような空想的にではない）認識をも象徴しているのである。大衆の「ナショナリズム」の心情は、そのセンチメンタリズムをそのまま総体としてみることによっても、その裏を返しても、拾いあげることはできないだろう。わたしたちが大衆の「ナショナリズム」としてかんがえているものは、この表面と裏面の総体（生活思想）を意味するもので、何らかの意味で、その表現にすくいあげられている一面性を意味しているものでないことを強調しておかねばならぬ。（「日本のナショナリズム」）

「大衆の原像」ないしは「大衆のナショナリズムの原像」は、これで決まりというほどに決定的な意味を持つ定義ではないでしょうか？

大衆のナショナリズムの現実喪失、現実乖離

さて、「日本のナショナリズム」において吉本は右のような総括によっていったん明治期の大衆ナショナリズムを締めくくったあと、大正期におけるそれの分析に移行しますが、そこでもまた、吉本の「大衆の原像」把握は一貫しています。ただし、大正期においては、大衆のナショナリズムは、政治へと向かう方向も、刻苦勉励・立身出世というかたちで社会へと向かう方向も失ってしまっているので、目に見えるような形式では、いずれの主題も完全に喪失されていると指摘します。

すなわち、吉本は「唄を忘れた金糸雀(カナリヤ)は　後の山に棄てましょか」（「かなりや」）、「雨がふります　雨がふる」（「雨」）、「夕焼小焼の　あかとんぼ」（「赤蜻蛉」）、「きんらんどんすの帯しめながら」（「花嫁人形」）、「あの町　この町　日が暮れる　日が暮れる」（「あの町この町」）などの歌謡を取り上げ、これらの大正期の歌謡についてこう書きます。

> これら大正期の大衆歌曲の伝える、凝縮と退化の感覚は、社会的主題をうしなったのちの心情の下降に対応している。政治・社会といった主題がどこにもないが、ここに大正期の大衆の心情の「ナショナリズム」がよく表現されている。これらの表現を大衆のル・サンチマ

ンとしてよむのは古典的なモダニズムの愚物だけであって、むしろこれらは、それなりに成熟期にはいった日本の資本制社会の物的な関係のすさまじさ、高度化と停滞の逆立ちした表現にあたっている。これらの大衆的ル・サンチマンの背後には、物欲主義の臭気がただよっているし、その物的な怖れが表現されている、というふうによまないかぎり、文学を社会の動向に結びつける道はありえないのである。（同）

と、ここまでは、明治期の大衆のナショナリズムの分析で使われた、例の「表面と裏面の総体」的理解という方法が使われていますが、注目すべきは、むしろ、これに続く一節です。

大衆の「ナショナリズム」は、その統一的な主題を喪失するやいなや、これらの歌曲が表現しているように、すでに現実には一部しか残っていないが（ママ）、完全にうしなわれてしまった過去の（いわば明治典型期の）、農村、家庭、人間の関係の分離などの情景を、大正期の感性でとらえるというところに移行した。そして、これは幼時体験の一こまと結びつかざるをえなかった。これらの作者たちは、知識人としては、北原白秋・西条八十のようにモダニストであり、野口雨情・蕗谷虹児のようにアナキストであった。しかし、かれらによって一面を抽出された大衆の「ナショナリズム」は、ひとつの現実喪失、または現実乖離というような形で、はるかに間接的に大正期社会そのものの物的関係とつながっていたのである。（同）

さて、問題は、この大衆のナショナリズムの現実喪失、現実乖離という現象から、やがて、知識人のナショナリズム、すなわち、ウルトラ＝ナショナリズムというものが登場してくることです。

理想化され、概念化された「村の風景」

大正期において、日本の資本主義が発達し、それにともなって前近代的な農村構造が破壊されるにしたがい、大衆の「ナショナリズム」は現実を喪失するか、あるいは現実から乖離する傾向を示しましたが、昭和期に入ると、それは、次のような段階に入ったと吉本は断定します。

昭和期にはいって、大衆のナショナルな心情は、さらに農村、家、人間関係の別離、幼児記憶などに象徴される主題の核そのものを、「概念化」せざるをえなくなるところまで移行した。知識層の「ナショナリズム」思想によって、直接に大衆の「ナショナリズム」が表象されるものだと錯覚している見地にとっては、あるいは意外におもわれるかもしれないが、大衆の「ナショナリズム」が、「実感」性をうしなってひとつの「概念的な一般性」にまで抽象されたという現実的な基盤によって、はじめて知識人による「ナショナリズム」は、ウルトラ＝ナショナリズムとして結晶化する契機をつかんだのである。大衆の「ナショナリズム」が心情としての実感性をうしなったということは、すでに村の風景、家庭、人間関係の訣（わか）れ、涙などによって象徴されるものが、資本によって徐々に圧迫され、失われてゆく萌芽を意味している。このような意味での資本制化による農村の窮乏化と圧迫と、都市における大衆の生活の不安定とは、知識層によって、ウルトラ＝ナショナリズムとして思想化され、それは満州事変いらいの戦争への突入と、一連の右翼による直接行動の事件の思想的な支柱を形成したのである。（同）

これは、ある意味、吉本隆明的思考の構造を把握するのに、きわめて重要な一節だといえますが、しかし、反面、理解するのが困難だという声があがるところでもあります。

そこで、ここで吉本が述べていることを、思い切ってわかりやすく説明するために、一つのサンプルを用いたいと思います。

現在、日本のアカデミズムでは、学生確保のために、研究領域を、日本の漫画、アニメ、映画、テレビ、エンターテイメントなど、いわゆるサブカルとかクール・ジャパンと呼ばれるものにまで広げていこうとする傾向がありますが、これは、じつは、日本のこうした領域の活動が興隆期、成熟期を経て、衰退期に入ったからこそ可能になったものなのです。もし、それが興隆期、成熟期にあって「実態的」に元気に存在している場合には、これを「概念的」に捉えることは難しいのですが、衰退期に入り、活動のパワーが衰え始めることによって逆に概念的把握が可能になり、一般的、抽象的に論ずることができるようになるのです。そこから、日本的なサブカルの極端な「理想化」や、あるいはその逆の極端な「断罪」も起こってくるのです。

同じようなことが、吉本のいう大衆のナショナリズムについてもいえます。

もし、明治期のように、大衆が農村での辛い野良作業や貧困の中から逃げ出してきたばかりなら、たったいま放棄してきた「村の風景、家庭、人間関係の訣れ、涙」などといったものはあまり「意識化」されることはありませんから、大衆のナショナリズムは、政治や社会に向かって非常にわかりやすいかたちで奔出し、「お国のため」あるいは「立身出世」といった形のナショナリズムとなります。

しかし、大正期に入ると、そうした脱出劇からはすでに時間が経過していますから、それは「失われたもの」として捉えられ、「幼児体験」として懐かしく思い出されますが、実際には、その心情は現実を喪失した、あるいは現実から乖離したものになってしまっています。とはいえ、この段階では、記憶の片隅にではあれ、「村の風景、家庭、人間関係の訣れ、涙」などは残っていますから、現実とは完全に切れてしまっているとはいえないので、理想化や概念化は起きません。

これに対し、昭和期に入ると、明治期あるいは大正初期に農村部を離れ、資本制の内部に組み込まれた大衆、とりわけ、都市移住後に生まれた「移民ジュニア」は、親のルーツである農村とはなんの現実的関係も持たなくなります。親から聞かされた疑似的記憶を、盆暮れに故郷に帰って、ひところの流行った言葉を借りるなら「ディスカバー・ジャパン」的に確認するだけです。

ところが、まさに、この瞬間に、潜在的なものでしかなくなっていた「村の風景、家庭、人間関係の訣れ、涙」は理想化され、概念化され、さらにいうなら一つのユートピアとして結晶する契機を得るのです。

「大衆の『ナショナリズム』が、『実感』性をうしなってひとつの『概念的な一般性』にまで抽象されたという現実的な基盤によって、はじめて知識人による『ナショナリズム』は、ウルトラ＝ナショナリズムとして結晶化する契機をつかんだのである」とは、こういうことを意味するのです。

吉本は、こうした「昭和期における大衆の『ナショナリズム』の根源的喪失と『概念化』」を例証するために、この時期に書かれた歌謡、すなわち「おみやげ三つに　凧三つ」（「おみやげ三つ」西条八十、昭和六年）、「かきねの　かきねの」（「たきび」巽聖歌、昭和十六年）、「てんてん手鞠　てんてん手鞠」（「鞠と殿さま」西条八十、昭和四年）、「あの子はたあれ　たれでしょね」（「あの子はたあれ」細川雄太郎、昭和十四年）を取り上げて分析し、次のように結論づけます。

これらは、いずれも、優れた歌曲として流布されているものである。しかし、ここに表現された日本の大衆の情緒的な基礎には、すでにどのような裏目をかんがえることもできない。また、どのような実感の存在もかんがえることができない。たんなる「概念的」に把握された心情の表現にすぎなくなっている。ここに象徴される大衆の「ナショナリズム」は、すでにそれ自体が、みずからを喪失し、表現としての情緒的迫力を失っている。この意味では、歌曲に表現されたものに対応する現実的基盤が、大衆の「ナショナリズム」からうしなわれていることを、これらの正直な歌曲作家たちは表現したといえる。（同）

農本ファシズムはなぜ軍事ファシズムに敗北したか

では、このような大衆のナショナリズムの完全なる現実喪失が、どのような回路を通って、ウルトラ＝ナショナリズムへと接続されていったのでしょうか？

吉本はここで、この情況から派生する道を二筋にまとめます。

一つは、農村的な生産形態と相互扶助的メンタリティから切り離されて流民化した都市大衆が、資本主義の高度化に伴う格差社会の到来によって、貧困層に突き落とされ、従来の土俗的ナショナリズムを失っていくという現実を、国家による資本制管理と統制によって解決しようという道です。これは、陸羯南（くがかつなん）による国家社会主義の主張に始まって昭和期には中野正剛のムッソリーニ的な社会ファシズムへと至る道、吉本の言葉に従えば、知識人の「ナショナリズム」ということになりますが、これは、イタリアとドイツでは主流になりえても、日本では、マルクス主義からの転向者という援軍を得たにもかかわらず、ついに本流とはなりえませんでした。

> 社会ファシズム論は、あくまでも知識人「ナショナリズム」の形で終始せざるを得なかったのである。（同）

なぜかというと、社会ファシズムは、資本主義を国家統制と管理によって「制御」しなければならないとしながらも、それを「憎悪」し、「否定」し、「打倒」するところまではいかなかったからです。社会ファシズムは、社会的（国家統制的）であっても、またファシズム的（個人の自由を認めない）であっても、資本主義の内側にとどまることをやめることはできなかったのですが、それが昭和期の大衆に人気が出なかった所以でもあるのです。

一方、大衆のナショナリズムの解体・喪失という地平から生まれたウルトラ＝ナショナリズム（農本主義・天皇主義）は、現実には決してそうではなかったのですが、イメージ的（幻想的）には、資本主義と対立し、それを否定するかのように見えたのです。この点が、大衆的には人気が出たことの理由なのです。

> 大衆の「ナショナリズム」は、ここでは、天皇制イデオロギーに自己のイデオロギーが鏡にうつされるような幻想をあたえられ、一方で自己の「ナショナリズム」の心情をつきくずすものが、資本制そのものであるかのように考えることを仕向けられた。憎しみは資本制社会に、思想の幻想は天皇制に、というのが日本の大衆「ナショナリズム」があたえられた陥穽であった。さればこそ、農本主義的ファシズムは、北一輝にその象徴を見出されるように、資本制を排除して天皇制を生かす、というところにゆかざるを得なかったのである。（同）

しかしながら、解体されたナショナリズムから生まれた北一輝流の農本ファシズムは、社会ファシズムとの影響力競争には勝利しても、二・二六事件後の歴史が証明するように、陸軍の統制派のような官僚型の軍事ファシズムには現実に敗北せざるをえなかったのですが、それはいかなる理由によるのでしょうか？

北一輝流の農本ファシズムが、天皇制と資本制をトレード・オフの関係（一方を取ったら、一方を捨てる）に置いていたがために、現実を喪失した大衆のナショナリズムのルサンチマン（資本制が憎い、天皇は我々を救ってくれる）を救い上げることはできても（政治革命には成功しそうなところまでいっても）、その先の革命（社会革命）には進めないという構造を持っていたからにほかなりません。

政治革命としてみるかぎり、明治以後の日本革命をもっとも実現の近くにまで導いたのは、アナキズムや日本共産党に象徴されるスターリニズムではなく、北一輝に象徴される農本主義的ファシズムである。いまだかつて、日本のアナキズムやスターリニズムは、文化左翼の域を脱したことは一度もない。それは知識人の啓蒙主義の段階として考えられるにすぎない。しかし、北一輝などの政治革命は、絶対に社会革命を包括することができない先験性をもっていた。社会革命は、資本制を否定的媒体として肯定するという思想なしには、不可能であり、北らの思想は、この一点においては、文化左翼・知識人リベラリズムにさえ一歩をゆずらざるをえなかった。それははじめから社会革命として実現不可能な政治革命の構想にすぎなかったといいうる。（同）

スターリニズムとウルトラ＝ナショナリズム

北一輝の政治革命の試みは、二・二六事件をきっかけに挫折しますが、では、そこで死んで、陸軍統制派のような無思想な官僚体制だけが影響力を持つようになったかといえば、じつはそうではありませんでした。大衆を戦争に駆り立てる論理を必要とした支配層は、北一輝の農本ファシズムをもう一度ヴァージョン・アップしたような国体明徴運動を展開しますが、その基調となった橘樸(たちばなしらき)の「国体論序説」は、吉本によれば、これまた「大衆の『ナショナリズム』を、その鏡としての支配層の『ナショナリズム』(『国体』、天皇制)と直結しようとして、近代知識人の存在自体の基盤である資本制支配そのものを排除しようとする」傾向を持っていました。そして、そのために、橘らの国体論者は、次のような思想的なアクロバットを演じることになるのです。

橘が「国体」神授説を「国体」の科学的・理知的・歴史的な論理におきかえようとしたことは、日本的「自然」信仰を、たんに日本的「自然」の理念におきかえただけであり、橘のいうように「西洋社会が自然にできた社会であるのに対し、われらのものは意識的に計画的に作られた社会でなくてはならない。作った社会はできた社会よりも一段高次の存在であるといえるだろうし、また東洋社会をかくのごときものとして創造することは、吾人の努力次第充分に可能であると思う。」という意味はまったくもっていなかった。(同)

つまり、これもまた極端化された政治革命論、すなわち社会革命への展望を欠いた純政治革命的プログラムに過ぎず、日本の現実というものをまったく考慮に入れていない空疎な論議という点では、コミンテルンが日本共産党に無理強いした三二テーゼ的な革命プログラムと相同的な構造を持っていたのです。

昭和の知識人「ナショナリズム」の一般的特徴は、橋のなかに優れた形で象徴されている。それは、すでに主題を喪失した大衆の「ナショナリズム」に活を入れようとして、大衆の「ナショナリズム」をそれ自体として論理的に抽出して、その逆立ちした鏡である支配層の「ナショナリズム」（天皇制・国体主義）と直結し、その間から資本制支配そのものを排除しようとするものであった。（中略）

いうまでもなく、この昭和期の知識人によって理念としてつくられたウルトラ＝ナショナリズムは、昭和期の知識人により理念として移植されたコミンターン（またはスターリニズム）インターナショナリズムとまったく同位的なものであり、一方がたんに日本的「自然」信仰を、日本的「自然」理念におきかえたのにたいし、一方が、大衆「ナショナリズム」に手を触れずに、頭脳のうえにつくられた架空の「観念」とその「現実」運動の植え替えにすぎなかった。題目ばかりは立派でありながら、その現実が無惨な圧制の道行きを付着したという点でもまったくおなじである。（同）

スターリニズムとウルトラ＝ナショナリズムは、ともに、現実をまったく直視せず、大衆や民衆を空疎なかたちで観念化・理念化した果てに、ともに資本制というもっとも実体のある現実を排除して、政治革命的プログラムを作り出したわけですが、前者は昭和の大弾圧によって、後者は敗戦によって、それぞれ木っ端微塵に砕け散ることになります。

しかし、吉本隆明が、その思想的営為を築き上げていかなくてはならないと痛感したのは、その「解体」ではなく、むしろ、瞬く間に生じた「再生」を目撃したのがきっかけでした。

そのことを吉本は、「日本のナショナリズム」のとりあえずの結論として、次のように述べています。

ナショナリズムの「揚げ底」化

いまにしておもえば、わたしの敗戦体験のもっとも重要な核のひとつは、知識人「ナショナリズム」として思想化された日本のウルトラ＝ナショナリズム思想が、その美麗なスローガンの裏面に醜悪な現実をもっていたという程度にすぎなかった。徹底抗戦のスローガンの裏面には、無条件降伏の現実が付着するということであった。これは日本の知識人のインターナショナリズム思想（スターリニズム・リベラリズム）の世界革命のスローガンがその裏面に醜悪な政治的虐殺と、怯懦で卑屈で狡猾な傍観的エゴイズムをふくむということとまったく表裏してあらわれた。わたしはそこで、日本の知識人ウルトラ＝ナショナリズムの、掌をかえすようなデモクラティズムへの転身と、社会ファシズムの掌をかえすようなスターリニズムへの転身をみた。また、知識人ウルトラ＝ナショナリズムが、ごく少数の例外をのぞいて、依然として知識人として生き延びる恥じなき光景をもみた。わたしは、現実とはかくのごときものであるか、という最初のリアリズムへの覚醒を、もっとも大きく敗戦体験として保存したとおもう。このリアリズムを欠くという点で、知識人「ナショナリズム」と、知識人インターナショナリズムは別のものではありえない。(中略)

　現在の段階でかんがえると、日本の知識人ウルトラ＝ナショナリズムの美麗なスローガンの背後に、醜悪な現実が付着していた、というリアリズム覚醒の形で訪れた敗戦体験は、ただ古典「ナショナリズム」(ウルトラ＝ナショナリズム)と、古典インターナショナリズム(スターリニズム)を否定的媒体とするための、前提をなすにすぎない。わたしたちが、戦後包括し、止揚しなければならない課題は、未知なものをふくめて、これよりもはるかに広範にわたるはずであるが、いま確かにそれを指摘するだけの力量が、わたしにはないのである。(同)

　しかし、こう謙遜しながらも、吉本は、「日本のナショナリズム」の最後で、戦後の大衆の「ナショナリズム」の「揚げ底」化を指摘し、『ナショナリズム』概念自体を喪失しているところに、現在、ナショナルな実体をおいている」とした上で、その「止揚しなければならない課題」はすでに自分にはわかっているし、それを解く道はこれしかないのだとでもいうように、次のようにそのプログラムを示しているのです。

　これらの大衆「ナショナリズム」の「揚げ底」化を、土着化にみちびく道は、政治的には、資本制支配層そのものを追いつめ、つきおとす長い道と、思想的には、大衆「ナショナリズム」の「揚げ底」を大衆自体の生活思想の深化（自立化）によって、大衆自体が、自己分離せしめるという方途以外には存在しないのである。そのとき、戦後知識人「ナショナリズム」による国民的統合のイメージと、戦後知識人のインターナショナリズム（スターリニズム・毛沢東主義・フルシチョフ主義・トリアッティ主義）による擬似社会主義化のイメージは、共に根底から転倒され、止揚されるはずである。この考えは「自立」主義と他称されているが、それは名辞の問題ではなく、現実の問題に外ならぬのだ。妥協のない歩みは、長く困難につづくとおもう。（同）

というわけで、私たちはようやくここで、初期吉本の読み直しという、自分たちに課した第一の課題の最後に到達したわけですが、では、一九六〇年の安保闘争によって左翼・共産党神話が崩れ去り、吉本のいう古典的インターナショナリズムの空疎化が歴然となった後の時代、つまり一九六〇年代後半に登場した私たち団塊の世代（六八年世代）にとって、吉本隆明という思想家がどのような意味をもってあらわれたのかという第二の課題（つまり、この本のタイトルである「吉本隆明１９６８」の表す疑問）はあとがきに譲ります。

少し長めのあとがき

最近、私が「凝って」いるものの一つに、人口統計学とか人口動態学などと訳されているデモグラフィーというものがあります。

これは、フランス革命に際して徴兵を行うため、きっちりとした戸籍制度を設けたことをきっかけにして生まれた学問で、社会の変動や歴史の動きを人口の増減や年齢別バランスから説明しようとするものです。

とりわけ、最近はエマニュエル・トッドという学者が、この人口動態学の方法論を駆使して、社会・歴史分析に乗り出し、驚異的な確率で、歴史の変化（ソ連邦の崩壊、アメリカ的市場原理主義の崩壊）を予言したために、俄然、注目される学問になっていますが、私の吉本隆明論は、そうとは意識しなかったにもかかわらず、このエマニュエル・トッドの主張する人口動態学とかなり密接な関係を持っているような気がします。

すなわち、トッドは、社会に革命や戦争などといった急激な変化をもたらすのは、人口の増加と十五歳以上の男子の識字率の上昇、そしてその次に生じる女性識字率の上昇と出産調節（合計特殊出生率の低下）という三つのファクターの絡みあいであると説明しますが、それはおおよそ次のようなものです。
まず、何らかの要因（温暖化による収穫物の増加、戦争の終了、疫病の撲滅、あるいは人工的な農業革命・流通革命）によって、ある国の人口が増加を始め、社会が豊かになってくると、それにともなって（ときにはそれに先行して）男子の識字率が上昇し、近代化（資本主義化、都市化、伝統的家族の解体、個人主義化）が始まりますが、この段階に社会が至ると、社会は非常に不安定となり、革命や戦争が頻発するようになります。しかし、その段階を過ぎて、女性の識字率が上昇し、出産調節が行われて、合計特殊出生率が低下し始めると、男女間での軋轢やきしみ（離婚の増加、単身男女の伸びによる社会のイビツ化など）は生じるものの、社会は基本的に次第に安定する方向に向かうという道筋です。

進歩というものは、啓蒙思想家たちが想定したように、あらゆる面において容易で幸せな一本線の上昇であるわけではない。伝統的な生活、つまり読み書きを知らず、出産率と死亡率の高い、均衡の取れた慣習通りの日常生活からの離脱は、当初は逆説的に、希望と豊かさの実現だけではなく、ほとんどそれと同じぐらいの当惑と苦悩を産み出すのである。しばしば、おそらくは大抵の場合、文化的・精神的テイクオフは移行期の危機を伴う。不安定化した住民は暴力的な社会的・政治的行動様式を示すことになる。精神的近代性への上昇には、しばしばイデオロギーの暴力の爆発が伴うのである。（エマニュエル・トッド『帝国以後』石崎晴己訳　藤原書店）

こうしたエマニュエル・トッドの変化式を頭に入れた上で、次は、ポーランド生まれのドイツの人口統計学者グナル・ハインゾーンが説く「ユース・バルジ」という現象に注目してみましょう。

男性一〇〇人につき十五歳から二十九歳までの年齢区分の人口が三十人以上となったとき、人口ピラミッド上にこのユース・バルジの存在を示す外側へのふくらみが現れる。このユース・バルジ世代は栄養も教育も充分に与えられている。父親一人につき三人ないし四人の息子ともなれば、子供のときから互いに相争う関係に置かれる。が、大きくなって家を出て、自身の生存のための闘いを始めなくてはならなくなると、事はさらに深刻になる。

冷たく聞こえるかもしれないが、飢えている人たちに不安は覚えない。だが、飢えや文盲の克服がうまくいけばいくほど、上昇志向の若者は好戦的になっていく。飢餓との戦いに勝利すればこの世から戦争はなくなるだろうという世間一般の願望は、戦略家から見れば、愛らしくも無邪気な幻想の最たるものでしかない。(ともに『自爆する若者たち　人口学が警告する驚愕の未来』　猪股和夫訳　新潮選書)

ハインゾーンはユース・バルジ現象が一つの国に生じると、海外への集団移住が行われない限り、クーデタ、革命、内乱、虐殺、戦争という混乱が用意されていると主張しています。

さて、私は、前章の最後で、われわれのような団塊の世代にとって、吉本隆明という思想家のもっていた意味について考えてみると予告しましたが、その意図するところは、右の引用からある程度は推測がつくのではないかと思います。

つまり、われわれ団塊の世代とは、あきらかに「飢えや文盲の克服」がうまくいったあとに大量に誕生したユース・バルジの世代であり、「栄養も教育も充分に与えられている」がゆえに、サバイバルのための闘いを強いられ、その結果、「上昇志向」で「好戦的」な若者となって、一九六〇年代の後半に社会に登場したということなのです。

一族での最初の大学生

ところで、ここで注意しなければならないのは、団塊の世代は、たんにユース・バルジで数が多いというだけではなく、生存競争に勝ちぬく手段として、学歴を手にいれようとして、いっせいに大学の門に殺到した世代でもあることです。すなわち、高度成長による戦後日本社会全体の相対的な富裕化により、農業、漁業、林業や商業などに従事していた下層中産階級の親の世代には不可能だった高等教育へのアクセスが可能になり、それまでは黙って親の職業を継いでいた子供たちが、都会に出て大学に入り、サラリーマンとして生活することを志向するようになったのです。

いいかえると、団塊の世代で大学生となった者たちの多くは、一族の中での「最初の大学生」

だったということになります。

かくいう私も、まさにそうした一人で、父親の兄弟姉妹にも母親の兄弟姉妹にも、中学や専門学校まで進んだ者はいても大学まで進学したのは、私が最初でした。そして、これは私ひとりに限ったことではなく、団塊の世代の大学生のかなり多くが「一族での最初の大学生」だったのです。

この意味では、団塊の世代の大学生は「一族でのエリート」ということになりますが、しかし、それは一族の内部に限られたことであり、大学生全体として見ると、エリートでもなんでもない、大学生大衆の一人にすぎませんでした。

しかも、この「一族での最初の大学生」は、下層中産階級出身という出自ゆえに、周囲に大学生というものが存在していなかったこともあり、変な言い方かもしれませんが、「大学慣れ」していませんでした。「大学なんて、所詮、こんなもの」というかたちで見切りをつけることができず、過剰なる期待を持って大学の門をくぐったのです。

その結果、「一族での最初の大学生」は、狭いキャンパスに劣悪な教育環境、無責任で無能な教授陣、利益第一主義の理事会などに失望し、おおいなる欲求不満を抱えながら、なにか別な生きがいを求めて模索することになります。

後に、全共闘運動として爆発することになるエネルギーはこうしたユース・バルジの「大学慣れしていない」おぼこい大学生の中で徐々に蓄積されていったのです。

それをよく示すのが、全共闘運動の母体の一つとなった新左翼（革共同・中核派、同・革マル派、社学同［戦旗派］、同・マル戦派、同・ML派、社青同・解放派、フロント等々。一九六八年時点）の拠点校となったのが、早稲田、明治、中央、法政、日大といった大規模私立大学だったことです。

これは、一九六〇年安保のときの全学連主流派の拠点校が東大、京大、東北大、北海道大といった国立大学であったことと好対照を成しています。いいかえると、六〇年安保闘争を担ったのが、一族に大学出を何人もかかえた旧来的なエリート層であったのに対し、一九七〇年前後の全共闘運動の主体となったのは、ユース・バルジの中核たる下層中産階級出身の「一族で初めての大学生」たちだったのです。

このようなユース・バルジ世代の大学生にとって、戦うべき敵は二つありました。

一つは、自分を大学生にしてくれた当の親たちです。

本来なら、お父さん、お母さん、大学まで進学させてくれて有り難うというべきところなのですが、ユース・バルジ世代は、逆に、自分たちの親を「家族帝国主義者」として激しく憎みました。

なぜかというと、下層中産階級に属する親たちは、自分たちと家族が生活すること以外には徹底して無関心であり、息子や娘たちが大学生となって知的に上昇を遂げて、生活の向上（金銭と地位の獲得）以外のものに関心を示すことを極端に嫌ったからです。彼ら、下層中産階級に属する親たちからすれば、息子や娘たちが「一銭の得にもならないこと」に夢中になるのがまったく理解できなかったのです。そのため、息子や娘たちが左翼活動や全共闘運動に加わっているのを知ったときには仰天・狼狽し、次いで「世間様に顔向けできない」と恥じ入り、最後は、庶民特有の諦めを持って黙認するか、あるいは「そのうち正気に返るだろう」とたかをくくることにしたのです。いずれにしろ、「一族で初めての大学生」と一族との関係は、少なくともその大学生の大学在学中には決して好ましいものではありませんでした。

もう一つの敵は、大学の教授たちでした。

ユース・バルジ世代の大学生にとって、おおいなる期待を持って大学に入り、授業を受けたときに感じた失望感は、例外なく大きなものでした。教授たちは、それぞれの専門に閉じこもったまま、こちらの期待した知の要求にいっさい答えることなく、まったく無関係なことをやっているようにしか見えなかったからです。といっても、いま流行の「すぐに役だつ知識を与えろ」と要求したのではありません。むしろ、その逆です。下層中産階級を離脱して、知の過程に入ったと感じているのに、知とかかわりのあるようなことがまったく与えられないことへの失望感が大きかったのです。この期待値と現実値の間の落差はあまりにも巨大で、結局、これが全共闘運動が燃え上がる大きな点火材の一つとなったのです。

吉本への「倫理的な信頼感」

では、こうした状況に置かれたユース・バルジ世代の大学生にとって、吉本隆明はどう映っていたのでしょうか?

これは人によって、千差万別だったと思います。

中には、吉本隆明をいくら読んでもまったくピンと来ないというタイプの人もかなりのパーセンテージで存在していました。

たとえば、一族郎党がみな大学出で、吉本のいうところの「世界共通性」の論理でものを考えるようなタイプの人。つまり、自分が日本人だという要素をいっさい考えに入れずにヴァレリーやサルトルなどの抽象的思考と戯れることのできるような人は、吉本隆明を理解することはできませんでした。

また、新左翼でも党派の論理で考えるタイプの人にも吉本隆明は無縁でした。シンパの段階でなら、共感を持って吉本を読んでいた人でも、党派に入ったら、それがどの党派であろうとも（吉本隆明に一番近いと言われた社学同叛旗派ですら）吉本の主張からはどんどん離れていきました。ようするに、政治的な人間は吉本とはソリがあわなかったのだと思います。

では、こうしたタイプの人を除くと、ユース・バルジ世代の大学生たちのある部分は、吉本のどんなところに共感を覚えたのでしょうか？

それは、「吉本隆明はお為めごかしや偽善的なことは絶対に言わない」という非常に単純な「倫理的な信頼感」であったと断言できます。もっと、単純に言ってしまえば、「ヨシモト、ウソつかない」ということになります。

というのも、まだまだスターリニスト的な左翼の影響力が強かった時代に、人民だとか反貧困だとか反戦だとか絶対平和主義だとかいったご大層な大義名分を並べる人に向かって「それはウソでしょう」と遠慮なく言うことのできる勇気を持ち合わせていた人は、吉本隆明を除くとほんのわずかしかいなかったからです。

余談ですが、そのことは、一九八〇年代に北朝鮮のウィーン・エージェントが日本人やドイツ人の留学生を介してしかけたことが明らかになっている「文学者の反核声明」にただ一人、吉本隆明だけが異論を唱えたときにより明らかになりました。今日、この「文学者の反核声明」の季節外れの狂騒を蒸し返して批判する人がいないのは不思議な限りです。

といっても、誤解のないように述べておけば、それは、吉本隆明が、「西郷隆盛、ウソをつかない」というようなレベルの、金銭や名誉にいっさいこだわらない時代錯誤的な清廉潔白の人であったからユース・バルジの若者の信頼を勝ち得たといっているのではありません。むしろ、その反対です。

具体的にいえば、自民党の金丸信代議士が脱税で逮捕されたときに、マスコミが金丸を悪の権化のように非難するのに対して、堂々と次のように言うことができる「ウソつかなさ」に対する信頼だったのです。

金額の大小を問わないとすれば所得のサバを読んで、税金をすくなく申告してごまかしたいというのは、民衆が誰でももつ願望だから何も騒ぐことないじゃないか。追徴金を課せられて修正申告させられたら、それで終わりだ。金丸信とは桁ちがいの小額だが、わたしも一度そうさせられたことがある。たぶん大・中・小の経営者は、みんな幾度かそんな経験をしているにちがいない。（中略）現在の世界の資本主義や社会主義の体制で、清潔で金のかからない政治を実現できるとかんがえたり、実現している者がいるとかんがえたりするのは、まったくの勘ちがいなのだ。人を支配できることに喜びを感じたり、お金は活動していればひとりでに、ふところに入ってくるものだとかんがえたり、そういう願望が人一倍つよい人間が政治家になっているにきまっている。自分のことは勘定にいれず、清貧の思想をまもり、四六時ちゅう民衆のために献身している政治家などは、資本主義国にも社会主義国にもひとりもいるはずがない。（『情況へ』宝島社、一九九四）

つまり、ユース・バルジの世代が感じた吉本の「ウソつかなさ」とは、「自分のことをさし措いて、他人を指弾するのは滑稽きわまりない」と断じたフランス・モラリストに近い「正直さ」だったのです。

では、なにゆえに、ユース・バルジ世代は、こうした吉本の「正直さ」に喝采を送ったのでしょうか？

ユース・バルジの世代は、自分たちが、出身階級である下層中産階級を離脱する過程で、本当は、この階級を支える唯一の論理である「自分の得にならないことはしたくない」という欲望を肯定し、それをエネルギーにして社会をつくっていきたいと考えていたにもかかわらず、もう一方では、「そうした欲望ははしたないことではないか？」と脅え、倫理的な負い目を感じていたのですが、吉本隆明は、その懊悩に対して、それはごくまっとうな悩みで、「自分の得にならないことはしたくない」という欲望は即座に肯定さるべきものだよ、と言い切ったからです。

それはもちろん、この吉本隆明論で何度も繰り返し述べたように、吉本自身が下層中産階級出身の戦前ユース・バルジの世代に当たり、同じような懊悩を抱えた末に、自前の思想を練り上げていったからにほかなりません。

「自分の得にならないことはしたくないだって？　当たり前だよ、その欲望を肯定するところに民主主義が生まれ、否定するところにスターリニズムやファシズムが生まれるのさ」

思いきり乱暴に言ってしまえば、吉本はこう断言したのです。

それはいくらなんでも乱暴ではないかと反論する向きは、『情況へ』に収録された「情況への発言（一九八四年五月）」を読んでいただきたいと思います。

そこで、吉本は、『「反核」異論』に対して呈された様々な反対意見を撫で斬りにする中で、スターリニスト崩れのデマゴギーよりも危険なのは、心底真面目で、どこまでもマルクス主義の理想に忠実で、すべてを耐え忍んできたことだけを生きがいにしてきた詩人・黒田喜夫のような存在であるとして次のように述べています。いささか長めですが、これは吉本思想の核の核に当たる部分ですので、しっかり読んでもらいたいと思います。


　こういう相も変わらずの〈倫理的な痩せ細り方の嘘くらべ〉の論理で、黒田喜夫はいったい何をいいたいんだ。また何ものために、何を擁護したいんだ、一度ぐらいは素直にいってごらん。（中略）われわれが「左翼」と称するもののなかで、良心と倫理の痩せくらべをどこまでも自他に脅迫しあっているうちに、ついに着たきりスズメの人民服や国民服を着て、玄米食に味噌と野菜を食べて裸足で暮らして、二十四時間一瞬も休まず自己犠牲に徹して生活している痩せた聖者の虚像が得られる。そしてその虚像は民衆の解放のために、民衆を強制収容したり、虐殺したりしはじめる。はじめの倫理の痩せ方が根柢的に駄目なんだ。そしてその嘘の虚像にじぶんの生きざまがより近いと思い込んでいる男が、そうでない「市民社会」に「狂者にも乞食者にも犯罪者にもならず生きて在る」男はもちろん、それにじぶんよりも近い生活をしている男を、倫理的に脅迫する資格があるとおもい込み、嘘のうえに嘘を重ねてゆく。この倫理的な痩せ細り競争の嘘と欺瞞がある境界を超えたときにどうなるか。もっとも人民大衆解放に忠実に献身的に殉じているという主観的おもい込みが、もっとも大規模に人民大衆の虐殺と強制収容所と弾圧に従事するという倒錯が成立する。これがロシアのウクライナ共和国の大虐殺や、強制収容所から、ポル・ポトの民衆虐殺までのいわゆる「ナチスよりひどい」歴史の意味するものだ。そしてこの倒錯の最初の起源が、じつに黒田喜夫のような良心と苦悶の表情の競いあいの倫理にあることはいうまでもない。（中略）幸福そうな市民たち（いいかえれば先進社会における中級の経済的、文化的な余暇（消費）生活における賃労働者）が大多数を占めるようになることが解放の理想であり、着たきりの人民服や国民服を着て玄米食と味噌を食っている凄味のある清潔な倫理主義者が、社会を覆うのが理想でも解放でもない。それは途方もない倒錯だ。黒田喜夫にはおれのいうことがわかるか。おれたちが何を打とうとしているか、消滅させなければならないのが、どんな倒錯の倫理と理念だとおもってたたかっているのかわかるか。（同）

ここには、戦前のユース・バルジの「好戦的な」世代として、「玄米食に味噌と野菜を食べて裸足で暮らして、二十四時間一瞬も休まず自己犠牲に徹して生活している痩せた聖者」たる農本ファシストの「虚像」に魅せられ、「倫理的な痩せ細り競争」を試みて一億玉砕の幻影に酔いしれたあげく、最後は、八月十五日の敗戦で自我の爆砕に立ち会った吉本自身の苦い経験が裏打ちされています。また、戦後の労働組合運動の過程で、マルクス主義の「二十四時間一瞬も休まず自己犠牲に徹して生活している痩せた聖者の虚像」に「じぶんの生きざまがより近いと思い込んでいる男」が市民社会でまっとうに暮らしている男を「倫理的に脅迫する資格があるとおもい込」む現場に立ち会ったときのグロテスクな印象があったにちがいありません。

出身階級からの「別れ」

では、いったい、私が真の意味での「寛容主義」と呼ぶ思想を吉本はどこから導きだしたのでしょうか？

ページ数がありませんので、結論を急ぎますが、それは、やはり、下層中産階級の出自を持つ人間が知的上昇を遂げて階級を離脱するときに訪れる根源的な「悲しみ」を真正面から見据えたからとしかいいようがありません。

私が個人的に一番好きな文章である「別れ」(『背景の記憶』平凡社ライブラリー)から引用してみましょう。佃島で近所のがき連中と楽しく遊びくらしていた黄金時代に終わりがやってきたときの回想です。

わたしは五年生になると早速、親たちから知合いの先生の私塾に行けといいつけられた。なぜ素直に応じたのかよくわからない。(中略)
わたしはあの独特ながき仲間の世界との辛い別れを体験した。別れの儀式があるわけでも、明日からてめえたちと遊ばねえよと宣言したわけでもない。ただひっそりと仲間を抜けてゆくのだ。もちろん気恥ずかしいから勉強へ行くんだなどと口に出さない。すべては暗黙のうちに了解される。昨日までの仲間たちが生き生きと遊びまわっているのを横目にみながら、少しお互いによそよそしい様子で塾へ通いはじめた。わたしが良きひとびとの良き世界と別れるときの、名状し難い寂しさや切なさの感じをはじめて味わったのはこの時だった。これは原体験の原感情というべきものとなって現在もわたしを規定している。この世はどこもかも別ればかりだといいたいばあいもあれば、良きひとびとの世界からおのれを引き剝がす理不尽への異議申立てであるばあいもある。いまもどこかで見知らぬ子どもたちがこの感じを体験しているかもしれない。その私塾の先生はわが生涯の最大の優れた教師だったが、そんなことはまだ知るよしもなかった。

おそらく、吉本はこの階級離脱の瞬間の「原体験の原感情」をもとにして、「大衆の原像」を練り上げていったのだと想像できます。それは、魂が最終的に戻ってゆくユートピアであると同時に、その特有な「封建的優性」によって、せっかく獲得したと思い込んだ西欧的な思想・倫理を一瞬にして骨抜きにしてしまう腐食性の悪夢でもあります。しかし、この「大衆の原像」をいたずらに抑圧したり、あるいはないものと決め込んだりしては、芸術も文学も社会運動も始まりはしないのです。抜け目なくて貪欲、しかし、一方では、倫理的にもっともまっとうな「封建的優性」も同時に持ち得るのが、「大衆」の「原像」なのです。そして、その真の姿を自らのうちに取り込んで、これを否定的な媒介として止揚する以外に方法はないのです。

もちろん、芸術というものが豊富な物質的基礎と、閑暇のうえにしか開花しないものであるとするならば、芸術を志す貧乏息子は、りちぎものの父親の金をだましとっても、ブルジョワ息子を範とするよりほかない。それでは、自分はおよばぬまでも、息子だけは——という発想をするこの父親は、否定されねばならないか。むろん、そのいじらしい心理が否定されねばならないのだ。（中略）この貧乏息子は、いじらしすぎる父親を否定するとともに、ブルジョワ息子にも昂然と対峙しなければならなかった」（『高村光太郎』）

そうして、高村光太郎に仮託して語られた階級離脱の覚悟と止揚の意気込みは「名状し難い寂しさや切なさの感じ」をもってそこを離脱した者でなければわからないものだったのです。

ところで、大正年間に生まれた世代はほぼ全員がユース・バルジの世代に当たります。そして、この世代は、日本の近代史において最初に「一族で初めての大学生」となることを経験し、自らの出身階級からの「別れ」を強いられた世代であると同時に、ユース・バルジの世代のご多分にもれず、日本のファシスト的膨張を集団的に支えた世代でもあります。

そして、彼らが戦後復員して、結婚し、作り出したのが、団塊の世代と呼ばれるわれわれ戦後ユース・バルジの世代なのです。

われわれが吉本隆明をわがことのように読むことができたのは、吉本が、大正ユース・バルジ世代、すなわち、「一族で初めての大学生」となることを経験し、自らの出身階級からの「別れ」を強いられた世代の最後の一人であり、われわれは、彼らの子供としての戦後版の「再生産」であったからにほかなりません。それは、吉本が芥川龍之介や高村光太郎、あるいは四季派の詩人たちの知的上昇と蹉跌を「わがことのように感じた」こととパラレルな関係にあるのです。

語るに落ちたといわれるかもしれませんが、これを以て、我が「出身階級的吉本論」の最終結論ということにしておきたいと思います。

二〇〇九年四月九日

鹿島　茂

平凡社ライブラリー版　あとがき

本書の新書版を平凡社から上梓して八年がたちます。

この間、民主党政権誕生、東日本大震災、自民党の政権復帰、アベノミクス、憲法改正への動きと、いろいろありましたが、ここにきて、一つの予感として感じることがありますので、それを書き留めておきたいと思います。

グローバリズムの進行による貧富の差の拡大により、私が本書執筆の大前提とした階級離脱のインテリというものが誕生しないような状況になってきているのではないかということです。

これまでは、「自分の生活にしか関心のない」大衆の中から知的上昇を遂げて「自分の生活と無関係な領域にも関心を持つ」インテリに変貌していった層というものが、芥川龍之介に始まって、高村光太郎、四季派の詩人たち、それに吉本隆明自身というように、いつの時代でも一定数存在し、戦後も私の世代あるいはその下くらいまでは続いていたはずなのですが、ある時期を境として、こうした階級離脱のインテリというものが生まれにくくなってきたような気がするのです。

もっとも、その傾向は、一九七〇年代の後半から一九九〇年代のバブル崩壊までは、社会の富裕化に伴う、語の正しき意味での「大衆」の消滅に由来していました。つまり、下層中産階級でもほとんどの子供が大学に進学するという下層中産階級のアッパー化で、ハードランディング的な階級離脱の必要が薄れたのです。

ところが、バブル崩壊から失われた二〇年を経てアベノミクス開始に至る期間になると、下層中産階級というものが、アッパー化で消滅するのではなく、ロウアー化で消えるという逆の事態、つまり、完全な下層階級に転落して消滅するという現象が観察されることになりました。その一方、階級離脱する必要のなかったよりアッパーな中産階級というものもまた縮小し、スーパー・リッチ層およびそれに奉仕するクラスだけが残るという、アメリカ社会のような二極分解が進展しているのです。金持ちは何世代たっても金持ちで、貧乏人は永遠に貧乏人のままという階級固着が進んだ結果、階級間のフレキシビリティーが失われ、アッパーとロウアーの二つの階級しかないという、「振り出しに戻る」型の社会が誕生したのです。

その結果、インテリはアッパーからしか供給されず、ロウアーは「言葉」を介して民主主義に参加するという権利を自ら放棄せざるをえなくなりました。ロウアーはアッパーが繰り出す政策に反発するか、あるいは盲従するしか選択肢がないという状況になりつつあるようなのです。小選挙区制という、ほとんど国民投票のような制度がこれに拍車をかけています。

では、アッパーとロウアーしかいなくなりつつある日本の社会で、下層中産階級からインテリへの離脱が可能だった一時期にしか存在しえなかった吉本隆明のような思想家はもう必要なくなったのでしょうか？

現状を固定的に考えて、変えようもないし、また変える必要もないという立場に立てばその通りでしょう。

しかし、このままではいけない、どうにかしなければならないと考える人たちにとっては、「大衆の原像」を否定的媒体とすることで独自の思想を練り上げた吉本隆明こそ常に参照の対象にすべき思想家ということになるはずです。

なぜなら、そこには、アッパーに拠るのでもなく、ロウアーに阿るのでもない、第三の道を開くための処方箋が用意されているからです。

いまこそ、吉本隆明の徹底した解読が必要な時期に来ているのではないでしょうか？

最後になりますが、冒頭のK君、すなわち、本書執筆のそもそもの契機になってくださった平凡社編集部の金澤智之さんには、今回、本書を平凡社ライブラリーに入れるにあたってもお世話いただきました。心からの感謝を伝えたいと思います。

また、凱風館館長としてご多忙な中、解説の労をお取りいただいた内田樹さんにもこの場を借りて深く感謝したいと思います。

二〇一七年九月一七日

鹿島 茂

解説——吉本隆明1967

内田樹

たいへん面白く読んだ。吉本隆明の解説書としては、これまで書かれたものの中で最高のものの一つだと思う。これから吉本隆明を読む人にとっては絶好のブックガイドであるし、これまで吉本を読み込んできた人にとっても「なるほど、あれは『こういうこと』だったのか」と腑に落ちる解釈がいくつもあると思う。本書が今後久しく吉本隆明研究の必須のレフェランスとなるだろうと私は確信している。

というくらいで「帯文」としては十分なのだが、頼まれたのは「解説」なので、話は少し長くなる。鹿島先生がどうしてただ「吉本隆明研究」とか「吉本隆明論考」ではなく「吉本隆明1968」という年号入りのタイトルを撰したのか、その理由について以下にひとこと私見を述べて解説に代えたいと思う（今、「鹿島先生」という表記が気になった方がいると思うけれど、これはご本人にお会いするとそう呼んでいるので仕方がない。いきなり「鹿島は」とは書けません）。

一九六八年は鹿島先生が大学に入ってはじめて吉本隆明と対峙した年である。私の場合はそれが一年前の一九六七年なので、上のような題になった。私もまた吉本隆明と少年の時に出会って、人生が変わった人間のひとりである。

私は高校生から大学院生の頃までは吉本隆明の熱心な読者だった。でも、ある時期から読まなくなり、九五年の阪神大震災の時に高校時代からの蔵書をまとめて処分した。その時に、埴谷雄高や谷川雁や平岡正明の本といっしょに吉本の本も捨ててしまった。けれども、その後またふと読みたくなって、結局吉本隆明だけは捨てた本を全部また買い集めた。それは父が二〇〇一年に亡くなり、その後、父のことを回顧するにつれ「戦中派の人たちは、戦前の自分と戦後の自分を縫合するためにずいぶん苦労をしたんだろうな」ということがひしひしと感じられるようになったからである。そして齢耳順（よわいじじゅん）を超えて読み返しながら、私もまた鹿島先生と同じように「ああ、おれはこの歳になっても、吉本主義者であったか」と深く感じ入ったのである。

鹿島先生と私は一歳違いで、鹿島先生の方が一歳年長である。鹿島先生は現役で東大に入学したが、私は六九年に入試中止のあおりをくらって一浪し、七〇年に入学したので、学年は二つ下になる。鹿島先生は入れ違いに本郷に進学されたはずなので、キャンパスで遭遇したことはなかったと思う。でも、ほぼ同時期に同じキャンパスの同じ空気を吸ったことは間違いない。だから、この本に鹿島先生が書かれている回想については、細部まではっきりとしたリアリティをもって私も思い出すことができる。

吉本隆明は鹿島先生や私の世代に圧倒的な影響力を有していた。もちろん、それは二十歳前後の少年たちが吉本の思想的営為の独創性が理解できたことを意味しない。『「吉本はすごい」』と感じてはいましたが、どこがどうすごいのか、それを説明することは不可能だったのです。いいかえると、自分の所有している語彙と観念と関係性に、吉本特有のそれらを翻訳・転換してみせるということができなかったのです」（二七八頁）と鹿島先生も書かれているけれど、私の場合もまったく同じである。

それでも、私は一読して、「この人が何を言おうとしているのかを理解しないと日本の政治的状況の本質に触れることはできない」ということまではわかった。鹿島先生もそうだったと思う。他の政治学者や政治思想家たちの書き物については、私はそれに類する感懐を持ったことはなかった。難解な術語や聞いたことのない固有名詞をまぶした評論を読んで、どうしてもう少しわかりやすく書けないのか（それほど頭が良いなら、その頭の良さをどうしてわかりやすく書くことには使えないのか）とうんざりすることはあっても、この人が書いていることを理解できないと先がないという焦燥感を覚えたことはない。そんなことを思わせた書き手は、私にとっては日本人では吉本隆明ひとりである。

私が最初に手にした吉本隆明の本は『自立の思想的拠点』で、一九六七年、高校二年生の時だった。なぜその本を買ったのか、記憶は定かではないが、周りの誰かが推薦したわけではなかったと思う。私が通っていたのは都立日比谷高校という進学校で、そこには鹿島先生が書いているような「自分が日本人だという要素をいっさい考えに入れずにヴァレリーやサルトルなどの抽象的思考と戯れることのできるような人」（三五二頁）がいくたりもいて、彼らが校内で閉鎖的な知的サークルをかたちづくっていた。彼らが時おり「ヨシモト」という人名を口にすることがあったが、その時に一瞬微妙に苦い表情を浮かべることを私は見逃さなかった。どうやらヨシモトという人はこの「知的上層階級」の諸君にもうまく呑み込めないらしいということはわかった。彼らを「出し抜く」ためには、この人の本を読むのが捷径(しょうけい)ではないかと私は考えた。子どもながら直感の筋は悪くない。だから、ある日書店でその名前を見た時に、深く考えずに購入したのである。

もちろん、理解できなかった。そこで論じられている政治潮流のことも、固有名詞として言及されている人の名前も私は知らなかった。でも、この人は私が緊急に理解しなければならないことを書いているということはありありと実感された(同じようなことはそれから十五年後にエマニュエル・レヴィナスを読んだ時にも感じた)。

書いてあることが理解できなくても、そこに私宛てのメッセージが含まれており、それは私が(政治的に、あるいは市民的に)成熟しなければ読解できないものだということはわかる、ということがある。メッセージのコンテンツとアドレスは別次元に属する。そして私たちにとってより緊急なのはもちろん宛先なのである。

はじめは先輩たちを「出し抜く」ために読み始めた吉本隆明だったけれど、すぐにそのような相対的な知的優位性に立つことはどうでもよくなった。吉本の言葉は鋭利な刃物に似ていた。そして、それを突き立てる先は「論敵」たちであるより先にまず自分自身だったからである。

高校二年の少年がそのような鋭利な刃物を手にしてよかったのだろうか。今から考えてみると、よかったのか、よくなかったのか、よくわからない。

高校に入った時点では、私は大学を出て、法曹か新聞記者か文学研究者になるという「大衆からの離脱コース」のキャリアパスを望見していた。しかし、高校での受験秀才としての穏やかな生活は長くは続かなかった。一つには先に述べた「知的サークル」に潜り込んだせいで、そこでの知恵比べや「おどかしっこ」(「お前、あれ読んだ?」)に必死でキャッチアップする必要があったからである。だが、それ以上の手間暇を要したのは不良化活動(麻雀、飲酒、喫煙、ジャズ喫茶通い)であった。別にそんなところに貴重なリソースを投じる理由はなかったのだが、私は中学生までは「箱入り優等生」だったので、その手の誘惑にまったく免疫がなかったのである。

濫読と不良化活動への邁進のせいで、私の学業成績はたちまち悲惨なことになり、「箱入り優等生」の私しか知らない家族や友人やガールフレンドたち周囲の「良きひとびと」を嘆かせた。彼らに背を向けて遠ざかってゆく私の姿に、彼らはあるいは「名状し難い寂しさや切なさ」を感じたかも知れない。でも、私自身はそれまで無縁であった「ウッドビー知識人」と「都会の不良少年」という別種の「良きひとびと」との出会いに興奮していた。

そこに吉本隆明が来た。衝撃だった。免疫のない子どもにこんな過激な思想を注入したらどういうことになるか。私は「子どもが吉本隆明を読むとどうなるか」という危険な実験の一症例だったのではないかと思う。

私は吉本を読んで、すぐに「高校をやめよう」と思った。それは歩き始めたばかりの「大衆から知識人への上昇過程」をいきなり逆走するというとんちんかんなアイディアであったが、こういう無謀なことは高校生しか思いつかない。もし私が中学生の時に吉本を読んだとしても、「中学をやめて働こう」とは思わなかっただろう（思ってもそれを実行するだけの社会的実力がない）。大学生になって読んだ場合には、大衆は「原像」として概念的に把持される他ないほどすでに遠い存在になっていただろう。だが、高校生は生活者大衆でもないし、知識人でもない。まだ何者でもない。それでも、親に内緒で退学届けを出したり、家を出て働くことくらいはできる。この特権的なポジションを利用して、大衆でも知識人でもない、その二つを架橋できる存在になろうと私は思った（ほんとうにそう思ったのである）。

でも、もちろんそんな野心的企てが成功するはずもなく、私は中卒労働者としてしばらく極貧生活を送った後、反社会的な生活態度に怒った大家さんにアパートを追い出されて、家出してわずか半年で親に叩頭（こうとう）して家に戻る許しを請うことになったのである。

中卒労働者はつらかった（何より空腹がつらかった）。だから、温かい部屋で、母親の作った夜食を食べながらの受験勉強など、それに比べたら極楽であるとしみじみ思った。なるほど、知識人への上昇というのは大衆からの離脱というような観念的な営みである以上に、「楽な暮らしをしたい」という自然過程なのだと私は十七歳にして深く得心がいった。

だから、大検を通って大学に入った時、私はずいぶん態度の悪い学生だったと思う。左翼の学生たちの政治談議はまったく空疎なものに思えたし、受験勉強の反動でただ遊んでいる学生は幼稚に見えた。「大学解体」を呼号し、学校教育は無意味だと冷笑的に言う学生たちには「なんで高校の時にはそれに気づかずに受験勉強してたんだよ」と憎まれ口をきいた。厭味な学生だったと思う。大衆と知識人を架橋する存在になるという十七歳の野望は潰えたけれど、知識人トラックに自分の走路だけは確保しつつ、効率的に受験勉強をクリアーして進学してきた同輩たちに向かっては中卒労働者の空腹を経験したことがあるかとすごむという「鵺(ぬえ)」的な狡猾さだけは身に着けていた。吉本隆明を「悪用する」方法というのが他にもあるのかどうか知らないが、私は間違いなくその好個の適例だった。

けれども、一言言い訳をするが、本書でも重く扱われている「転向」の問題は私たちの世代にとっても決して他人事ではなかったのである。それは「ブル転」とか、もっと穏やかに「運動からの召還」と呼ばれていたけれど、平たく言えば、政治革命をめざす政治活動から撤退して、就活にとりかかることである。多くの活動家学生たちが四年生になるとヘルメットを脱いで、汚れたジーンズをこぎれいなスーツに着替え、長い髪を切って七三に分けて、就活を始めた。私はこれには驚いた。私はたしかに厭味な「鵺」的学生ではあったけれど、「鵺」であることに殉じる覚悟はあった。まさか「日帝打倒」とシュプレヒコールしていた学生たちがその当の日帝企業の就職の面談に行って、「御社の将来性に期待して」というような空語を吐くようなことが実際にあるとは思ってもいなかった。

なるほど、彼らにとって知識人でありかつ大衆であるというのは「こういうこと」なのかと腑に落ちた。まったく吉本が言った通りではないか。彼らは一方では空疎で観念的な世界革命論を語り、その一方では「己のためなら他人のことなど構っていられるかという明治資本主義が育てた『本音』としての個人主義的リアリズム」（三二〇頁）にも忠実であったのである。

「この種の上昇型のインテリゲンチャが、見くびった日本的情況を（例えば天皇制を、家族制度を）、絶対に回避できない形で眼のまえにつきつけられたとき、何がおこるか。かつて離脱したと信じたその理に合わぬ現実が、いわば、本格的な思考の対象として一度も対決されなかったことに気付くのである」という『転向論』の中の吉本隆明の言葉がこのときほど身にしみたことはなかった。

私はそのとき、ただ一人になっても「日本的情況」を見くびることだけはすまいと心に誓った。天皇制を、家族制度を、あるいは日本的政治思想を、宗教や伝統技芸を、それがどれほど「理に合わぬ」ものと見えても、私はそれを思考と、かなうなら実践の対象にしようと決めた。空疎な政治革命論は語らない。けれども「己のためなら他人のことなど構っていられるか」というようなベタな個人主義リアリズムとも結託しない。その中ほどのところが、「鵺」的吉本主義者として私が選んだ立ち位置であった。

以後半世紀に近い歳月を閲（けみ）した。私は後にフランスの哲学と文学を研究する学者になったが、その一方で父子家庭で子どもを育て、武道と能楽を稽古し、禊行（みそぎぎょう）を修し、祭祀儀礼を守り、今は自分の道場で地域の人々に合気道を教えて余生を過ごしている。他の点ではずいぶんわきの甘い男だったが、知識人と生活者大衆の中ほどのどっちつかずの立ち位置を守り、何があっても「日本的情況を見くびらない」という点については一度も警戒心を失ったことはなかったという自負はある。それほどまでに『転向論』の吉本の言葉は私の胸に突き刺さったのである。

以上が私にとっての吉本隆明との出会いとその後のいきさつである。十七歳で吉本隆明に出会って「よかったのか、よくなかったのか、よくわからない」というのは如上のような事情によるのである。

鹿島先生もおそらくは吉本隆明との出会いがきっかけになって知的成熟の道を歩み始めたはずである（そうでなければ、こんな本は書かなかっただろう）。鹿島先生が進まれた道と私が進んだ道が結果的にはずいぶん方向違いのものだったにせよ、私たちはどちらも（主観的には）同じ「母鳥」の後を追って歩いてきたのだと思う。

（うちだたつる／思想家、武道家）

[著者]
鹿島茂（かしま・しげる）
1949年横浜市生まれ。東京大学文学部仏文科卒業。同大学大学院人文科学研究科博士課程修了。現在、明治大学国際日本学部教授（専攻は19世紀のフランス社会、小説）。専門に限らず小説、エッセイ、書評など幅広い分野で執筆活動を行う。主な著書に『馬車が買いたい！——19世紀パリ・イマジネール』（白水社、サントリー学芸賞）、『子供より古書が大事と思いたい』（文春文庫、講談社エッセイ賞）、『愛書狂』（角川春樹事務所、ゲスナー賞）、『職業別 パリ風俗』（白水社、読売文学賞）、『神田神保町書肆街考』（筑摩書房）など。

平凡社ライブラリー 861
新版 吉本隆明1968

発行日…………2017年11月10日　初版第1刷

著者……………鹿島茂
発行者…………下中美都
発行所…………株式会社平凡社
〒101-0051　東京都千代田区神田神保町3-29
電話　(03)3230-6579［編集］
(03)3230-6573［営業］
振替　00180-0-29639

印刷・製本……中央精版印刷株式会社
D T P…………平凡社制作
装幀……………中垣信夫

ISBN978-4-582-76861-9
NDC分類番号910.268　B6変型判(16.0cm)　総ページ376

平凡社ホームページ http://www.heibonsha.co.jp/

平凡社ライブラリー　既刊より

林　達夫＋久野　収……思想のドラマトゥルギー
反町茂雄……一古書肆の思い出　全五巻
吉本隆明……背景の記憶
松下　裕編……中野重治は語る
渡辺京二……逝きし世の面影
伊達得夫……詩人たち　ユリイカ抄
八木福次郎……〔新編〕古本屋の手帖
堀江敏幸……書かれる手
杉田　敦編……丸山眞男セレクション
市村弘正編……藤田省三セレクション
大杉　栄……叛逆の精神——大杉栄評論集
松下　裕……〔増訂〕評伝中野重治
佐野眞一……宮本常一の写真に読む失われた昭和
G・フローベール　ほか……愛書狂
加藤典洋……〔増補改訂〕日本の無思想
半藤一利……日露戦争史　全三巻